Érotique Fantasia

Érotique Fantasia

Érotique Fantasia

Emil Igor

ÉROTIQUE FANTASIA

Érotique Fantasia

© Émil IGOR
ISBN : 978-2-3225-9506-8
Dépôt légal : Avril 2025
emil.igor@outlook.com

Édition : BoD · Books on Demand, 31 avenue Saint-Rémy, 57600 Forbach, bod@bod.fr
Impression : Libri Plureos GmbH, Friedensallee 273, 22763 Hamburg (Allemagne)

Le code de la propriété intellectuelle n'autorisant, aux terme des paragraphes 2 et 3 de l'article L. 122-5, d'une part, que les « copies ou reproductions strictement réservées à l'usage privé du copiste et non destinées à une utilisation collective » et, d'autre part, sous réserve du nom de l'auteur et de la source, que les « analyses et courtes citations justifiées par le caractère critique, polémique, pédagogique, scientifique ou d'information », toute représentation ou reproduction intégrale ou partielle, faite sans le consentement de l'auteur ou de ses ayants droit ou ayants cause, est illicite (article L. 122-4). Cette représentation ou reproduction, par quelque procédé que ce soit, constituerait donc une contrefaçon sanctionnée par les articles L. 335-2 et suivants du Code de la propriété intellectuelle.

Érotique Fantasia

I

C'était rue de la Gaîté, un début de semaine apparemment comme un autre si ce ne fut qu'un nouvel établissement y prît ses quartiers.

En l'état rien à voir avec une énième boutique affriolante, exhibant une libido débridée, rien à boire jusqu'au bout de la nuit, bercé au tremblement frénétique des écrans plasma, rien à hurler au karaoké façon japonaise, rien à rire aux théâtres *people* aux chatouilleurs recasés d'un show-biz mangeant à tous les râteliers, rien à grailler aux restos des chefs déchus qui se la jouent restaurant branché (au micro-ondes.) Rien de tel, donc.

Mais j'avais oublié dans ma liste qui n'aurait pas excité *Prévert* le hammam patenté aux massages et bains-douches. Et à juste titre : il a résolument serré sa robinetterie, à fond !, ses eunuques ayant pris la fuite... C'est au même numéro d'ailleurs que s'opère une petite révolution. Car enfin l'ouverture d'une médiathèque au cœur d'une traverse vouée par essence aux plaisirs charnels plus qu'intellectuels a de quoi faire jaser. Pour autant il était bien clair que la pornographie n'y aurait pas droit de cité et, de fait, qu'on allait y proposer une diversité placée aux antipodes des excitants couramment déployés aux comptoirs des vices ayant pignon sur rue, hier comme aujourd'hui.

Pour ce nouveau lieu à vocation culturelle, stricto sensu donc, plusieurs noms avaient été susurrés à l'oreille copieusement ouverte de l'édile, laquelle, dans son infinie sagesse, avait opté pour un personnage féminin exhibant la position dite du « grand écart », d'un côté à l'autre de la rue. Il s'est agi de *Zizi Jeanmaire*. D'ailleurs, nul ne doute qu'à l'usage on se référera à la « Média Zizi », offrant ainsi au nouvel établissement une meilleure chance d'insertion forte de cet ambigu vocable.

La façade avait été reprise d'une teinte de pierre, la plus neutre envisageable, mais on avait toutefois tenu à conserver une pièce historique en pérennisant une plaque de bronze assurant l'entrée aux « bains-douches », à laquelle on avait fait graver un prolongement à l'identique matière qui s'insérait au meilleur effet tout en complétant le passé d'un « culturel » au présent. Les deux plaques associées prônaient astucieusement l'accès aux bains-douches... culturels.

Tôt encore, au matin, la rue semblait simplement engourdie. Peut-être avait-on pu y voir l'effet d'une soirée qui s'était terminée à pas d'heure et qui, si elle avait réjoui les esprits enfin relâchés d'une pression professionnelle omniprésente par ailleurs, n'en avait pas moins sacrément amoché les physiques gorgés d'alcools et sulfatés aux exhalaisons plus que tabagiques.

Un homme assez petit, au cheveu rare, clopin-clopant, apparu au sortir de la bouche de métro la plus proche, aussi discret qu'un mulot en quête de la moindre croûte, quitta l'avenue du Maine pour prendre furtivement le trottoir droit de la Gaîté. Avec sa sacoche au cuir marocain le déséquilibrant d'un court pas sur l'autre, il ne lui fallut que quelques enjambées à rattraper le numéro quarante-sept, néanmoins. Un badge électronique débloqua la porte d'un escalier commun à tout ce bloc qui, outre le rez-de-chaussée commercial, comprenait également quelques habitations supérieures avant que les gouttières et la couverture tout de zinc vêtues ne prêtassent escale aux oiseaux de passage. Si la porte venait de claquer pour en assurer la sécurité du bloc, un rideau métallique couina assez désagréablement, s'évadant par le haut, et libérant une devanture sous forme de baie fumée. La surface vitrée extérieure renvoyait leur image aux badauds de circonstance tandis que les usagers intérieurs bénéficiaient d'une lumière agréablement filtrée ainsi que d'un spectacle incessant à la foule en perpétuel allées et venues.

À cette heure, cependant, l'homme se trouva seul en son antre professionnel. Quiconque eût été introduit sans le mode d'emploi se serait cru jeté en un chantier en cours de travaux. À la vérité, et le petit gars ci-présent en avait bien conscience, les architectes du projet de transformation des anciens bains-douches en une nouvelle médiathèque avaient opté recta pour une esthétique dite d'atelier. Ainsi les plafonds avaient été délibérément abandonnés à leur état brut de béton pulvérisé, les gaines au transport de tous câbles et de toute conduite d'eau et de conditionnement de l'air laissées outrageusement apparentes, les colonnes aux points porteurs donnant fièrement à voir leurs matériaux constitutifs à l'image d'un athlète arborant avec prétention ses muscles à la multitude des visiteurs.

Lui n'était pas le quidam moyen qui viendrait tantôt

arpenter les rayons à la recherche de l'ouvrage, du film, de l'enregistrement follement espéré et dont la médiathèque ne pût avoir omis de se doter d'un précieux exemplaire.

  Il actionna l'éclairage général du même geste qu'il venait de dégager le fronton ouvrant sur la rue. Si l'effet convoité avait été de faire accroire en un chantier à date de clôture indéterminée alors le but était atteint. Mais il ne se formalisa pas vu qu'il connaissait sereinement les tenants et les aboutissants. Il alla naturellement déposer sa sacoche au pied d'un bureau attenant, quoique pourvoyeur d'une intimité propre à la prise de décision.

  N'étant pas bousculé en cet espace vide et silencieux puisque la rue n'était pas encore allègrement soumise aux vapeurs de pétrole, il soutira un dossier à la pochette jaune citron, l'ouvrit et se mit en devoir de donner une appréciation égale à chacune des candidatures qui lui avaient été transmises par le service municipal du personnel.

  Soudain, et quoi que fussent ses principes professionnels, il stoppa le basculement des lettres d'embauche, accolées les unes aux autres comme un peuple en aboie de travail, sur une présentation personnelle, colorée de rose et de bleu ciel, dont la frimousse de la récipiendaire avait de quoi éveiller les élans amoureux les plus réfrigérés aux renoncements les plus glacialement enfouis. Celle-ci fut de facto placée en tête de pile.

  Ne resta plus dès lors qu'à composer les indicatifs téléphoniques des six personnes qu'il s'était mis en demeure de convoquer au sacro-saint entretien de recrutement.

Un jeune homme de taille moyenne, nuque raide, cheveux et petite moustache cirage noir, pénétra la nouvelle enseigne, si l'on peut dire, à l'heure convenue. Aussitôt le directeur qui, lui, avait déjà pris ses marques en ce futur atelier forgeant mots, sons et images animées, s'efforça de mettre sa recrue potentielle tout à son aise :

« Mais accommodez-vous donc, Gaston. Vous permettez que je vous appelle par votre prénom ?

_ Je suis très heureux que vous ayez donné suite à ma candidature et vous invite à poursuivre sur ce ton-là.

_ En effet, j'ai tout de suite remarqué que vous aviez œuvré chez un libraire du quatorzième et j'ai cru bon d'imaginer que votre connaissance des gens du quartier serait un plus pour le relationnel au quotidien.

_ C'est sûr! Vous me l'enlevez de la bouche... Pourtant peu de personnes habitant les logements sociaux poussent la porte-vitrée d'une librairie. Vous pouvez me croire sur parole. Je me doute bien qu'ici, de par la modicité des abonnements, je serai soumis à une plus large mixité, à la fois sociale et culturelle. Enfin, peut-être que je m'avance de trop car je ne suis pour l'heure que candidat... et votre liste doit être bien longue aux postulants méritoires...

_ Non, détrompez-vous, renchérit le directeur affalé dans son confortable siège dont l'axe central, amorti par coussin d'air, procurait une profonde sensation de bien-être à sa colonne vertébrale.

Et d'ajouter :

_ Pour ne rien vous cacher, je n'ai sélectionné que les six postes dont l'administration a daigné me pourvoir pour accompagner ma tâche. J'ai tablé sur vos professionnalismes respectifs. J'espère leur conjugaison. J'ai par essence confiance en mes collaborateurs et, si le premier contact ne fait pas d'étincelle, euh ! dans le mauvais sens du terme, je veux dire, eh bien je ne me sens pas le pouvoir de refuser toute bonne volonté.

Le jeune homme se surprit, lui-aussi, à s'ouvrir, comprenant que l'affaire s'engageait sous les meilleurs hospices. Il tira un

sourire qui agita chacun des lobes de ses oreilles ainsi que deux petites clochettes et lâcha :
 _ Je vous remercie pour votre confiance spontanée.
 Ce à quoi le directeur assuré de sa première prise ajouta :
 _ Vous débuterez jeudi sur le coup des neuf heures. Il y a tant de choses à mettre en place avant que la meute en appétit culturel n'envahisse ce garde-manger. »

 S'en suivirent, alors, jusqu'au mercredi matin. D'une part, une jeune femme assez imposante aux cheveux clairs, coupe courte et carrée, agréable à l'accueil, ce qui définissait déjà tout l'intérêt de sa venue ; d'autre part, une dame d'âge médian, à la coupe mi-longue et brune, au fond de teint accentué, s'exprimant d'une voix rauque où l'inhalation sportive du tabac devait forcément y être pour quelque chose, mais dont l'expérience professionnelle en matière de classement des ressources ne pouvait être prise en défaut ; puis encore une femme à la coiffe auburn virant au roux, un nez bien accentué prêt à piquer dans les données, parlant beaucoup sur un ton fort sonore, lequel pourrait à la longue fatiguer ses interlocuteurs, dont la cinéphilie enchanterait cependant tous ceux qui feraient fi des contraintes précitées, se laissant porter par un éclat à la pellicule telle que narrée par cette rousse donc à la langue bien pendue ; enfin une personne à mobilité réduite, un cinquantenaire typé africain, d'une jovialité à fleur de peau, dont le fauteuil à roulettes en ses bras surdimensionnés semblait un avantage plus qu'autre chose tant le gars, dès son arrivée, se montra prompt à se jouer des obstacles afin de se rendre le plus utile possible à tout un chacun.
 Ainsi le directeur se trouva-t-il, à la mi-journée de ce mercredi-là, face à son riz tandoori au restaurant indien du milieu de la rue, satisfait par avance d'avoir quasiment bouclé

son recrutement.

Mais, après le petit café qu'il n'avait pu s'empêcher de consommer sur place bien qu'ils fussent équipés d'une machine automatique au lieu du travail, il sourit en tête à tête avec lui-même, se délectant prématurément de l'ultime rendez-vous qui s'offrait à son bon-vouloir, là, juste sur le coup des quatorze heures, avec cette spécialiste annoncée des musiques pop-rock et, par extension de l'entièreté du fond musical, mais dont le plus gros attrait lui avait sauté au palpitant au premier coup d'œil qu'il avait jeté en haut à gauche du curriculum vitae, donnant à rêver d'une prêtresse directement issue d'un manga japonais, aussi merveilleuse que douée des mille pratiques, débordant largement le cadre du timbre quatre par trois qui la représentait à ravir.

Un peu à la recherche d'une prophétie ou de quelque chose d'approchant, le directeur reluqua le fond de sa tasse où l'amas spontané de marc s'était ingénié à structurer une forme, laquelle forme aurait pu prêter à penser en une femme aux cuisses repliées en un large « M » invitant à l'acte d'amour.

Sorti de sa rêverie toute passagère, il retrouva le charroi de la Gaîté et revint à d'autres considérations, bassement matérielles.

Lorsque, s'éjectant de son fauteuil à la suspension proprement lunaire, le directeur lança un regard torve à sa montre-bracelet, il constata tout surpris que la grande aiguille avait déjà dépassé le sommet et que la baie vitrée ne dénonçait aucune attente. Les précédents avaient tous eu la politesse de se présenter en avance et leur embauche avait glissé comme au pavé mouillé. Cette dernière recrue n'allait tout de même pas lui faire une mauvaise farce.

Ne concédant nulle confiance au dépoli de cette verrière qui par l'entremise d'un sort diabolique eût filtré à sa guise certaines images plutôt que d'autres, il sortit brusquement à la rue tel le brave homme dérangé d'un bruit inhabituel. Mais, si le raffut restait à son niveau de rigueur pour une cité dépassant les deux millions d'habitants, il sursauta toutefois à l'ombre dans laquelle il enfonça le pied au sortir, directement.

Levant ses yeux grands ouverts il tomba nez à nez avec un modèle qui dépassait toutes les conjectures : l'option intransigeante à la teinte noire enveloppait la petite femme qui ne le lâchait pas d'un regard intensément perçant. Le directeur comprit sur-le-champ que la providence en personne s'était décidée à frapper à sa porte.

Il murmura à peine audible comme s'il eût peur de déclencher le courroux d'une divinité encore inconnue un laps de temps auparavant : « Vous vous présentez pour le poste d'administrative à la médiathèque ?... » Puis il ne put terminer sa phrase car il ne s'était pas senti de prononcer haut et fort : « Zizi Jeanmaire. »

La réponse ne tomba pas du ciel et lui revint étrangement sous la forme d'une petite voix douce, quasiment celle d'une adolescente à qui l'on aurait donné le bon dieu en confession :

« Oui, tout à fait. Je vous prie de m'excuser, j'ai eu des déboires avec l'un de mes talons qui s'est enfiché sur le quai à la plongée de la rame.

_ Par ma foi, certes, répondit-il, mirant dès lors la paire d'escarpins *New age* et gros appuis cubiques qui avait dû faire plus souffrir le macadam par son intrusion violente que les chevilles de la fille assurément en parfaite santé sportive. »

Il badgea la porte ; elle passa la première ; il la suivit comme à l'objet d'une affaire rondement consentie.

Érotique Fantasia

Nous l'avons précisé antérieurement, les cinq autres recrues ne devaient faire leur début de service qu'à compter du lendemain, jeudi.

Ils se trouvèrent donc livrés à eux-mêmes en un large espace plus vide que plein et dont l'apparat mi industriel mi bureautique de catalogue eût pu prêter au tournage d'une fiction des plus extravagantes. Les documents chargés d'intellect n'ayant pas encore pris possession du lieu, on sentit que tout fût possible.

La candidate avait un potentiel apparent indéniable. L'homme qui lui succédait eut en quelques pas l'heur de s'en convaincre. Un pantalon de toile enveloppait un profil parfait de la taille jusqu'aux pieds, mais pas tout à fait puisque l'ourlet avait été habilement raccourci de manière à permettre d'entrevoir une courte portion au découvert des chevilles. En ce moignon précisément, la peau faisait valoir une blancheur quasi laiteuse qui appelait au même contraste touches blanche touches noires au plus réussi des *Gaveau*.

Pourtant, il dut fâcheusement interrompre son exercice du détail parce que l'oiseau rare se figea instantanément, ne sachant plus sur quelle branche échoir. Le chasseur prit les devants. Aussitôt il tira à l'usage de son gibier un fauteuil au confort indéniable et lui-même se retrancha à l'abri de son bureau ou tout au moins celui qu'il avait fait pour sien en ce temporaire *no woman's land*.

Il argumenta ses faits et gestes : « Mais prenez donc place, mademoiselle ; accommodez-vous. »

La jeune femme plus aguerrie qu'une adolescente bien qu'elle en portât les attributs dégrafa son Perfecto qui projeta par le courant d'air complice à la climatisation ses effluves fruitées au pif du franc-tireur. Les naseaux autant dilatés que ses pupilles il entama les débats :

_ J'ai donné suite à votre candidature car j'ai cru relever

plusieurs stages et courtes expériences en adéquation avec notre future activité au 47... Quand je dis « future », je devrais me mordre la langue vu que nous entamons la mise en place des rôles et procédures pas plus tard qu'au lendemain matin, cinq personnes ayant d'ores et déjà été retenues par mes soins. Je vous écoute, vous pouvez vous ouvrir à moi sans crainte.

La candidate décroisa les cuisses, aligna ses escarpins de combat, prit appui au parquet pourtant flottant et, se cambrant comme au positionnement d'une danseuse avant l'irruption de la musique, frotta le plat de ses mains aux ongles naturels du pli de son bassin jusqu'en limite de la chute aux genoux. Elle répondit, ce faisant :

_ Oh oui, monsieur. Suite à mes études à l'université du treizième j'ai décliné les sciences humaines vers la documentation musicale et j'ai eu la chance de trouver coup sur coup plusieurs stages, l'un au conservatoire *Patrice Sciortino* , l'autre en boutique sous l'enseigne de distribution FUNK. Votre annonce m'a bien évidemment sauté au visage... enfin, si je peux l'exprimer ainsi...

Et elle ajouta un maquillage tout naturel à ses pommettes saillantes, d'un rosé qui trahissait soudainement une pointe d'émotion non retenue. Mais, du coup, elle stoppa son massage aux cuisses tout autant échauffées pour croiser ses avant-bras en position basse entre corps et jambes.

L'homme avait entretemps ouvert l'opercule de sa bouche comme s'il voulût pareillement goûter à ses paroles mielleuses. Il humecta ses lèvres qu'il fit claquer pour reprendre la parole :

_ Tout cela me paraît des plus motivant pour l'affaire qui nous concerne. Cependant, alors que vous auriez eu la possibilité d'emboîter un poste à durée déterminée, pourquoi n'avez-vous donc pas donné corps (et il se racla la gorge pour faire passer l'expression) alors à une telle opportunité ?

_ Voyez-vous, lui rétorqua-t-elle sans préliminaires, je me sentais encore immature pour un engagement durable et j'ai pris le parti d'aller butiner de fleur en fleur.

Puis elle porta sa main droite à sa bouche et se mit à rire nerveusement pour se reprendre :

_ Pardonnez cette image qui m'est venue à l'esprit et dont je n'ai pu retenir l'éclosion... »

Elle se figea à nouveau, la tête légèrement penchée telle une madone retenue à la toile d'un peintre ingambe du dix-septième siècle.

Le directeur savait qu'il y aurait encore quantité de documents administratifs à amasser pour lier l'embauche d'un lien officiel. Mais sa décision était ceinte. Le charme l'avait vaincu en seulement deux flèches décochées en plein cœur. Il lui avoua venir de compléter sur-le-champ l'entièreté de son équipe et la renvoya, comme à la douceur d'un père, au rendez-vous du jeudi matin suivant.

Un certain monsieur Leconte, lui, était arrivé avant tout le monde pour se tenir droitement au dos de la vitre fumée et accueillir fièrement tout son personnel. Bien qu'on fut aux premiers jours, gelés comme il se doit, de février, la rentrée avait sonné pour les six nouveaux engagés, dorénavant agents culturels de la commune de Paname.

À l'extérieur, ils n'avaient pas même osé se toiser du regard léger d'une paupière, mais, maintenant au local qui sentait l'atelier en chômage, ils durent se considérer mutuellement, leurs physiques générant spontanément la vie qui faisait immanquablement défaut au mobilier et matériel inertes. Pourtant aucun son ne filtra encore.

Leconte se frotta les deux mains comme le curé à l'accueil de ses paroissiens :

_ Bienvenu à vous six. Si vous vous attendiez à un discours sentencieux vous en serez de votre poche...

Gloussements et sourires tirés aux deux épingles firent écho sobrement au trait d'humour du directeur, lequel enchaîna après cette première brèche aux esprits forcément individualistes :

_ Nous allons commencer par nous répartir les postes et surtout mettre un peu d'ordre en cet atelier propre à rien faire... du moins jusqu'à notre reconquête la plus largement enthousiaste. Ça y est, vous pouvez rire de bon cœur, je me prends pour le directeur, assurément !

Les corps se détendirent vu que le ton venait de se placer sous le signe de la décontraction dans l'action. Un vrai bonheur aussi longtemps que les choses en resteraient là. Bien échauffé, il se devait de transformer l'essai :

_ Pour le bien de tous il ne me reste plus qu'à lancer le tour de table : je m'appelle Leconte et mon seul titre de noblesse est d'avoir depuis toujours entretenu le goût de l'Art.

Sa présentation faisait impression et nul n'osait en prendre le relais. Il désigna alors chaleureusement le premier homme qui se présentait à sa gauche.

_ Je suis Gaston, je réponds au téléphone et bien d'autres choses encore, dit le jeune homme qui ne put cependant se départir de sa raideur naturelle.

_ Cher, que voici et que j'espère devenir à votre égard, reprit la femme imposante, offrant d'ores et déjà sa bonne humeur et ses rondeurs à tout son entourage.

_ Gauloise ! éructa sa voisine, et elle ne put se retenir de tousser sèchement. Rassurez-vous, je partage autant une taffe que le taf...

_ Euh... paraît-il que mes parents avaient longtemps hésité à m'appeler « Castafiore » tant mon apparition en ce monde fut accompagnée d'une stridence vocale soutenue et difficile à réprimer. Enfin un tel attribut semblant lourd à supporter dans le cas assez courant d'un manque de talent lyrique, ils ont revu leur prétention à la baisse, se contentant d'un « Diva » qui me rendait, comme vous pouvez le constater, immanquablement plus ordinaire, et la femme au roux maîtrisé se frotta le bout du nez comme pour tenter de juguler cette première prise de parole qu'elle eût déjà bien du mal à faire brève.

Puis il y eut une cassure. Des deux restant en lice, aucun ne souhaita faire le premier pas. L'un usa sur place chacun des pneus de sa carriole tandis que l'autre esquissa un semblant de pas chassé qui ne fit rien avancer pour autant.
Le directeur était dans son rôle de trancher ; il trancha :
_ Si vous permettez, mademoiselle, une fois n'est pas coutume nous donnerons l'avantage au plus ancien d'entre nous. Allez-y, faites-vous entendre, ventre-saint-gris !
Tirant sur ses accoudoirs, le quinquagénaire reprit du poil de la bête :
_ Fernand, le preux, le prompt, le prêt-à-tout, du lever au coucher du soleil. Mon attelage n'est pas bardage et mon âge appelle à ce que je m'engage. Demandez-moi tout ou presque, sauf à la nuit tombée... car j'y suis invisible.
Tous de rester suspendus à sa dernière réplique. Mais Leconte brisa l'ambiguïté avant qu'elle ne prît racine. Il frappa des mains, entraînant sa troupe à l'imiter :
_ Je me demande si je n'aurais pas dû vous réserver pour l'épilogue. Allez, jeune femme, prouvez-nous que vous en avez encore sous la semelle...
Elle ne pouvait plus reculer et se lança en dernier ressort :
_ Je me prénomme Fantasia et je vais réaliser en votre compagnie ma première embauche comme une toute première fois – elle ne pouvait alors s'empêcher de se

tortiller, accentuant de fait le charme juvénile qui irradiait de sa délicate personne. Avec « Asia » mes parents ont voulu témoigner de leurs origines côté soleil levant. J'espère vous apporter un peu d'exotisme.

En effet, à peine eut-elle rompu avec sa brève présentation que les uns et les autres se trémoussèrent déjà comme à la perspective d'un voyage imaginaire, saupoudré d'orient. Leconte se frotta les yeux pour évacuer la poudre enchanteresse qui venait de l'éblouir. Il évacua son rêve en choquant ses deux paumes :

_ Très bien, mes enfants, nous avons fort à entreprendre. Tout est en vrac, ici, comme vous avez pu le constater, et il nous appartient d'organiser rayonnage et administration au plus tôt afin d'être en mesure d'ouvrir au lundi qui nous sourit à l'orée de la Gaîté.

Alors l'équipe se scinda en deux, les uns se chargeant des bacs et étagères, cependant que les autres tentaient de donner une logique d'accueil et de traitements des données aux paravents des écrans, sans quoi rien ne fût gérable, par les temps qui courent.

Jeudi, vendredi et encore samedi ne furent pas de trop pour convertir les anciens bains-douches en bibliothèque, cinémathèque et discothèque de prêt.

Pour gagner en efficacité à l'achalandage des supports verticaux, Leconte proposa la constitution de binômes. Tout-à-trac il sentit un rapprochement unilatéral à l'endroit de Fantasia. Alors voulut-il sitôt tempérer les ardeurs en cette période s'étalant d'une chandeleur dont les poêles ne renversaient pas encore les cœurs et le carnaval qui ne se permettait pas de mettre les corps à nu. Il expédia, Cher et Gaston sur le front littéraire, Diva et Gauloise à s'embobiner avec les DVD, réservant Fernand au mange-disque de

Érotique Fantasia

Fantasia. En son esprit réfléchi, il projetait la meilleure association souhaitable entre l'Asie et l'Afrique, la fraîcheur de la jeunesse et le serviteur bout-en-train, la différence d'âge étant propre à favoriser un respect distancié. Lui s'assignait la fonction du papillon, butinant çà et là, osant un conseil à l'occident pour rebondir sur un coup de main à l'orient.

Cher et Gaston s'attaquèrent aux genres. Ils crurent bon de se débarrasser de ce qui ne les passionnait pas plus que ça. Ils pourvurent à la philosophie avec un déballage tout retenu d'ouvrages, puis enchaînèrent avec l'Histoire où l'on avait pris soin de sélectionner un minimum d'ouvrages, partant de la préhistoire jusqu'à l'ère contemporaine. Enfin on mit de côté les écrits les plus sérieux pour entamer le pourvoi au vaste rayon des romans et par ordre alphabétique des auteurs, s'il-vous-plaît.

L'ambiance s'échauffa car il y avait toujours de-ci de-là matière à un petit commentaire :

_ Oh, voici un écrivain russe que j'adore, se laissa aller Cher, alors qu'un carton lui tendait les bras. Je me suis promise de le dévorer, poursuivit-elle, jusqu'à la dernière ligne, mais au vu de la taille de son génie je n'ai pu en consumer qu'un pauvre tiers.

_ Ne vous impatientez pas trop à son égard, ma chère Cher, reprit Gaston, tout le plaisir est dans la durée et dévorer des yeux son œuvre apparemment inaccessible vous charge d'un plaisir propre à décupler l'intérêt de vos futures conquêtes littéraires.

Jouant ainsi d'une remarque équivoque à une autre, ils prenaient effectivement un plaisir délectable à travailler de la sorte. Mais, les rayonnages étant plus étriqués par endroits, ils en vinrent au rapprochement des points de vue avec ceux des corps. Comme on le sait, Cher ne manquait pas de formes et Gaston, malgré sa raideur qui aurait pu le faire passer pour un épouvantail aussi costumé qu'enjoué, ne put bientôt plus éviter les affleurements. La médecine encore vide de recommandations écrites lui enfonçait les côtes cependant qu'une romance chaude et expansive lui chatouillait les fesses.

Il sentit la raideur gagner du terrain et sa partenaire, qui transpirait maintenant de manière odorante au troisième contact appuyé, reprit les commandes en main :

_ Vous ne trouvez pas que nous avons gagné une pause. Un verre d'eau, un jus d'orange bien pressée, une sucrerie... enfin, je suffoque, pas vous ?

_ Je suis en effet d'accord pour que nous suspendions les ébats le temps de recharger les accus.

Ils sourirent de connivence et s'enfuirent, à travers le vaste lieu tout en ébullition, au quai opposé que l'on avait préposé au déchargement des café, thé, jus et autres mignardises propres à rompre une faiblesse passagère.

« Bon, conventionnellement, les pochettes aux disques-laser sont placées sur leur tranche dans des bacs à hauteur de coudes », entama Leconte, tout en vérifiant que les deux préposés à la mise en œuvre dudit rayon ne perdissent pas une de ses paroles. De fait, Fernand roula au plus près d'un coffre sur pieds encore vide. Effectivement, sa partie supérieure s'ouvrait au-delà d'un bon mètre. Mais, lui, de par sa place assise contrainte, ne réussit pas même à y plonger le nez. Il dénonça la supercherie, illico :

_ Si vous croyez que c'est facile pour un cul-de-jatte de mon espèce de puiser par-dessus ce bac, vous vous fourrez sacrément le doigt dans l'œil !

Fantasia voulut rire, puis elle se retint et ravala l'émotion qui avait failli la submerger :

_ Quel bonheur de vous avoir parmi nous, Fernand ! C'est

idiot comme nous aurions pu passer à côté de pareille évidence.

_ Bon, c'est entendu, nous allons jouer la carte de la surprise, enchaîna sans respirer le directeur

_ Étonnez-moi donc, monsieur ! renchérit l'homme assis.

_ Laissons tomber ces bacs auxquels nous vouerons les gros ouvrages plus évidents à repérer grâce à leur format qui les fait dépasser des bords, dit Leconte.

_ Hum, hum…, une roue crissa.

_ Regardez, là-bas !

Tous deux suivirent son index qui dénonçait un espace mural encore vierge de tout document, mais aux supports criant l'appétit gueule ouverte. Ils changèrent aussitôt de secteur.

Le directeur poursuivit son idée :

_ Si Gauloise et Diva ne se sont pas encore précipitées sur cette frontière, vous avez encore toute latitude. Allez-y, abusez et, surtout, osez !

_ Je ne me sens pas la force de résister à pareil commandement, monsieur Leconte, s'émoustilla Fantasia, faisant osciller sa charmante frimousse d'un homme à l'autre.

_ Mais moi non plus, ma toute douce. Si vos désirs sont des ordres, nous allons conquérir à nous deux cette verticale, compléta Fernand, déjà sur ses chapeaux de roues.

_ Je pressens tenir une équipe de choc et je me retire séance tenante, conclut le directeur tout en baissant forcément le ton et faisant mine de disparaître tel un mulot passager. »

Aussi se retrouvèrent-ils soudainement au pied de l'édifice.

« Voyez comment vous voulez organiser les rayons supérieurs, je récupère entretemps un premier carton, et puis je crois que le reste viendra en tirant sur le bout du fil, assura l'homme à l'assise de plomb.

_ Je ne sais si nous allons tirer sur le fil ou sur la corde, mais il faut dégoter de quoi atteindre le ciel, concéda la jeune femme. »

L'un partit vers le stock tandis que l'autre disparut en un réduit, à l'arrière-salle, en quête d'un gadget propre à la soulever. Ce fut ainsi qu'elle découvrit le vrai visage de Diva.

Diva était penchée au-devant d'un amas d'objets hétéroclites qui avaient été entassés là à la hâte. Elle pressentie l'arrivée d'autrui et se retourna, transpirante :

« Tiens, toi aussi tu as recours au cagibi ? »

Fantasia amorça un semblant de réponse, visant le juste mot, quand l'autre repartit de plus belle :

_ Les travaux ont dû connaître un expédiant de dernière minute et comme on ne savait plus où faire disparaître le surplus... un vrai dépotoir, je te jure !... tu cherches quoi par ici ?

La dernière arrivée prit son courage à deux mains et se lança les yeux fermés :

_ J'ai besoin d'un escabeau ou d'une courte échelle pour toucher le haut des rayonnages.

_ C'est vrai qu'avec Fernand, c'est pas facile d'atteindre le ciel... pas même le sixième !

Ce qui provoqua dare-dare un tremblement de fou rire. Mais Fantasia ne voyait pas l'intérêt de cette plaisanterie et continua son tour d'horizon, se risquant même à déplacer quelques plaques de plâtre qui masquaient à coup sûr un matériel susceptible de lui rendre service. Balai, combinaison usagée de travailleur, emballages à gogo, boîte de vis *Parker*, boîte de colliers à crans... rien qui put lui faire gagner de précieux centimètres.

Diva menait également sa propre enquête à son propre compte. Elle ne laissa pas le silence lui damer le pion :

_ La voici ! On peut dire que tu as de la veine, toi. Viens un peu par là qu'on déballe ensemble l'article.

Fantasia s'exécuta. Il n'était pas dans sa première intention de s'éterniser en ce réduit lugubre au remugle pénétrant, où l'on pût s'attendre à tout instant à l'apparition d'un rat mal peigné. Au contact de Diva les choses allèrent soudain bon train. Cette dernière venait d'écarter les pattes d'une échelle à nettoyer les carreaux des fenêtres et la présentait de telle sorte que Fantasia ne pût refuser de l'étrenner, subito.

Prenant garde à ne pas se bloquer les godillots entre les quelques marches ajourées, la jeune femme s'éleva bel et bien dans les airs. Diva ne rata aucun des avantages de l'opération. D'abord elle soutint la donzelle d'une main noble, puis, lorsqu'elle fut hors de portée de sa pince, elle en profita pour galber les cuisses en un élan vers le haut qui aurait pu se confondre avec un engagement de motivation mais qui, pour le coup, ressemblait comme deux gouttes d'eau à une palpation corporelle bien sentie.

Fantasia fut dépassée par l'attaque en son arrière-train à laquelle elle ne s'attendait pas dans sa naïveté de jouvencelle. L'autre alors enfonça le clou en jouant la partenaire *sympa et dispo* prompte à se confondre en un service appelant :

_ Et voilà ! Elle te semble stable ; tu n'as pas le vertige ? Ta vue est superbe, non !?

En effet, Diva était disposée de manière à ne rien rater des attributs féminins de sa collègue qui, de surcroît, en était réduite à se pencher en avant pour stabiliser un équilibre mis à mal par ses chaussures inadaptées en un tel ouvrage. Fantasia venait de trouver là-haut plus qu'elle ne l'eût cru et sa hâta, troublée comme on l'imagine, de stabiliser sa position au ras du sol.

Diva ne lâchait plus un sourire clownesque, projetant malicieusement l'entrée en son jeu d'une partenaire désormais initiée, n'ayant aucune vergogne à ridiculiser sa personne tant on eût pu croire en une paralysie faciale toute maladive. La jeune femme voulut s'arracher à l'étreinte de son vampire de collègue :

_ Houlala ! Mais Fernand doit ronger son frein au milieu de tous ces boîtiers qui n'ont pas trouvé preneur à l'étal.

Ce disant, elle plia la courte échelle en aluminium qu'elle emporta à la tire, n'accordant pas même une oreille à une prochaine invitation qu'elle ne sût entendre.

Si Diva n'avait pas sorti de l'ombre le matériel escompté, elle venait toutefois d'en retirer une jouissance inopinée. Entre ses dents carnassières elle marmotta : « Cours toujours ma jolie, fais-moi confiance, tu y reviendras tôt ou tard. » Dès lors elle se recomposa un visage neutre, enveloppant l'intériorisation d'un professionnalisme intransigeant et dont l'obsession au travail bien fait ne pût être prise en défaut – où l'on constate en effet que ladite obsession ne trouvât nulle excuse à son atténuation : bien au contraire !

De retour à son rayon, force fut d'admettre que Fernand s'était lui-même piégé en une livraison de colis par trop généreuse. Tout en occultant son objet à la première verticalité encore vierge, elle se précipita aux pieds du fauteuil pour éclaircir la situation :

_ Je suis désolée. J'ai perdu du temps à soutirer cet escabeau ; tout est en un tel désordre là-derrière...

_ Il n'y a aucun mal, ma petite. J'ai rempli le vide et me voici maintenant telle une tortue renversée sur son paquetage !

On déplaça l'espace nécessaire au retournement du fauteuil, puis Fantasia ouvrit le compas d'aluminium et elle monta aussitôt inspecter les parties supérieures :

_ C'est encore tout plein de poussière en reliquat des travaux fraîchement exécutés. On va s'en prendre au rayon médian, qu'en pensez-vous ?

Érotique Fantasia

_ Je vous suis en tout point. Mais, dites-moi, Fantasia, si vous voulez réellement me faire un petit plaisir, acceptez sur-le-champ de me tutoyer et de donner simplement du « Fernand ».

_ C'est entendu, je vous... euh, je te le promets. Alors, tu me fais passer les boîtiers rouges qui affleurent en ce carton-ci !?

Et la mise en place des premiers disques se prit à ronronner comme à l'exercice d'un duo rompu de longue date à cette tâche.

À la fin de cette semaine éprouvante où le samedi avait été en partie tronqué, Fantasia réintégra la quiétude de son studio parisien car, comme bien des femmes libérées de la capitale, elle tenait à son indépendance totale, tant financièrement que sentimentalement.

Sa location à demi meublée la plaçait au deuxième étage d'une copropriété sise à la fois sur rue et sur cour. À l'arrière, il y avait une sorte d'hôtel particulier qui avait été investi par une étoile du cinéma, mais, à franchement parler, on n'en voyait jamais la queue... Son palais à elle comprenait juste ce qu'il faut à une parisienne pour atteindre le bonheur : un salon emboîtant un semblant de hall d'entrée où s'amassait au côté vestes et chausses à profusion, puis une chambre indépendante recevait un double lit et une large penderie (toutefois jamais assez volumineuse au regard des achats ininterrompus de nouvelles fringues), et enfin la cuisine, style boîte de conserve, ainsi que la salle-de-bains, style boîte à pharmacie, tant ces deux espaces permettaient d'y réaliser le nécessaire tout en évitant miraculeusement de se rapper les coudes à chaque retournement.

Épuisée tout de même un peu en ce début de soirée où la jeune femme avait opté pour un bon thé avec quelques petites pâtisseries servies égoïstement au canapé tout mou et velours beige déjà usé mais tout aussi doux, dédaignant de courir le pavé humide pour aller ingurgiter tout un biffeton en alcool au bistrot du coin avec les copines aux sempiternelles histoires de mecs en cavale.

Afin de ne pas se sentir complètement déshumanisée, Fantasia avait allumé son petit cadran télévisuel où le son avait été sommé de la mettre en veilleuse tandis qu'une série dont elle eût assurément raté les premiers épisodes peinait à accrocher son attention. Un amour intense devait se profiler à l'horizon mais la dramaturgie bien ficelée avait cependant du mal à l'embobiner tant elle fut inconsciemment persuadée de trouver le même déroulé soit plus avant soit plus arrière par la magie d'un changement inopiné de chaîne.

Sur la table basse avait-elle déposé ses mignardises et l'éclairage lui apparut un temps soit peu sur-brillant en cette retraite monacale. Pies nus à la moquette chatoyante, elle enfonça le bouton-poussoir d'une lampe à abat-jour et, d'un second mouvement connexe, elle supprima le plafonnier cru et blafard.

Elle revint se laisser tomber au coussin qui accompagna avec plaisir l'élasticité de son jeune fessier. Alors elle se saisit avec deux pincettes digitales et trois doigts en éventail d'une tasse au col large, odorante, tout à la promesse d'un orient au raffinement sans âge. Pourtant, au premier contact avec ses lèvres pétales de rose, elle poussa un petit gémissement et reposa la porcelaine qui avait trahi malicieusement sa confiance. Du coup elle avisa de ce petit intermède qui s'imposait au refroidissement du breuvage pour se mettre plus encore à son aise.

Le zip glissa sans se faire prier, pris à partie entre deux ongles au vernis transparent. Puis ce fut, dans la mouvance, le pantalon qui se regroupa tout-à-trac autour de ses chevilles osseuses, non sans avoir subi quelques injonctions au bassin trémoussant. Mais la belle se trouva dès lors piégée à son *strip ease* d'amatrice qui n'eût probablement pas convaincu un patron de *Lido* . Elle se renversa donc, auto-soumise, à son propre enchaînement des pieds et dut avec force motivation séparer la peau de lapine.

Les cuisses à l'air elle sentit une bouffée de bien-être lui remonter au bas de la colonne vertébrale, puis, de là, et par capillarité, se transmettre de disque en disque au plaisir de son *juke-box* corporel. Le futal qui s'était montré sous un jour collant n'eut pas l'égard d'un rangement au respect des pliures.

Fantasia se plomba à nouveau mollement au sofa. Elle avait tout loisir de déguster un à un de petits gâteaux qu'elle brisait de ses incisives à la blancheur irréprochable, jouant habilement de ses babines en bouées promptes à capturer toute miette fugitive. La dégustation s'installa donc en une décontraction qui positionna cette gourmande telle une rainette figée par sa pitance. Le thé revenu à une tiédeur en osmose avec le milieu ambiant faisait glisser, de temps à autre et avec délice, le bol alimentaire.

Il sembla alors à la douceur d'un éclairage compatissant que le grand sablier du temps s'était fondu aux petits sablés et qu'il n'eût plus cours. Cependant, de nos jours, toute perspective d'isolement au monde se frappe en un mur : celui de la technologie.

Ainsi un boîtier à la coquille rose, d'un bon pan de long, se mit-il à trépider aussi délicatement qu'un appareillage féminin des plus recommandables. Fantasia reprit ses esprits et se saisit en un bond de l'objet agréablement ferme qui ne retint pas ses vibrations sous la caresse qui l'étreignit, soudainement. Du bout de l'index habilement positionné, elle mit fin à ses ardeurs pour le placer au creux de son oreille :

« Tu ne le croiras pas, mais j'étais persuadée que tu allais me contacter… justement à cette heure.

_ Eh pardi, c'est que j'ai pensé que tu avais beaucoup à raconter après cette première semaine. Comment vas-tu ?

_ Le mieux du monde ! Balancée sur les coussins du salon, je me tapais une série de douceurs dont je te gratifierai à ta prochaine visite. Mais, avant que je te lâche un compte-rendu, dis-moi plutôt comment se portent tes affaires, Cindy ; tu l'as revu ce J.P. ?

_ Ah ben toi, tu n'en perds pas une… tu m'as l'air chaude comme une chatte en son panier doux… ben oui, forcément, j'aurais pas pu attendre.

_ Tu n'aurais pas pu attendre quoi, qu'il te renverse sur le lave-linge avec un programme à double essorage !

_ Comme tu y vas ! Ce n'est pas pour ce que tu crois… il y a quelque chose de très fort entre nous…

_ Oui, oui, j'imagine ça tout-à-fait. Format L, M ou carrément X !?

_ Oh, tiens ! tu me dégouttes. À ce train-là tu finiras vieille fille à te taper un soir le gode bleu et au matin le rose.

_ Vas-y, continue ; tu commences à m'intéresser.

Et Fantasia poussa un long hum ! qui n'annonçait pas son retrait au sommeil.

Cindy qui n'en avait pas eu pour son appel remit le couvert :

_ Bon, alors, tu te décides à cracher le morceau : ce nouveau boulot, top ou dégueu ?

Alors Fantasia comprit qu'elle allait devoir se mettre à table et se laissa choir derechef au canapé qui lui ouvrit ses bras sans concession.

« Écoute, Cindy, c'est le premier taf vraiment sérieux que je décroche. Tu imagines mon excitation. J'ai à ma charge de vraies ressources musicales que je dois gérer et c'est formidable, oui, on peut le dire comme ça !

_ Teu teu teu, ma grande ! Tu me refourgues tes salsifis et tes betteraves que tu avais réservées au bac à légumes. Moi, je veux du frais ! Ne me dis pas que t'as pas déjà pécho un keum à détrousser du falzar ?

Fantasia fait parade à l'attaque du rideau de ses rires au charme imparable. Elle argumente tandis que l'autre regrette bien de ne pouvoir la chatouiller par-ci par-là :

_ Faut que je te dise qu'il y a plus de meufs que de gonzes. Côté masculin, un dirlo chauve et policé, forcément intouchable, Fernand, tirant sa cinquantaine en fauteuil roulant mais super sympa, et Gaston, un moustachu un rien engoncé dans sa raideur, sitôt associé avec une blondinette, et dont je ne peux rien dire de plus. Alors, la limace, tu baves ou tu mouilles !?

_ Tiens-toi bien, du temps que tu bavassais, je me suis mise à mon aise et j'en étais presque à passer à l'action.

Éclats de rires conjugués.

La revue des mâles à éplucher n'a pas fait recette. Cindy ne lâche pourtant pas hâtivement son os :

_ Mais côté féminin, y aurait pas le gazon à tondre... T'as tâté les minettes ?

C'est alors que Fantasia change brusquement de ton. D'ailleurs elle se redresse en son salon solitaire et croise les cuisses aux poils noirs repérables des mollets jusqu'au haut des cuisses :

_ Tu veux vraiment tout savoir ?

Cindy abandonne le réglage des baleines de son soutif. Là, elle sent qu'on va passer à table et qu'il va y avoir du vif à croquer :

_ Et comment ! Allez, dis-moi tout !

_ Eh bien, je me suis faite serrer au cagibi... enfin, pas vraiment, mais c'était chaud, tu peux me croire.

Cindy ne peut s'empêcher de participer à l'accouchement :

_ Blonde, brune ou carrément rousse ? P'tit minou ou grosse touffe ??

_ Le problème avec toi c'est que tu sais pas écouter sérieusement ce dont on te cause. C'était pas rigolo. Alors que j'essayais une échelle pour voir si elle faisait l'affaire, l'autre, Diva, m'a carrément chaspée de bas en haut, prétextant un appui ou quelque chose d'approchant, dans un équilibre instable.

Cindy en totale inspiration :

_ Houa ! ma poule ; t'as fait réglo une touche ! Faut qu'elle te kiffe à mort pour avoir chargé direct.

_ Écoute, Cindy, tu devrais postuler ; tout ça c'est pas pour moi. Je te l'ai déjà dit et redit : les filles, c'est pas mon truc.

Cindy, pour le moins dingue :

_ Qu'est-ce que tu peux être vieux jeu ! Moi qui espérais te balancer le drame à notre prochaine rencontre...

_ Ben justement, garde-le pour ta voisine, celle qui est très grosse avec des poils partout et qui sent des aisselles !

La communication est rompue. S'il y avait un message d'amour, il vient de se perdre dans les tuyaux. Cindy est contrariée, salement :

_ C'est pas moins sûr. Je te laisse à ta palpation du samedi soir : à vrai dire, je vais sortir, là. Rappelle -moi quand tu auras quitté les ordres.

Et elle mit fin à la discussion sans plus de formalités.

Fantasia réintégra aussitôt le cocon de son studio cosy, mais quelque chose s'était rompu dans l'ambiance précédent l'appel de Cindy. Enfin elle tempéra le blues qui cherchait à s'émanciper en compensant son vide affectif aux douceurs qui l'appelaient tendrement sur la table basse auprès du thé froid.

Afin de couvrir une large palette de créneaux d'ouverture à

Érotique Fantasia

Zizi Jeanmaire, Leconte avait défini des services variés, proposant aussi bien matinée qu'après-midi, que début de repos dominical et même qu'en prolongement de soirée. Une sorte de trois-huit culturel. Les routines devaient s'exécuter en binômes. Mais, évidemment, il n'était pas question de figer les équipes, pour diverses raisons bien compréhensibles, dont la principale résidait en ce que chacun dût accepter la contrainte d'un horaire moins avantageux. Ainsi fut fait.

Au premier mardi rallongé jusqu'à vingt-et-une heure, Fantasia se trouva mariée à Gauloise. Il n'y avait plus de quoi faire résonner les orgues de *Mendelson* : service oblige.

Gauloise était restée jusqu'ici distante avec sa collègue, deux fois moins âgée qu'elle. Peut-être était-ce parce qu'elle aurait pu l'avoir enfantée. Quoique leur capillarité pût coïncider au noir dominant, le caucasien de l'une n'avait rien à voir avec l'asiatique de l'autre. Mais, cependant, d'un bureau à l'autre, d'un problème à l'autre, d'un service à l'autre, la communication prit forme au terreau du professionnalisme. Aussi Gauloise en vint-elle à exprimer sa pensée d'une voix qui avait raclé les bas-fonds de catalogue :

« *Biblioréso*, c'est top tant que le réseau veut bien laisser le robinet ouvert, mais sitôt que ça se bouche, c'est l'inondation de larmes ! Tu peux toujours taper sur la touche *ENTRÈE* , c'est comme si on arrachait la prise du courant : l'écran reste mort.

_ Je m'en suis bien rendue compte, mais c'est justement en ces moments-là que je file de mon poste pour replacer quelques documents, répondit sans animosité Fantasia.

Et pour faire démonstration à la méthode, elle disparut au fond des rayonnages où l'heure tardive avait généré une quiétude appréciable sur tapis de musique baroque.

Tout-à-coup elle sursauta. S'étant crue seule à la dernière rangée des romans, elle intercalait une œuvre qui renâclait à réintégrer son rang quand une présence humaine l'avait surprise en son dos. Gauloise venait de l'imiter :

_ On ne risque pas de voir débarquer un bus scolaire. À cette heure ils sont tous au plumard avec leur console entre les paluches.

_ Ah oui, bien sûr...

Mais Fantasia n'était pas tout-à-fait à son aise. Le livre qui lui résistait éveilla la curiosité de sa collègue :

_ Mais, fais-moi voir ce que tu tires là. Un sacré roman ce truc-là. Pense donc, *Le marquis* en personne. Avec lui les fantasmes deviennent réalité... Tu connais ?

_ Ben, pas vraiment. J'en avais entendu parler, comme tout le monde, puis...

_ Emporte-le plutôt que de l'écorner en voulant lui donner une place à laquelle il se refuse. Tu vas en apprendre de belles et tu m'en diras des nouvelles.

_ Bon, c'est entendu. Je suppose que c'était son heure...

Et Gauloise de conclure :

_ Mouais, de passer entre tes mains.

Mais tout comptes faits, les autres lui firent place et l'esquichèrent, amoureusement.

Ainsi Fantasia apprit-elle à connaître ses collègues, un par un. Fatalement, la roue de l'infortune ramena Diva face à sa mise. Ce fut au cours d'un mardi après-midi, au ciel bien rincé, aux journaux télévisés dépressifs. Par chance, toutefois, l'absurdité des écrans retournant à l'infini les mêmes actualités avaient fait refluer les êtres pensants à l'orée des lieux de culture. Le « 47 » n'échappait pas à la règle.

Si l'on eût placé des paniers à roulettes au seuil du pas de porte, les visiteurs n'y auraient pas trouvé à redire. Seul, Fernand se serait sans doute élevé sur ses accoudoirs pour crier à la concurrence déloyale.

Mais enfin, ce mardi-là, les deux filles étaient de fonction et sous le joug d'une forte affluence donc, elles n'avaient échangé qu'un furtif salut, celui qui recharge les piles au courage de plusieurs paires d'heures à contenter le citoyen. Il pouvait d'ailleurs revêtir toutes les allures et tous les âges tant le lecteur, le mélomane, le cinéphile ne portent pas en blason leur passion. À peine un cristallin plus aplati, un acouphène de-ci de-là ou une irrépressible tendance à mouiller l'index comme s'il fallait goûter à tous les papiers.

Mmmh... le duo s'affairait dur car l'insatisfaction chronique était à ce point de désastre qu'il fallût s'agiter sans rémission à l'ouvrage afin de répondre à toutes les demandes... ou presque.

C'est ainsi qu'un adolescent, sweat & jean, plutôt chétif, au bronzage à la passoire pustuleuse, fit une nouvelle entrée chez *Zizi* . On ne l'avait assurément jamais remarqué, pour partie affublé d'une discrétion acquise de naissance, par évidence qu'une irruption tel qu'accoutré d'un simple boxer surmonté de ses pauvres pectoraux n'aurait pas déchaîné les passions. En fût-il convaincu : rien de moins sûr. Il reluquait pour beaucoup les rayons, mais ses regards attentionnés aux belles choses ne dédaignaient pas non plus les effets féminins. Alors, pour un temps, se prêtait-il à rêver que les héroïnes débordantes d'un amour à partager (*urbi et orbi*) avaient glissé du livre ou du blister pour se planter sur son chemin à la recherche de leur prochaine aventure. Bien souvent la romance prenait fin prématurément puisque la belle anonyme, convoitée d'un regard impénétrable, se désenchantait sitôt son document saisi à l'automate de prêt et disparaissait sur-le-champ à la rue sans pitié.

Cette croisade passionnelle ne trouvait nul apaisement au cœur de l'adolescent qui se frappait pourtant de déception en déception.

   Mais, ce jour-là précisément, il s'était missionné par un appel presque mystique à entrer en contact avec la belle Fantasia. Il avait déjà retourné la majeure partie des boîtes aux disques pop-rock que la star qui le hantait n'avait daigné se matérialiser à portée de voix. Alors il passa et repassa à multiples reprises au guichet principal, remarquant les allées et venues de cette fétiche eurasienne qui se refusait à son attention. Il lui vint tout autant l'envie de hurler tel un rocker inspiré : « Look at me, hey pretty woman ! » Mais si les paroles gagnèrent son esprit, l'air ne vint pas aux lèvres collées ainsi qu'un zip à la couture d'un blue-jean crasseux.

   Sa quête lui faisait souffrance. Il ne se sentait pas aujourd'hui de rentrer bredouille, sans même un sourire à accrocher à son palmarès de chasseur uniformément bourse-plate.

   Il tournait ainsi comme un lionceau en cage, tant et si bien qu'il aurait seulement pu attirer l'attention d'un vigile et pas même d'une vierge. Au jeu des probabilités il fallut bien que le double-six roulât à la table de prêt.

   Aux DVD musicaux Fantasia fut appelée et, le service sitôt rendu, elle se retourna, soudain face à face avec ce jeune gars qui restait interdit comme à la perte de ses parents. Son acné diplômante annula toute recherche parentale. Mais Fantasia venait d'hériter d'un gros nounours ou tout au mieux d'un héro de manga dont elle ne connaissait la cote de rangement. Elle prit les devants d'une voix filtrée au dessin animé japonais :

   « Vous recherchez une pièce particulière et vous ne savez comment vous y prendre pour la dévoiler ?

   Le jeune homme eut aussitôt une révélation. Voici donc la première créature féminine qui lut en ses pensées. Il s'essaya à un sourire qui de fait déchira plus qu'autre chose son visage de carton. Toutefois, les sons remontèrent du fond de sa gorge caverneuse et il articula comme s'il avait perdu au jeu des osselets tous ses plombages en même temps :

_ ...e suis amoureux...

Mais le reste se noya à la salive qui s'était crue appelée en renfort pour un arrivage inopiné de denrées coriaces à digérer. Fantasia comprit ce qu'elle voulût bien comprendre :

_ Lettre « E » vous dites, comme *Elvis* par exemple : vous y tournez le dos et au-dessus de votre tête.

Prétextant avoir rempli le service idoine, elle fila comme une fouine et trouva mille excuses pour ne plus reparaître avant un bon quart d'heure. Pour sa part, Diva en avait les cheveux qui brûlaient en un accueil surchauffé aux retraits.

Quand Fantasia reparut au comptoir informatisé, sa collègue s'était miraculeusement volatilisée, emportant dans son désarroi les usagers in fine rassasiés par leur dose de culture. Quelques retardataires hantaient encore certains recoins moins prisés par leurs hiéroglyphes plus complexes à déchiffrer et elle n'eut d'autre palliatif aux momies qu'à prononcer la fermeture irrévocable des portes du temple sous une vingtaine de minutes. Elle dut encore faire l'enregistrement de quelques documents, s'attendant même à voir glisser quelques bandelettes à sa tablette, puis, tout autant, imaginaire et médiathèque se firent creux et calmes.

Il était grand temps qu'elle s'évadât afin de nourrir son réfrigérateur.

Mais où diable avait pu se loger Diva ? Elle effectua tous les gestes requis par son service, concluant par le déroulé plaintif d'un rideau métallique.

Leconte avait tenu à ménager une sorte de vestiaire, près des toilettes, dont l'accès ne se dérobait qu'à l'usage d'une clef à l'exclusivité du personnel. Il se trouva que Fantasia y avait délaissé son manteau à la feutrine caparaçonnée, revêtant un gilet uniformément gris, l'autorisant à se fondre au mobilier ainsi qu'un leurre.

Quand elle enfonça la clef au canon, elle eut soudain un doute car il n'y eut pas l'effet rotatif escompté. Elle en était à douter de son outil dentelé alors que la porte s'étira de l'intérieur. Évidemment qui d'autre que Diva pour lui sourire en ce réduit !?

Fantasia comprit tout d'un bloc le retrait passif de sa camarade en cette pièce vouée à l'oubli, la consommation d'une cigarette parfumée qui ne l'embaumerait pas pour l'éternité, mais là n'était pas la question. Effondrée sur un pauvre tabouret, elle leva ses yeux de merlan frit à la déesse qui souscrivait enfin à son songe :

« Dis-moi qu'ils se sont tous cassés... ? J'en pouvais plus, tu comprends !?

_ Je constate dans quel état cet afflux t'a laissée... il n'y a plus que nous, en effet.

Et Fantasia se mordit aussitôt la langue d'avoir prononcé pareille sentence. L'autre se sentit au contraire comme ressourcée :

_ Chouette alors, on va pouvoir partager un moment d'amitié...

_ Ah, mais c'est que je n'ai pas que ça à faire, moi. J'ai les courses !

La jeune femme avait un peu appuyé la voix en un élan bien compréhensible de protestation.

_ Tu vas pas faire ta bêcheuse. Tu sais que j'en pince pour tes petits yeux d'encre. Et pour le reste, tout pareil d'ailleurs...

_ Il doit sûrement y avoir un malentendu entre nous et je suis prête à m'excuser platement si j'ai pu laisser s'immiscer un quelconque doute à cet égard.

_ Oh, arrête un peu tes formulations de secrétaire d'état. Tu vois pas le mien.

Effectivement, une partie de son maquillage avait fondu sous l'épreuve de la cachette et la rousse ébouriffée tenait désormais l'allure d'un vampire qui reprenait du service à heure convenue.

_ Lâche-toi un peu ma belle, renchérit-elle en un faciès soudain méconnaissable, faut savoir prendre du bon temps quand il frappe à ta porte.

Puis elle se mit à rire nerveusement, visant au-delà de l'employée qui ne cherchait qu'à enfiler son costume de tout-à-l'heure, gage d'une liberté reconquise. Cette dernière esquissa le geste de se pencher vers le manteau tenant son clou, ce qui n'eut d'autre conséquence que d'aggraver sa situation.

Diva la saisit dans ses bras et commença de la couvrir d'une rafale de baisers à tout-va. Comme à la lutte, Fantasia voulut se dégager avant de glisser au tapis, mais elle avait d'ores et déjà perdu l'équilibre et s'effondra sur sa partenaire qui n'imaginait pas, ce faisant, de rompre avec les préliminaires.

_ Hum... je t'aime tant, tu sais !

Fantasia ne voyait pas l'amour, ni une quelconque déclaration sous cet angle-là. Et puis, deux dans la même journée, cela commençait à faire déborder le vase aux roses.

Alors le combat s'engagea, pleinement. L'une résolut à profiter de tous les avantages de cette affectivité reçue comme un cadeau des dieux, l'autre parant coup après coup et déchirant son pauvre pardessus comme s'il eût pu faire l'effet d'un bouclier.

_ Ah non, Diva... il n'est pas question... non !

_ Hum ! Tu sens comme on s'aime... ?

Mais Fantasia asséna une vive claque au menton de la Diva qui se renversa surprise d'un tel engagement à sa personne.

Le manteau bien en main, la fille se redressa d'un coup de reins vendeur. Elle, à nouveau sur ses pieds ; l'autre, terrassée sous le tabouret tel un boxeur qui a glissé sur son éponge. Mais, sans doute, elle confondait manteau et serviette, et voulut s'éponger le visage avec le vêtement de la récalcitrante. Désormais le tissu faisait lien et, malgré le désaccord, il les reliait plus que jamais. Abandonner le blouson eût été un coup supplémentaire porté à l'orgueil déjà fortement entamé de la pauvre fille.

Une rage, qu'elle ne se connût point jusqu'alors, s'empara d'elle. Plusieurs tirs de pieds et de talons conjugués achevèrent d'illusionner son agresseuse d'une relation féminine ultra affective.

_ Ah ! la charogne ! Hou ! tu me fais mal, sale dégénérée d'allumeuse, vicieuse et...

Elle ne put en rajouter une ligne car le talon au plexus la mit hors d'état de nuire. Sans doute évanouie pour un temps, il n'en fallut pas plus à Fantasia pour décamper, claquant la porte derrière elle sitôt que l'air frais de la rue l'eût emportée, amoureusement.

À quelques jours de là, Fantasia avait souhaité se rendre aux nouvelles galeries. Elle s'était plainte à Cindy d'être à court de vêtements dignes de ce nom, trouvant sa garde-robe du niveau d'un vide-grenier. Cindy lui avait rétorqué qu'elle était temporairement juste en oseille et que les fripes du XXième suffisaient encore à son petit « bonheur de dame ». Était-ce prétexte de la part de Fantasia d'attirer la discussion au verbe des tissus plutôt qu'aux règles de son corps bafouées en-veux-tu-en-voilà, le fait est que les déboires sombrèrent au puits de l'oubli. L'inconscient donnait un bon coup d'éponge aux salissures de l'esprit.

D'une légèreté en pensée quasi printanière, elle s'habilla

Érotique Fantasia

d'un haut bouffant noir qui mettait cependant en valeur les galbes de ses deux pigeons maintenus de force aux balconnets, puis fit glisser délicatement des bas sombres au-dessus desquels elle enfourna un petit short fondu dans un synthétique brillant qui ne perdait rien de sa plastique irréprochable ; enfin, elle chaussa des bottines charbonneuses qui lui permirent de rehausser sa posture.

Face à la psyché elle prit plusieurs poses comme au souhait d'un paparazzi embusqué, et parut se satisfaire pleinement de sa dégaine. Son éternel *Perfecto* n'attendait plus qu'un regard de sa belle adorée pour la couvrir derechef.

Alors elle se laissa emporter par une rame encore claire de la ligne 7 en direction de l'opéra *Garnier* où elle refit surface pour faire claquer ses talons jusqu'aux *Grands Magasins*.

Le monstre de l'habillement connaissait ses proies et, au travers de ses vitrines chatoyantes, la dévora au premier regard. Fantasia était, on s'en doute, toute disposée à se laisser faire.

Le rez-de-chaussée était indiscutablement une tuerie de merveilles auxquelles seules les cartes présentes au portefeuille pussent ouvrir la gagne : mieux valait être plein aux as. Elle décida de surseoir et de passer la mène. Un peu saoulée aux vapeurs des parfums qui ne cessaient de s'évader de leurs flacons taquins, elle se fit emporter d'un escalator gourmand aux belles en devenir.

Le premier palier ne versait que dans le prêt-à-porter et elle ne se sentit pas l'âme à se confondre au populaire. Elle en voulut plus. Encore un déroulé mécanique qui la transporta ce coup-ci au rayon des stylistes.

Là, on ne plaisantait plus avec l'élégance : « Il fallut que cela sape ou que cela casse ! »

Mais, pour elle, à son niveau de toute première employée, chaque création avait un atome crochu avec le divin et elle se perdit à la rotation de toutes les boutiques ouvertes, quasiment à en attraper le vertige. Elle constata toutefois que sa solde ne lui permît pas d'accéder à ses rêves immédiats, d'autant qu'une vendeuse au chignon de poupée et aux cils de biche la surprit à reluquer l'étiquette dérobée d'un chemisier frappé de dentelles.

Fantasia rougit au flagrant délit de sa pâmoison, ne pouvant nier son admiration et son désir, mais n'ayant pas non plus les moyens de les satisfaire. La vendeuse n'insista pas et laissa la porte ouverte d'un « à la prochaine fois » qui ne fit qu'aggraver le désarroi de la jeune fille. Elle s'enfuit et, pour le coup, redescendit les escaliers telle une gitane surprise à vouloir faire sien un quelconque jupon.

À l'extérieur, le brouhaha vivifiant lui mit quelques claques. Elle reprit ses marques à l'anonymat tant apprécié de la parisienne en goguette, puis, n'ayant pas même un valet à faire valoir, elle décida de se laisser reconduire au carrosse métropolitain.

Le retour avait fait son plein de contribuables :

des touristes illusionnés,
des familles tronquées,
des amants sans Juliette,
des quidams harnachés à leur hochet téléphonique,
des anciens à l'énergie inépuisable,
des regards perdus,
des conversations écrasées sous les rails,
des silences lourds de bruit,
des jingles assassinant la musique,
des trains qui se croisent en une claque,
des masques qui ne tombent plus,
des enfants agités aux voitures mais anesthésiés

Érotique Fantasia

intérieurement,
des travailleurs que l'on ne voit plus,
des chiens perdus sans un seul os à ronger,
des paquets qui tirent leurs consommateurs et emballages qui les étouffent,
des travaux qui font douter les clignotants au tableau indicatif,
des livres de poche qui ne glissent plus des poches,
des carnets qui ne prennent plus de notes,
des banquettes partagées mais aucune banque qui ne partage,
des cheveux bleu-blond-blanc-black,
des songes envahissants,
des piercings attachants,
des sourires à son petit écran,
des visages de cire comme en un musée déroutant,
des stations qui font le vide et d'autres qui font le plein,
des wagons qui s'entassent,
des femmes qui resserrent leurs effets personnels,
des hommes qui surplombent leurs corsages,
des soupirs partagés vaille que vaille,
des gros des gras des groins des grues des gris des grimés des grippés... le tout groupé,
des corps qui se frôlent qui s'évitent qui s'effleurent qui se craignent qui se bousculent qui se pressent qui s'excusent qui se secouent qui tremblent qui ne s'aiment pas qui voudraient s'aimer qui se repoussent qui s'attirent qui se perdent qui se confondent en un seul et même corps social :
celui des inconnus en ribambelle.

Fantasia faisait ainsi partie de ces inconnues agrippées à la poutre centrale joignant le sol au plafond d'une voiture au train qui la ramenait aux alentours de chez elle.

À cette heure de forte affluence, elle n'avait pas trouvé de place assise et son jeune âge ne plaidait pas en sa faveur. D'aucuns auraient pu penser lui proposer une place sur le giron, mais, au premier virage anguleux, le tramway souterrain crissa plaintivement sous la contrainte et les fantasmes furent mis aux fers.

À la station de Châtelet, il y eut tout un grand chambardement. Ceux-ci qui voulaient rejoindre le quai pressèrent ceux-là de s'écarter de devant les portes qui s'étaient pourtant bien escamotées à leurs yeux exorbités de troglodytes en mal de ciel bleu. Mais les voyageurs qui n'avaient pas trouvé ici leur destination se trouvaient pétrifiés en une position intérieure qu'ils défendaient chèrement. D'autant qu'une nouvelle salve aux zombies du samedi après-midi pénétra de force le wagon à peine débarrassé de la précédente.

Fantasia essaya tant bien que mal de se faire liane à la tige de métal qui la supportait depuis cet enfermement en cette cage de damnés. Elle se promit en son for intérieur qu'à l'avenir elle opterait pour le trajet en bus, voire à la trottinette. Pour l'heure, elle se devait d'assumer sa position, n'ayant soutenu que la moitié de sa croisade. Elle résista, pour sûr, mais les corps s'agglutinèrent précipitamment au sien et elle se sentit bientôt telle une caille en pâté.

Le conducteur de la locomotive ordonna la fermeture cinglante des portières et le pot fut clos. La livraison reprit son cours.

Une chaleur monta crescendo en elle. Les haleines putrides annihilaient radicalement le peu d'oxygène qui parvint encore à ses narines dilatées à l'extrême. Elle se sentait défaillir mais, par une maîtrise inespérée de soi, elle tint tête au relâchement qui menaçait de l'emporter. Alors seulement, elle commença de réaliser qu'une autre menace était à

Érotique Fantasia

l'œuvre.

Un tentacule aussi maniable qu'humide s'était soudain attaché à inspecter la plastique de ses reins. Elle comprit qu'il y mettait les formes et que son verdict n'était pas prêt de tomber. De son point de vue tous les visages environnants portaient le même masque : celui de l'indifférence au maquis du transport. Pourtant un franc-tireur l'avait *belle et bien* placé en son *colis-mateur*.

Insidieusement, elle devenait victime.

La palpation qui aurait pu s'en tenir à une accolade quelque peu familière glissa sans précipitation au galbe de ses fesses.

Pont-Marie, Sully-Morland, autant d'escales qui ne faisaient pas recette, chacun projetant un ailleurs plus prometteur...

Le tentacule avisa une brèche centrale et, tel le ruisselet cherchant à se faufiler au creux le plus humide, se laissa emporter au trésor le plus intime. Fantasia poussa un ha ! dont les grands yeux de sa voisine exprimèrent un doute quant au plaisir ou à la douleur divulgués.

Une rage prit la jeune femme qui rua des talons au plus proche des sabots qui se pressaient derrière sa croupe. On entendit alors un argh ! significatif du coup qui fait d'autant plus de mal qu'on ne l'a pas vu venir. Et le tentacule se rétracta comme s'il n'eût jamais été.

Le train freina brusquement et se dégrafa outrageusement ainsi qu'à se libérer d'une démangeaison insupportable. *Jussieu* avait ses adeptes et quelque peu d'espace en gratifia l'intérieur.

Fantasia reluqua alentour le diable qui s'était fait homme en deux stations seulement, mais elle n'en repéra pas même le bout de la queue. D'ailleurs sa voisine, également, avait fui vers de meilleurs enseignements, la faculté de médecine étant propice à une juste connaissance des corps.

Rien ne pouvait prouver de son vécu et, pourtant, son

physique attractif avait une fois de plus servi de cobaye à la volonté d'un tiers : les interrogations se multiplièrent à son retour casanier.

Alors qu'elle avait à peine arraché ses chaussures qui lui pressaient les orteils, le portable vibra avec vigueur au fond de son sac. Ses mains s'enfournèrent aussitôt à la masse comme pour capturer une anguille qu'elle ne pût distinguer :
« Allô, Cindy. Tu m'attrapes au bon moment...
_ Ben, fais-moi partager ; je suis plutôt en panne de sollicitations...
_ Ah, pour ça... Laisse tomber. Que fais-tu ce soir ?
_ Je comptais passer à *La Scala* pour pécho un ou deux keums, belle gueule et pas trop cons. Tu me copies ?
_ Ah ça non ! je flaire le plan foireux d'avance, genre dealers de banlieue en recherche du plan cul pour le week-end.
_ Qu'est-ce que tu peux être serrée de la moule !! Tu n'apposerais même pas les mains à un sacristain...
_ Quelle idée, ma pauvre Cindy. Tu devrais essayer le bain de siège avec un bénitier, ça te calmerait un peu les parties sensibles, et puis... »
La ligne sauta brusquement, mettant un terme prématuré à une réflexion jusqu'ici nourrie avec profondeur. L'anguille replongea à la vase.

Fantasia se sentit lasse de ces corps à corps, incessant. Elle aurait voulu de la douceur, sans deviner où la trouver. Pour la soirée qui glissait, et pour la ixième fois, elle allait se consoler avec une dramatique au canal 26, une pizza courgettes-aubergines, tout droit sortie du congélateur, et d'un bac de « un litre de crème glacée à la fraise ». La pizza faisait tôle et lui échappa des mains gelées pour percuter l'évier en inox en un fracas de matières. Elle décida de la laisser s'assouplir. Le cube de glace lui inspira plus de méfiance. Elle le saisit avec des gants, mais il fit bang ! à l'égouttoir.

« Les temps sont durs », pensa-t-elle, machinalement. Elle se dirigea vers la salle-de-bains ou tout au moins le réduit préposé à la chose. Un par un, elle ôta alors tous ses vêtements. Le miroir encadré de petites ampoules rondes cherchait à lui renvoyer l'image d'une starlette. Quand elle fut en tenue d'*Eve*, elle se confronta à une auto-inspection du spécimen au reflet.

D'accord sur ses proportions qui auraient pu inspirer tout artiste plasticien. Les deux capsules noires sur ses seins en poire faisaient juste harmonie avec sa coiffure courte et sa toison pubère, le tout noyé en un laitage à peine crémeux. Pourtant elle se convainquit sans ciller que rien ne la présentât ainsi qu'un top-modèle. Trop petite, en outre une poitrine insuffisante, des caractères asiatiques encore saillants malgré le métissage englobant. Elle se prit à rire tout autant en lorgnant son buisson au bas-ventre qui lui parut tout-à-coup aussi développé que le bouc d'un mousquetaire. Heureusement que nul ne l'eût jamais vue de la sorte. Elle se promit également d'amoindrir la végétation sous les aisselles ; le printemps approchait, il était propice à une bonne taille.

De ses mains délicates elle modela son visage, puis galba son cou plutôt étroit. Mais, qu'était-ce donc qui générait tant d'ardeur auprès de ses semblables, hommes ou femmes, plutôt vieux que jeunes, d'ailleurs ? Elle se retourna et, se cassant le cou telle une poupée démontable, reluqua curieusement le bas de son dos. Ses anches étaient bien creusées pour servir deux jolies brioches prêtes à déguster. La cuisson à point les avaient séparées en leur centre. Puis elle remarqua que ses cuisses ne se touchaient pas, laissant un espace mystérieux appelant toutes les conjectures. Elle vit le piège ou, certainement, la promesse d'un trésor qu'elle avait porté jusqu'ici avec toute l'ingénuité du monde.

Sa main droite glissa aux galbes pressentis et s'abandonna au point le plus trouble. Chaleur et moiteur couronnèrent son audace. Elle referma les yeux et retrouva comme par magie l'effet du tentacule qui avait ouvert la voie auparavant, juste un instant passé. Elle avait chaud aux pommettes comme aux lobes des oreilles.

Elle se saisit de son pyjama à deux pièces, pantalon et veste, dont elle se revêtit, terminant sa séance de découverte sous l'extinction des feux.

Elle revint terre à terre aux nourritures qui se ramollissaient à la cuisine. Pourtant, ses nourritures charnelles, elles, continuèrent de la tracasser, plus encore au contact d'une série langoureuse où l'héroïne, qui lui rappela les traits de Cindy, n'arrivait pas à se décider – d'un plan à l'autre – entre le grand intellectuel aux cheveux bouclés et le coach sportif aux muscles gonflés à l'hélium. Décidément, rien ne démontra l'ombre d'une solution à ses questionnements affectifs, voire existentiels.

Au moment de s'enfoncer dans les draps, elle se remémora le conseil de lecture de sa collègue : Donatien Alphonse François, soit D.A.F ; quel drôle de nom, quand même. Mais elle se promit d'y jeter un œil.

Ainsi se retrouva-t-elle en elle-même en un plaisir indescriptible.

« Alors, Fantasia, ça va ? Vous vous plaisez en ce temple de la culture ?, entama Leconte tout guilleret après un repas mystérieux qu'il venait de tordre du côté de *La Rotonde*.

_ Comme vous y allez avec l'épithète ! Je n'ai pas encore eu la sensation d'entrer dans les ordres (et, à part d'elle-même, plutôt la preuve déplaisante d'un désordre social où chacun veuille mordre à l'hostie sexuel qui lui fait défaut en son presbytère.) Mais sinon, oui, oui ça va bien ; merci monsieur.

_ Ah, si l'on ne peut plus se laisser glisser malicieusement de la culture au culte... où est le plaisir ?

Fantasia s'étouffa comme à l'absorption d'un effronté moucheron. Leconte bondit à la recherche d'un gobelet d'eau. Elle se masqua alors le visage pour compléter la formule du patron :

_ ...de la culture au culte et du culte au c...

_ Je vois que votre toux ne vous a pas endommagé les méninges, renchérit Leconte tout en la gratifiant d'un petit pot flasque.

Elle but, histoire d'éliminer la remarque qui lui avait paru « on ne peut plus » déplacée.

_ Il faut que j'y retourne, dit-elle en prosternant la bénédiction accomplie.

Lui tourna les talons, shuntant soudain de la plaisanterie au sérieux d'une paperasse électronique digne d'un décryptage à la seconde guerre mondiale.

Fantasia fila droit aux abris, quoique ce bombardement ne l'eut point atteinte. Ce fut alors qu'elle se souvint du conseil de Gauloise. Et, comme par l'engendrement d'une prophétie, le recueil était sagement perché au-dessus de sa tête à la toiser par sa supériorité culturelle. Elle s'avisa que personne n'eût enfilé le même rayon et au même instant, et, de la pointe de ses orteils, elle arracha le coquin bouquin.

Quatre capitales d'imprimerie y avaient été gravées en plein centre de son tiers supérieur : S, A, D, E. « Faut-il qu'il y ait un rapport au sadisme ou bien faudrait-il y lire quelque chose comme un acronyme : **S**érie **A**dulte aux **D**ésirs **E**xprimés... ? »

L'ouvrage eut la première outrecuidance de se nicher sous ses miches à l'intimité d'un chandail angora.

Maintenant que son forfait eût été fait, elle devait s'en

débarrasser astucieusement et visa la cabine où les employés revêtaient en un clin d'œil leur tenue de bibliothécaire. Mais, au dernier moment, elle se ravisa, craignant la fouille irrépressible d'une collègue soumise à la montée menstruelle du désir.

Elle fit apparaître le livre à pleine main et alla d'elle-même se l'enregistrer, assumant de fait son choix au vu et au su de tout un chacun.

Étrangement, Gaston ne biaisa pas son regard, pris par un déroulé à l'écran qui lui faisait tout un fromage. Elle accomplit franco la procédure idoine, plaça l'infolio à la racine du bureau, en un feuillage de carton qui ne demanda qu'à être nourri.

Lorsque la grille couina la fin de journée, Gaston remarqua in extremis le paquetage de son double :

_ Alors, fit-il en pointant le nez vers ses bras chargés, tu fais des heures supplémentaires ?

La réplique était par trop facile :

_ Ah, pardon ! Je m'instruis, môssieur !!, conclut Fantasia.

Seuls les anges n'eussent pu comprendre de quoi il se fut agi...

L'eurasienne faisait état de tout un rituel pour se mettre à lire. C'était un peu comme avec la théière. Aussi avait-elle agencé auprès de son couchage une lampe à pied où la barre supérieure faisait torsion avec l'inférieure par le biais d'un axe rotatif occasionnant le placement au surplomb de l'ouvrage littéraire d'une sorte de feuille incandescente à usage de douche lumineuse. Ensuite la lectrice présumée n'avait plus qu'à se glisser en ses draps satinés *saumon royal* pour se juxtaposer, bras cassés, d'un angle permettant le meilleur pont de vue aux caractères, quelles qu'en fussent leurs police et taille.

Érotique Fantasia

Auparavant Fantasia ne manquait pas de superposer un grand oreiller et encore un petit coussin d'appoint au traversin qui de toujours avait fait sien le haut du matelas en *Bultex*, renversable, une face hivernale chauffante, une face estivale au maillage aéré pour des étés qui d'indiens filaient dorénavant jusqu'à l'Indochine.

Simplement recouverte d'une nuisette chocolat noir, Fantasia, d'un tour rituel de la propriétaire, mit fin à tous les feux, exception faite de la douchette à la complicité de lecture assurée.

Elle frissonna tout de même quelque peu au contact du linge qui l'emballa tel un sandwich. Mais enfin, idéalement positionnée, elle entreprit la découverte de cette parole écrite, pour le moins éminemment auréolée d'être parvenue à nous depuis la révolution française. 1787, remarqua-t-elle, à peine deux années avant la prise de *La Bastille* : les esprits devaient sacrément s'échauffer et, pour preuve, cet ouvrage.

Alors, progressivement, l'ingénue se laissa happer au conte que Sade avait souhaité transmettre à travers les âges.

Vers deux heures un quart au réveil en forme d'éléphant d'onyx, elle fut prise d'un coup de barre subit qui l'incita à la fermeture imminente des paupières. Malgré son intérêt qui n'avait fait que croître de page en page, il lui fallut capituler au cours de cette première immersion au gouffre des turpitudes humaines. Elle eut encore la force de se souvenir qu'elle allait prendre le second quart à *Zizi Jeanmaire*, au lendemain après-midi galopant. Puis, à peine si elle eût pressé la poire à portée de main qu'elle s'effondra comme frappée aux malheurs qui poursuivaient sans relâchement l'infortunée Justine.

Érotique Fantasia

Érotique Fantasia

II

« *Et cette Marianne, qui me paraissait une fille très effrontée, se déshabilla dans l'instant, et Raphaël me contraignit à me prêter devant lui aux attaques de cette nouvelle Sapho qui, portant l'effronterie au dernier épisode, veut triompher de ma pudeur. Le spectacle, renouvelé deux ou trois fois, enflamma de nouveau les désirs du moine, il saisit Marianne et la soumit à des plaisirs de son choix, pendant que je servis de perspective. Enfin content de cette nouvelle débauche, il nous renvoya chacune de notre côté en nous imposant le silence.* »
D.A.F. SADE

  Les nuits se succédèrent et se ressemblèrent par le truchement d'un intérêt de lecture à régime constant. Il ne fallut d'ailleurs pas plus d'une courte semaine à Fantasia pour dévorer les écrits brûlants échus en ses mains blanches. Finalement, elle réintégra l'ouvrage, un peu à l'insu de tous. Elle avait été bouleversée par la tragédie de cette Justine. Tout autant elle ne se souhaitait pas trop qu'on le remarquât.
  Cependant la leçon qu'elle pût tirer de cette fable frappant aux portes de *La Bastille* commença de porter ses fruits

puisqu'elle installa un périmètre de sécurité quant à sa personne et se prit régulièrement à jeter un coup d'œil en son rétroviseur, bien qu'elle ne confia jamais son entre-jambe au bec de selle d'aucun vélo.

Le travail en binôme imposait d'autre part une solidarité de fait. Mais une telle vertu lui apparut au grand jour de sa lecture comme un saupoudrage de paillettes argentées. Elle se renfrogna, prenant même sa propre nature à contre-pied.

Ce fut Fernand qui, dans son naturel et son empathie inégalable, lui en fit le premier la remarque :

« Dis donc, Fantasia. Je ne sais trop combien de personnes t'ont marché sur les petons ou tiré les oreillons depuis notre arrivée au *47*, mais ton caractère en a pris un sacré coup sur le râble.

_ Crois bien que j'en suis sincèrement désolée, surtout si tu t'en imagines la cible, tenta Fantasia de s'expliquer ainsi ballottée à froid.

_ Je ne le prends pas pour moi, eh non ! Je te dis simplement ce que j'observe, et cela me navre plus qu'autre chose.

_ Ah, mais Fernand, tout le monde ne peut pas être doté de ton honnêteté et de ton cœur sur la main...

_ Allons... allons bon, ma caille dorée, je ne suis pas un saint. Et par nature, je reste un homme à l'image de mes semblables.

La jeune femme comprit à contre-coup que, là encore, elle s'était laissée aller à un excès insatiable de son caractère à voir la bonté chez les autres, voire le désintéressement.

Si la littérature avait pu titiller ses réflexions au diaphragme d'une observation hyper réaliste du monde, malheureusement elle n'équivaudrait jamais au marquage au fer chaud qu'impose l'expérience de la vie. Sa jeunesse ne jouait pas en sa faveur, en ce sens-là. Il n'en serait pourtant pas toujours de la sorte.

Fernand, lui, qui la voyait indiscutablement en souffrance, accentua son intérêt à son égard. Il aurait même cédé sur ses deux carreaux de chocolat au lait qu'il faisait religieusement fondre après son dernier repas, au soir. Il aurait volontiers échangé cette gourmandise pour décharger sa collègue de sa peine. Quant à la prendre dans ses bras d'une envergure d'albatros, ce n'était pas l'envie qui lui fit défaut en son for intérieur. À ce stade de leur histoire commune, il était encore capable de la juguler.

Mais le diable semblait vouloir opérer un coup de main en s'installant petit à petit aux poignées libres de son fauteuil roulant. Et Fernand de croire que son bonheur à côtoyer Fantasia lui donnait plus d'entrain au maniement de son véhicule.

L'ombre qui s'attachait un peu plus chaque jour en son dos pourrait à terme précipiter sa chute en avant.

Fantasia marchait sur la voie d'une nouvelle ère. De fait, elle n'avait pas encore opéré sa mue et son enveloppe extérieure ne trahissait aucun changement pour qui la prît pour une « quidame » comme tant d'autres.

Au supermarché, par exemple, elle était devenue fantomatique, là, où, auparavant, il fut bien rare qu'un gondolier de service ne se fût point retourné à son passage. C'est-à-dire que, désormais, elle filait droit, d'une lampe réfrigérée à un promontoire de légumes, sans plus jamais accorder la moindre attention aux individus environnants. Tant pis alors pour la vieille dame qui ne réussissait pas à imprimer l'étiquette auto-collante au pèse-poids robotisé ; tant pis pour le non francophone qui ne pigeait rien aux annonces de réduction tarifaire flashées à l'orange fluo.

Rien ne dit qu'elle appréciât cette solitude dans la solitude ;

la rose voulut se refermer pour en protéger ses attributs.

Pour les transports urbains, elle usa de l'imperméable, invariablement noir, attendu qu'il pût pleuvoir une averse quotidiennement afin de donner raison au climat continental ; lequel donnait pourtant ces dernières saisons quelques signes d'infidélité aux mœurs établies depuis les temps antédiluviens…

Cindy, tout comme ce brave Fernand, avait décelé une rayure au vernis de la poupée de cire. Elle manœuvra de tout son cœur à l'invitation de Fantasia pour une soirée entre copains – sic – tous de bonne aloi comme elle s'était surprise à argumenter, invitation en son logis du treizième, au centre même d'un quartier réputé asiatique par prépondérance.

Fantasia, comme à son habitude, avait cherché mille raisons à décliner l'offre mais, finalement, à court d'arguties qui pussent être prises en compte par sa pugnace interlocutrice, elle avait rendu les armes et noté sur un post-it, placardé à la porte des toilettes : « RDV le 4 – Anniv' Cindy ».

À chaque réveil matinal elle sursautait, encore embrumée par ses voyages nocturnes, à l'image de cette tache, rose chair intérieure, oubliant de jour en jour l'objet de ce rappel obsédant. De toute façon, elle ne ferait pas faux bond à son amie et elle se jura d'y apparaître ainsi qu'une sculpture non friable.

Et le quatre aligna ses bâtonnets au calendrier intransigeant.

Telle qu'en elle-même, elle voulait faire bonne impression, accordant autant d'importance au tissu cellulaire qu'aux tissus de fibres qui enveloppaient son tout. Elle entama l'exercice du mannequinat, face à la glace complice, par une association mini-jupe chemisier décolleté qui ne vit jamais le trait d'union aux bas noirs tant la première page au magazine féminin qu'elle générait appelait de fait toutes les convoitises.

Son humeur alors monta d'un cran alors qu'elle se retrouvait à nouveau en culotte et soutien-gorge face à la penderie béante d'admiration. Elle fulminait une autocritique qui prenait l'air d'un quarante-cinq tours rayé aux premiers sillons. Une pile de maillots de corps lui échappa des mains et elle maugréa encore à l'idée de devoir reprendre leur pliage soigneux, maintenant qu'ils avaient établi leur souk au tapis du sol. La cocotte montait en pression... Mais Fantasia réussit à se contenir. « On a pas idée de se mettre dans des états pareils pour une banale soirée entre potes », marmonna-t-elle d'un faux sourire qui la rendit exceptionnellement carnassière.

Elle se reprit donc par le jeu d'un classicisme que l'on pêche d'ordinaire à la pliure centrale des revues de mode. Un pantalon de toile résolument sombre épousa à merveille ses formes naturelles impeccables sans pour autant en dévoiler tout détail d'une anfractuosité intime. Un pull moulant, chocolat, assura une légère variation de ton en sa moitié supérieure. Mais, si le fuselage galbait ses mamelons à ravir, il lui fut très désagréable de distinguer les arceaux des baleines qui pointaient leurs nez à la surface. Il fallut encore s'y reprendre alors qu'une bouffée de chaleur venait de gonfler les ballons de ses joues. Quelque soutien qu'elle appliqua à son buste, il était impossible d'en faire disparaître le calque. Aussi opta-t-elle en définitive pour une absence de port des mamelles ; tout aussi bien, leur jeunesse et leur fraîcheur pouvaient tolérer cet écart aux règles instaurées depuis les années cinquante...

L'ensemble lui parut bientôt adéquat. Mais le moulage faisait pointer de façon saillante ses tétons auquel l'emballage marron donnait un avant-goût de nougatine. Elle eut soudain une illumination et se demanda pour la première fois si tout son être n'avait pas été voué dès l'origine à l'attrait sexuel… Pour toute réponse propre à modérer le feu qui lui brûlait désormais les tempes, elle ajouta un gilet de laine qui entremêlait astucieusement plusieurs tons, du gris au brun sombre, du noir profond à l'anthracite dénaturé.

Elle pivota à plusieurs reprises de droite et de gauche sur ses pieds moites et conclut sans appel qu'elle ne pourrait proposer meilleure figure en ce quatre du mois qui finissait par l'angoisser comme au jour d'une première communion.

Tout-à-trac les affaires durent faire place à la bourrasque de sa sortie des loges, et la porte claqua en sourdine ainsi qu'elle eût craint le moindre reproche.

Elle s'engouffra au métro car son trajet était direct jusqu'à la place d'Italie. Soit que son imperméable jouât pleinement son rôle de couverture, soit que les ardeurs fussent tempérées au quotidien opprimant, toujours fut-il que son court voyage se déroula tel un charme.

Fantasia s'était fondue à la rame, et la rame aux rails de son destin.

À la surface, elle récupéra la forte agitation d'une place d'Italie déjà teintée d'un orangé flamboyant. Elle se décala à courtes enjambées pour se placer dans l'azimut de l'avenue de Choisy qu'elle choisit – c'est peu de le dire ! – de contrarier à l'embranchement avec la rue de Tolbiac et de serpenter vers celle d'Ivry.

Les loupiotes des restaurants vantant leurs menus asiatiques typés lui firent de jolis clins d'œil. Elle ne détourna pas son regard, fixant un horizon lointain. Pourtant quelques fumets accrocheurs ouvrirent son appétit et elle accéléra le pas afin d'éviter le vertige de la fringale.

Lorsque la dérivation se présenta à sa gauche pour l'enclave des Olympiades, la louve tourna sa faim vers Rome. Au bas de la colonne d'habitation idoine, elle composa la première lettre du nom de Cindy qui lui rendit un authentique DAI, patronyme dont elle n'avait jamais su au juste la meilleure prononciation, balançant entre « day » et « die », suivant la chance put-elle imaginer le *jour J* ou la sentence mortuaire...

Le songe s'évapora puisque la porte se débloqua et qu'une voix nasillarde autant que guillerette de siffler : « seizième étage, ascenseur pair, porte centrale droite. »

Elle dut attendre le retour du chariot élévateur, évacué d'un gros chien baveux tirant son maître à la face canine faisant accroire un air de famille. Comme elle s'introduisit au bloc enceint de miroirs intérieurs et surmonté de plots extra-lumineux, deux autres gars empêchèrent subrepticement la porte coulissante de lui faire intimité, et ils rirent d'un ton déjà enjoué, arguant manuellement des bouteilles qu'ils n'avaient pas encore sabrées, mais dont la longévité semblait immanquablement compromise. À l'enfermement et au choix du seizième étage qu'ils confirmèrent d'un contact supplémentaire, superflu, ils prirent enfin conscience de la présence de la jeune femme qui détaillait le traitement de ses ongles afin d'éviter une présentation en un espace peu propice aux civilités. Mais, eux étaient déjà lancés comme des boules en un jeu de quilles et ils opinèrent du chef à tour de rôle à son encontre, déballant sans vergogne : « Noah, pour vous servir ! », et son homologue : « Jean-Philippe, pour ramasser les belles ! » Ce qui provoqua derechef une seconde salve de tremblements quasi hystériques auquel l'appareillage ne prit ombrage puisqu'il les déposa comme convenu sur le palier du seizième.

On n'aurait pu douter du chemin ; la porte entrouverte avait été sommée de rabattre la clientèle.

Ils entrèrent sans se concerter : une plus deux. Seule, une fente lumineuse indiqua désormais le lieu de l'orgie.

Érotique Fantasia

L'appartement était considérablement remué. Non qu'on l'eût visité aux fins crapuleuses mais, en cette date anniversaire d'un saint qui n'avait pas prêté son prénom à une telle soirée, le lieu était invivable. En ce sens qu'il faisait office de boîte de nuit délocalisée. *La Scala* à petite échelle...

Il suffit à Cindy d'entrapercevoir les nouveaux entrants pour se jeter à leurs cous. Fantasia savait sa copine chaleureuse en cadeaux affectifs. Seulement les deux tennismen n'avaient pas les mains dans leurs poches. Ils n'hésitèrent aucunement, ni l'un ni l'autre, à engager la partie, palpant de-ci de-là une paire de balles bien rondes. D'ailleurs Fantasia dut s'écarter du court où elle ne faisait a priori pas équipe. Le double mixte serait peut-être pour plus tard.

Ce break qui lui avait été accordé d'entrée de jeu lui permit de reconsidérer les lieux. « Ma pauvre fille ! », avala-t-elle sous couvert d'une ambiance sonore à l'esthétique capharnaüm. On entendait ainsi des sources musicales différant d'une pièce à l'autre, alors que toutes les portes de séparation étaient abattues.

Les éclairages avaient été également revus et une chambre même avait été garnie de boules scintillantes au sol, projetant des motifs éblouissants en une obscurité taillée à la serpe.

Bien sûr, la nouvelle arrivante dut se présenter à celles et ceux qui accrochaient leur regard au sien sous forme d'un point d'interrogation. De deux choses l'une : soit il fallait hurler son identité ainsi qu'à un interrogatoire de guerre, soit il fallait le confier intimement aux oreilles encore humides de parfums excitants. Elle fit de son mieux pour ne pas perdre pied en cette parade fantasmagorique. Toutefois il advint un temps où le groupe accepta sa présence physique en son sein et elle put enfin se blottir en un interstice inoccupé qu'elle convertit sur-le-champ en refuge.

Érotique Fantasia

Un vertige s'empara d'elle. Elle aurait dû s'asseoir mais comprit, tout autant, qu'il lui fallût du glucide à se mettre sous la dent. Des canapés aux couleurs psychédéliques lui firent de l'œil, coulés qu'ils étaient au ras d'une table basse. Elle picora au hasard, mélangea les goûts, confondit les saveurs toutes emballées de gras et de sel, disproportionnellement. Mais le résultat, outre de la remettre sur ses pieds, fut de lui communiquer un profond dégoût.

Vite, il fallut se munir d'un détergent puissant, et le premier verre de sangria encore libre de rouge-à-lèvres – à valeur d'accusé de réception – fut siphonné sans pourboire alors que l'œsophage répondit d'une remontée de gaz attestant d'un transit efficient.

Fantasia se sentit peu à peu ni mal ni bien. Tout concourrait ici à la transporter en un lieu lointain ainsi qu'en avait décidé sa prêtresse, Cindy.

Dans la pièce où les effets de lumière tournoyaient des murs aux plafonds, en des motifs déformés et fantasmagoriques, une musique électronique à la pulsation lourdement ancrée dans le grave faisait tressauter des danseurs cybernétiques. Le maître du bal était bel et bien un ordinateur accolé à la sono dont la liste de lecture surclassait celle des courses à l'hypermarché surplombant le boulevard périphérique. On en avait visiblement pour la nuit entière à combler ses désirs à moins que sa batterie ne se déchargeât avant celle des danseurs.

Le tournis emporta Fantasia. Elle ne voulut pas résister. Quitte à avoir la tête qui tourne autant que ce fut dans l'intemporalité musicale. Mais la chaleur intérieure gagnait du terrain. Elle s'extrayait du groupe hallucinatoire et, à part, laissait choir son gilet. Elle lorgna pour le coup sur une bouteille bleutée comme une portion de banquise soudain à portée de main. Un gobelet quelconque lui servit de médiateur. La menthe forte lui transperça le fond de la gorge. Elle faillit tousser, puis se reprit.

À ce stade, elle ne savait plus dire si c'était elle qui tournait sur place ou si les éléments s'étaient mis en gesticulation circulaire autour d'elle. Tant pis. D'une rasade effrontée elle liquida le contenant, ressentant du même élan une percée de feu jusqu'à son estomac sur la défensive.

Elle avait maintenant vraiment chaud et le liquide n'avait rien fait pour arrêter cet incendie. Alors elle tamponna dans sa paume le goulot de la bouteille renversée, à plusieurs reprises, et en appliqua les essences à sa peau moite du cou jusqu'à l'ouverture supérieure de sa poitrine.

Où était-elle venue se perdre, elle n'en avait plus aucune idée ? Ainsi venait-elle d'atteindre un sixième ciel en ce building qui devait à coup sûr rejoindre les nuages.

Le mouvement rythmique en cet espace clos l'absorba derechef. Elle fut prise aux vagues incessantes du haut-parleur qui lui commanda incidemment de se laisser aller. Et elle perdit alors toute notion de lieu et de temps. Elle flottait.

Les éléments se confondirent. Comme par enchantement elle ouvrit à nouveau les yeux. L'environnement n'était plus le même. Enfin, tout au moins, l'assourdissement musical omniprésent de tout-à-l'heure semblait désormais neutralisé par un filtre. Les objets avaient également cessé de tourner autour de sa personne, la laissant passer pour un astre attirant alentour toute chose.

Fantasia réintégra lentement une réalité plus matérielle. Ses yeux, quelque peu englués, tentaient d'appréhender les nouvelles informations qui leurs parvenaient. Elle était de fait allongée, son dos au contact d'un matelas qui la portait agréablement. Il y avait toujours de l'agitation, mais une distance la mettait hors du tohu-bohu précédent.

La lumière ici était douce. Elle comprit à l'évidence qu'elle contemplait un plafond de plâtre jauni et modelé aux ombres environnementales. Elle aurait volontiers refermé ses paupières pour plonger en un profond sommeil réparateur. Mais, près d'elle, il y eut une vague qui modifia son couchage : elle n'était effectivement pas seule !

Elle sentit également les effluves d'un tabac exotique et, surtout, un visage hilare se pencha en très gros plan sur sa figure. Elle eut presque peur, si ce ne fut que l'autre riait de façon communicative.

La fête battait son plein. Elle avait eu un passage à vide, une traversée temporelle qui lui avait échappée. Peut-être s'était-elle écroulée sur le *dance floor*. Alors on avait dû la transporter là, à l'écart, et quelqu'un l'avait veillée jusqu'à ce qu'elle reprit conscience.

« Tu veux un bédo... une taffe... ou tu préfères carrément une pelle ? » Le gars rit alors de toute sa masculinité outrancière.

Fantasia bredouilla. Sa langue avait visiblement du mal à réintégrer l'usage banal de la parole : « Euh... bah, non ! Pas du tout... j'ai sommeil ! », avait-elle fini par lâcher à son interlocuteur qui l'observait toujours comme au prisme d'un microscope. Cette observation la mettait mal à l'aise et elle détourna brusquement la tête à l'opposé. Alors, et à quatre-vingt-dix degrés, elle reconnut un second garçon, assis tel un pantin, bras et jambes aux quatre pôles, qui arborait un même sourire à la fois disproportionné et terriblement inquiétant. Elle comprit qu'elle était prise en étau entre ces deux jeunes hommes.

Jean-Philippe et Noah l'avaient récupérée alors qu'elle tanguait en perdition telle une algue déracinée en un plein océan sonore. Ils avaient bien pris soin d'elle en la ramenant gentiment au lit d'une chambre. Maintenant que la porte s'était refermée derrière eux, ils avaient tout loisir de faire connaissance avec leur nouvelle poupée. Jusqu'ici elle avait été bien aimable et s'était laissée peloter à tour de rôle, de bas en haut et de la coiffe jusqu'aux pieds qui avaient été débarrassés de leurs chaussures. Depuis le réveil, elle commençait à s'agiter, apparemment prête à se remettre sur pieds et à leur filer entre les pattes, ce qui n'était pas du goût des deux matous.

Celui sur la chaise vint corps à corps. Il s'expliqua :

_ Allez, hisse, un peu de place sur le triporteur !

Il la poussa de toute la longueur de son corps, se plaçant à l'identique auprès d'elle. L'autre n'avait pas bronché, si bien qu'ils la serraient désormais au plus près.

_ De quel triporteur veux-tu parler. Moi, je ne vois qu'un « tripoteur »... Laisse-moi te montrer un peu la conduite.

Celui qui la dominait tout-à-l'heure d'un regard clinique en vint tout naturellement à la palpation annoncée.

Fantasia sentit soudain qu'il cherchait à prendre possession de ses plus intimes attributs et elle rua pour se dérober à ses fers. Mais les deux hommes conjuguèrent leurs efforts et, tandis que Jean-Philippe plaquait les deux bras de la fille en un battement d'ailes ridiculement inutile, Noah faisait glisser le zip du pantalon et, malgré l'agitation des jambes, il réussit à arracher l'emballage.

Fantasia usa des membres inférieurs comme en un *kickboxing*, frappant de droite et de gauche tout en poussant des cris plaintifs : « Ha ; ouille ; assez ; lâchez-moi, sales idiots. » Il sembla que la dernière appréciation n'eût pas l'effet escompté. Jean-Philippe passa au-dessus de sa tête, récupérant les bras qu'il bloqua sous la masse de son corps accroupi, faisant d'une pierre deux coups en lui bloquant tout autant la tête à la pince de ses cuisses. Et, comme les cris de

Érotique Fantasia

la fille pouvaient devenir une menace à leur manipulation « hygiénétique », il trouva encore un coussin qui fit disparaître le visage de Fantasia et ses récriminations.

« Vise un peu, mec, ses parents n'ont pas raté le modelage !, ainsi s'esclaffait Noah, maintenant qu'il se proposait de retirer le léger tissu en « V » refusant toujours de livrer la toison pubère, et plus encore...
_ Cette fille-là, c'est une pure chatte. Faut y aller tout doux. Ne nous refait pas le coup comme avec Latifa... tu vois ce que je veux dire, enchaîna Jean-Philippe dont les ardeurs envahissantes firent sauter les deux premiers boutons à sa braguette.
Fantasia de fait était neutralisée. Elle comprenait sous l'étouffement qui la gagnait inexorablement que son affaire fût faite. Être déflorée à l'orée du printemps, d'accord, mais elle aurait préféré qu'on y eût mis les formes. La cérémonie de passage de l'état de fille à celui de femme se révélait non pas sacerdotale mais sacrificielle. Son corps se relâchait sous l'emprise des deux démons qui l'avaient prise en chasse depuis son arrivée au pied de l'édifice.
« À quoi bon résister, tout autant aurait-il fallu y passer un jour ou l'autre » marmotta-elle encore, chatouillant par là-même les parties sensibles de celui qui venait de faire apparaître son bâton de berger.
_ À moi l'abordage, moussaillon ; retiens ton sabre que je l'embroche de mon dard sucré, déclara Noah, en une verve décuplée par la circonstance.
Il ouvrit le compas des jambes de chiffon et tenta de marquer sa conquête d'un poinçon viril.
_ Presse-toi, mec, je vais tout lâcher si... »
Mais Jean-Philippe n'eut pas l'heur de finir sa phrase. La clenche de la porte venait de se courber et Cindy, tout à la fois

ébouriffée, démaquillée, transpirante et survoltée, avait franchi subrepticement le seuil du petit salon de ces messieurs.

« Non mais vous vous croyez où mes cochons ? C'est pas le tripot du treizième, ici, hurla-t-elle, en un accès de fureur.

Elle claqua la porte en son dos.

_ Toi, continua-t-elle menaçante, descends de Fantasia avant que je te plie le jonc !

Et n'écoutant que son instinct de femelle solidaire, elle se jeta sur les deux garçons pour les déstabiliser.

_ Aïe, sale gosse, queue de rat, caniche nain…

Cindy déversait tout ce qui lui passait par la tête dont les méninges trempaient en un mélange particulièrement corrosif. Mais les garçons, sans se concerter, venaient de lâcher une proie pour une autre, faisant feu de tout bois, et ne regardant pas à la dépense énergétique quand il s'agit d'assouvir leurs rutilantes pulsions. Cindy était dorénavant à leurs mains.

D'un retournement inattendu Noah envoya Fantasia au tapis. À moitié nue la jeune femme recouvra ses esprits et glissa immédiatement sous le sommier qui lui parut de son point de vue une camisole contre l'orgie.

À la surface, Cindy mordait les draps de la colère de s'être fait piéger à son tour. Les garçons ne chômaient pas. Ils la défroquèrent en un tourne-mains. Alors la nouvelle recrue se mit tout bonnement à éclater de rire.

_ À la bonne heure, renchérit Jean-Philippe ; celle-ci, c'est moi qui la chevauche le premier vu que la précédente t'a glissé comme un bleu-bite. »

Noah passa le relais ; le second set promettait de beaux échanges.

« Attends, pas si vite !, dit à voix plus basse Cindy.

Et des râles de satisfaction commencèrent à se répandre cependant que le matelas changeait de forme telle qu'une bête fantastique l'eût investi. Ce n'était d'ailleurs plus un solo mais une chorale qui s'exerçait aux meilleurs harmoniques.

Fantasia était, au-dessous, figée par la terreur, celle de reparaître, d'autant qu'elle ne savait pas où avaient été jetées ses affaires. Elle ne goûtait en rien à la petite musique qui se chantait à l'étage, accompagnée de-ci de-là d'un grincement de sommier. Pourtant elle recouvrait petit à petit tous ses esprits. La situation s'avérait désormais profitable aussi longtemps que les gamins eussent trouvé un sucre d'orge à lécher. À condition de bien jouer son coup, Fantasia planifiait une évasion de cette orgie qu'elle n'eût point devinée au programme de la soirée.

Tournant la tête elle vit que le falzar de Cindy faisait serpillière à potée de main.

_ Aaaah ! Jean-Phi... Jean-Phi... Oui, comme ça...

En effet, la récalcitrante inférieure subtilisa à bon escient le vêtement. Ensuite il lui fut beaucoup plus difficile de se l'approprier physiquement.

_ Encore... encore... plus vite... ou-ouh !!

Le remue-ménage stoppa net.

Noah voulut tirer son épingle du jeu :

_ Ben ça alors ?! Qu'est-ce que tu lui as mis. Allez, ouste ! dégage-toi de là. À mon tour maintenant.

Il y eut de spectaculaires manœuvres qui privèrent Fantasia de tout mouvement. Elle bouffa même la laine du matelas et eut une très forte envie d'éternuer. Mais, à la concentration du plus haut degré, elle réussit à se calmer. D'ailleurs, sur le ring, les ébats traversaient visiblement un coup de mou.

Sans tambour ni trompette elle enfila les deux manches du bas. Cependant, le calme supérieur devenait inquiétant. À tout instant elle s'attendait à voir la tête d'un des deux diablotins apparaître à l'envers avec le sourire de Satan.

_ Alors, t'as repris tes esprits. Ne te refroidis pas et retourne-toi plutôt : on va faire la face « B »...

_ Ah oui ! La face *B* comme *Baise*, se crut malin d'ajouter Jean-Philippe qui dans le feu de l'action n'avait pas perdu sa langue.

_ Ça suffit. J'en ai assez ! Vous me prenez pas un peu pour une putain, non !?

Cindy venait soudain de changer d'opinion :

_ Et Fanta...

Mais elle ne put terminer sa phrase car on étouffa sans doute son plébiscite qui ne motivait pas ses électeurs.

Du chaud au froid. Fantasia était terrifiée. Cindy n'avait eu d'autre idée que de la remettre en selle d'un rodéo sexuel improbable. Toutefois, un balancement régulier prit forme. Il était accompagné dorénavant de mmmh ! à la régularité surprenante. Fantasia réalisa qu'il n'y avait plus à tergiverser. Elle glissa lentement son corps côté porte. Puis, lorsqu'elle fut à la limite de son refuge, elle ferma les yeux, serra les poings et se ramassa en une seule idée : s'extraire d'un jet, baisser la clenche et disparaître hors de ce cloaque.

La rythmique sexy s'était installée durablement.

Telle une chatte en terrain sensible elle bondit courbée, puis moitié redressée, plongea sur l'huis qui ne lui opposa aucune résistance.

De l'autre part, étrangement, le calme ; la liberté. Elle négligea toute mondanité, ne souhaitant pour autant ne jamais revoir les individus rencontrés ici pour la première et dernière fois. L'autre porte, la principale, était verrouillée. Mais la clef était sur la serrure. Alors qu'elle en faisait sauter le loquet, elle vit çà et là une paire de filles et de gars vautrés pêle-mêle tels des gastropodes. Son dégoût ne fit que s'accroître et, sur le palier, elle attrapa directement la porte de service de l'escalier de secours sans risquer d'attendre le retour d'un ascenseur monopolisé au sous-sol.

Dans sa descente hâtive elle réalisa qu'elle sautillait à pieds nus, ayant fait les frais dans cette soirée glauque non seulement de son honneur mais de ses meilleures godasses.

Dehors un jour gris pleurait son lever matinal.

Le contact de ses pieds nus au sol fraîchement humide la raviva. Son cauchemar allait prendre fin à l'haleine d'une bouche de métro qui lui crierait bientôt son soutien à la raccompagner chez elle. Le cauchemar refusa de se faire berner par les fadaises d'une réalité enjôleuse. Et le sac à main dans tout ça ?

Si elle avait été transformée en louve au fil des épreuves récentes, elle se serait jonchée sur une corbeille à détritus pour hurler cette déveine qui lui collait à la culotte. Il fallait revenir en arrière... Gruger le tourniquet validant le titre de transport eût été un enfantillage ; abandonner carte de paiement et formule identitaire, une pure hérésie !

Elle repoussa la porte du sas dont la négligence à l'entretien ne permettait plus le verrouillage automatique. Ici, même le groom en avait pour son compte. Ascenseur ou escalier ? Tant pis, la double porte la prit dans ses bras.

Six, putain de six ! Rendue au palier, un calme monacal avait fini par s'y instaurer. Comble de surprise, la maison de Cindy ne s'était pas close correctement tout-à-l'heure. Au point où elle en était, le courage faisait office de pure formalité. À tâtons, cependant, elle pénétra cette maison de passe où chacun s'était finalement laissé soumettre au désir du sommeil. L'effondrement était total, moral et physique.

Un ange passa.

Le sac attendait bien gentiment le retour de sa maîtresse au pied d'une table basse entièrement maculée de déchets. Les respirations aux tuyaux puissamment dégraissés par de multiples détergents couvrirent son retour. Dans l'instant, elle se vola elle-même, ou plutôt elle déroba la bourse de celle qu'elle avait été. Mais sur le seuil lui revint la sensation d'une plante des pieds à l'état de nature. Les dents se serrèrent d'un cran supplémentaire et son regard se fit plus noir encore.

Elle approcha la chambre froide où on l'avait prise pour un morceau de bidoche. Voulant jeter un œil furtif au-delà de l'encadrement, l'un des mauvais génies se mit à bredouiller à haute voix une formule incantatoire incompréhensible. Eut-elle aperçu ses chaussons de verre qu'elle n'en eût regretté l'éclat. Machine-arrière.

Alors, dans le petit hall d'entrée, elle remarqua une paire de baskets noires dont la juste pointure semblait encore le meilleur argument. Elle les enfourna, englobant les lacets piégés à l'intérieur. Ce fut le dernier regard qu'elle portât en ce lieu maléfique tandis que la fine pluie qui s'était installée voulut tendrement la laver de tous ses maux.

Zizi Jeanmaire avait été close pour cause d'inventaire en ce lundi de juin. « Monday is closed » figurait à la devanture. Leconte avait encore frappé avec une forme d'humour toute personnelle.

Rendez-vous avait été fixé à tout le personnel pour un grand raout. Et, sur le coup des neuf heures quinze, Gaston, Gauloise, Cher et Diva avaient d'ores et déjà rejoint le *47* tandis que Fernand s'activait pour passer la ligne dans les délais impartis.

Leconte n'eut pas à faire la revue des troupes pour remarquer l'absence de Fantasia. Tous l'avaient noté à mot couvert. Mais, comme il y avait fort à faire, le directeur distribua les rôles, réservant l'entrée de l'héroïne tant attendue pour le second acte. Quelque peu de suspense mettrait immanquablement de l'ardeur à l'ouvrage.

Le dépoussiérage alla bon train. Seul, Fernand pesta après ses rouages grippés : fatalement, sa tâche en solo n'avait ni la facilité ni la ferveur habituelle. *Un être vous manque et tout est dépeuplé.* On fit d'un commun accord sauter la pause café, assurés de rendre les comptes avant la fin de l'après-midi et, par là même, une liberté exceptionnelle bien méritée. Tout juste un casse-croûte à douze heures trente, alors qu'à treize chacun de relancer un dernier coup de rein avant la descente prometteuse.

En ce poulailler culturel il y eut bientôt plus de croupes à l'air que de nez à la fenêtre.

C'est ainsi que Fantasia fit irruption, prenant tout son monde à revers. Fernand resté digne en son trône de fer l'aperçut le premier. Mais, à franchement parler, il butta sur un doute : était-ce Fantasia ou sa propre sœur ? Surprenante problématique alors que la jeune femme ne se fut jamais épanchée sur sa vie familiale. La dissemblance était née d'un accoutrement inattendu pour celle qui ne jurait que pour le noir. Un ample jogging pastel et des chaussures de sport au blanc cassé par l'usage couronnés d'une casquette bleu ciel avaient fini par rendre Fantasia tout-à-fait impersonnelle.

Poules et coqs levèrent le cou, un à un, vers la fermière inconnue qui pénétrait leur enclos. Leconte a fortiori chanta le premier :

_ Ah, mais Fantasia, il eût mieux valu vous faire porter pâle, avait-il cru bon de formuler voyant la tenue annonçant à l'évidence la convalescence.

Fantasia respecta la coutume et s'avança munie du précieux sésame. En effet, le directeur reconnu immédiatement ordonnance et tampon typés d'un médecin lambda, et il s'abstint d'en détailler la formule pour s'enquérir de la santé de sa collaboratrice :

_ Quel mauvais vent vous ramène ? Mais… asseyez-vous plutôt. Une tisane, peut-être ?

Tous les yeux étaient fixés sur sa personne et, quoi qu'elle n'eût pas fière allure, elle se devait de s'expliquer :

_ Pardon et bonjour. Non, je n'ai pas été très en forme ces derniers temps. Une chute au moral ou quelque chose de semblable. Je vous prie de m'en excuser. Mais je ne me suis pas sentie de vous abandonner, et j'ai résolu de vous rejoindre malgré l'arrêt de travail du docteur *Sigmund*.

Alors les visages changèrent d'un même élan, de l'interrogation sévère à la compassion douceureuse. On lâcha les ouvrages poussiéreux pour l'entourer de mille soins. Fantasia dut modérer l'ampleur de la vague d'inquiétude qu'elle venait de générer en une seule tirade :

_ Mais rassurez-vous : cela va passer, j'en suis bien sûre. D'ici à quelques jours, tout sera rentré dans l'ordre.

À la vérité elle n'en croyait pas elle-même le traître mot. Les collègues, eux, tiquaient plus à un changement d'allure générale plutôt qu'à la sournoise maladie. Somme toute, chacun eut ses hauts et ses bas : traits tirés, cernes, boutons de fièvre, joues mal rasées, cheveux mal lavés, sale humeur, forte haleine… Globalement, cependant, ils n'opéraient aucune mue. Là, c'était tout autrement. Le ridicule de la tenue de Fantasia en ce lieu précisément qui avait enfoui depuis belle lurette les bains-douches et les massages à l'orientale en disait plus long que la liste des médicaments que le docteur S. s'était cru bon de rédiger, surtout à l'avantage du pharmacien, son voisin T.

Fantasia commençait d'étouffer avec tous ces corps qui voulussent la toucher. Elle se redressa comme au déclenchement d'un ressort et se dirigea vers un rayon où Fernand fut ravi de lui indiquer par un large mouvement de bras l'objet de son travail.

Érotique Fantasia

_ Ah, mon pauvre, s'excusa-t-elle aussitôt. Je t'ai mis dans le pétrin.

Et, remarquant les points litigieux auquel il n'avait pu accéder, elle rétablit l'équilibre à la fougue d'une sportive dont la compétition eût soudain fait avaler tous les maux.

Sur le coup de quinze heures trente, Leconte sonna la fin du combat et il renvoya tout son personnel à la maison. À l'exception de Fantasia qu'il retint de l'avant-bras alors que Fernand toisait secrètement la mise en scène.

_ Vous pouvez disposer, Fernand. Et encore merci pour tout le boulot que vous avez sorti de votre manche.

_ Y a pas de quoi, monsieur Leconte.

Il ne put dés lors que s'effacer à la rue sans jeter, malheureux, un dernier coup d'œil au rétroviseur de sa pensée.

L'intimité soudain envahissante mit franco Leconte au sujet :

« Si vous traversez une période difficile dans votre vie personnelle, sachez que vous pouvez compter sur l'équipe entière pour vous soutenir et votre directeur plus particulièrement.

_ C'est très aimable à vous, monsieur. Je suis simplement un peu fatiguée du train-train, enfin non, plutôt de ces derniers temps... Comment l'expliquer ?

_ Bah, nous avons tous une perte de motivation, par-ci par-là, et puis, d'une simple caresse à l'épaule, les choses repartent et, parfois même, plus fort qu'avant.

_ C'est sûrement cela, monsieur, d'autant que je me plais bien à mon travail.

_ À la bonne heure ! Laissez-vous porter par cet élan ; je vous y engage. Et, s'il vous plaît, abolissons une fois pour toute le rituel : Sylvain ! Vous ne trouvez pas ça plus direct que ce précieux « Leconte » ?

_ Oui, enfin... euh, c'est un beau nom tout de même. Le mien est limite imprononçable en français.

_ Bah, laissez tomber tout cela. Votre beauté naturelle transcende votre patronyme. Et puis, « Fantasia » invite à toutes les conjectures...

_ Si vous le prenez ainsi.

Alors Leconte vint au plus près de la jeune femme. D'un glissement de paume à sa joue il capta tout son regard :

_ Étrangement, vous êtes d'une pâleur qui ne vous ressemble pas. Tiens, je vous invite à dîner et c'est moi le cuisinier ! Vous verrez, je fais des merveilles sans préciosité.

Un demi sourire l'avait envahi tandis que Fantasia ne réagissait pas. Quelque part, elle était terrassée par cet élan d'amitié qu'elle n'avait pas vu venir. Il comblait sur le coup un vide qui avait fait insidieusement son trou en elle. Elle eut cependant encore la réaction bien compréhensible de résister :

_ Ah, mais ce n'est pas la peine. Je vous en remercie, mais j'ai encore bien des choses à faire

_ Teu teu teu : écoutez-moi ça ! Vous allez rentrer et vous morfondre aux cafards noirs qui creusent des galeries en vos méninges. Suivez-moi et laissez-vous guider pour une fois. Nous aurons un bon repas et, sous l'effet d'un vin italien pétillant, vous reprendrez de l'allant tout en vous laissant divertir par cet imprévu.

_ Peut-être simplement un restaurant au boulevard conviendrait-il mieux... ?

_ Nous allons encore mal manger ; une nourriture sortie du congélateur ou bourrée d'additifs imprononçables comparés à votre nom si parfaitement exotique. Venez Fantasia. Nous allons faire les courses ensemble et vous choisirez vous-même les ingrédients. Ainsi vous n'en serez que plus

Érotique Fantasia

rassurée. »

Elle s'effondra face à tant de sollicitude. Ils prirent dès lors la voie côte à côte d'un distributeur alimentaire nouvellement implanté à la galerie marchande de l'autre bord de l'avenue du *Maine*.

Un sous-sol à double niveau consacré à la distribution alimentaire, forcément, ça met dans l'ambiance.

Fantasia évoluait en une situation surréaliste où elle accompagnait un homme, deux fois plus âgé qu'elle, aux courses, avant de le suivre pour passer la soirée ensemble sous couvert d'une résidence bourgeoise avec digicode, gardienne et local à vélo aux places numérotées. Une rue de traverse à l'avenue abritait ledit immeuble.

Leconte, très à l'aise en ses terres, quoique chargé des paquets qu'il avait refusés de faire supporter à sa compagne du jour, sauta du coq à l'âne :

« ... Tout ça pour dire que nous allons faire l'économie d'un appel d'ascenseur en deux étages à gravir seulement. Tu fais du sport ?

_ Je faisais de la danse, répondit la jeune femme, mais j'avoue qu'aujourd'hui je me suis un peu laissée aller.

_ Ça reviendra sûrement ou cela prendra une autre forme, renchérit le bonhomme. Avec les années qui passent, on finit toujours par en ressentir le besoin. Il y a pour beaucoup une question d'entraînement. Je veux dire en cela qu'on est porté par le groupe et que la motivation sociale joue pour beaucoup.

_ Hum, hum.

Pour permettre à sylvain de faire tourner le barillet, elle dut lui soutenir les paquets et leurs doigts se pincèrent l'espace d'un instant.

L'intérieur dévoila son aspect propre et rangé sous l'effet

d'une rampe de spots aussitôt actionnée. L'évidence fit office de confirmation : le directeur menait une vie de célibat et rien n'indiqua la charge partagée d'un enfant. Une jolie cage dorée pour deux canaris en transit.

_ Tu peux te déchausser, dit-il, la moquette t'en sera redevable. Les toilettes sont juste à droite. Je dépose tout ça à la cuisine et j'attaque dans la foulée.

Fantasia avait en effet une envie pressante. Elle claqua le verrou, mit ses fesses à l'air et les soumit au contact de la lunette beige clair. Alors qu'elle se décontractait pour vider sa vessie trop longtemps surchargée, elle commença à réaliser la situation. Sylvain Leconte ne l'avait pas invitée pour lui proposer une augmentation à la lumière de ses beaux yeux. Ou peut-être que si, mais il allait falloir la gagner. Mon Dieu ! mais comment se débrouillait-elle donc pour se fourrer perpétuellement en des situations inextricables ?

Elle détacha une longueur de papier toilette et sécha ses lèvres humides. Et puis, à quoi bon résister, pensa-t-elle. Avec celui-ci ou avec celui-là, un jour ou l'autre, elle devrait y passer. Plutôt choisir, que cela se fît dans la douceur.

Sylvain était correct, il bénéficiait du charme et de la conversation de l'homme mûr, celui qui a reçu l'expérience des relations précédentes. Sans doute qu'il ferait l'affaire, bien mieux que ces deux voyous qui s'étaient saisis d'elle ainsi que d'une *Escort Girl*.

Elle rengaina sa culotte à petites fleurs printanières et essaya de se composer une allure plus agréable face au miroir impitoyable. Elle supprima une partie de son haut et buta une fois encore sur la marque de son soutien-gorges qu'elle détestait par dessus tout. D'un instinct primal elle releva son maillot de corps, dégrafa l'intrus et le fit disparaître à la poche de son jogging. Ses seins avaient une forme parfaite et le léger tissu les mettait au mieux en valeur. Elle se plut à

Érotique Fantasia

nouveau et décida de lui plaire.

Elle sortit de la salle de bains d'un pas chaloupé telle une chatte filant droit à la cuisine, assurée d'y retrouver son meilleur bol de lait ; Leconte, aux bras retroussés, suait avantageusement au-devant des fourneaux.

L'homme avait tenu à réussir deux tournedos *Rossini* agrémentés d'une purée d'*Agata*. Elle vint très près, presque au contact, afin d' humer les mets qui se faisaient instamment désirer. Sylvain sentit que la partie tournait à son avantage et, probablement, la soirée qui en découlerait :
« Ha, haa ! tu n'attendais pas si probante cuisine... Tiens, prends le grand plat, là, le vois-tu ? Je ne veux pas lâcher les deux assiettes qui sont très chaudes. Nous passons côté salon, c'est plus engageant
_ Oui. C'est vu. Je te suis. Je crois que j'ai faim et que l'appétit vient de me rattraper.
_ Que ne l'avais-je prédit !? Rien de tel qu'un repas à la bougie avec les plats qui vont bien...
_ Tu as aussi des bougies ?
_ Ah, pas le moins du monde ! Mais mon halogène réglé *moderato* te fera à coup sûr l'effet d'une douce flamme.
On s'installa sur une petite table ronde. Elle n'était pas si pratique que ça, mais elle avait le mérite de les rapprocher encore un peu. Enfin ils tirèrent leurs couverts comme au sortir des fourreaux. Ils mastiquèrent suavement et prirent tout leur temps à la dégustation. Puis les larges assiettes qui affleuraient leurs bordures prirent l'allure d'un barbouillage enfantin. Ils avaient partagé sans prononcer un mot ainsi qu'à la Cène reconstituée.
Mais Sylvain dut briser le charme qui avait gagné du terrain à leur encontre :
_ Tu es plutôt fromage ou dessert ; cœur de Brie ou soupe

au lait ?

Et il ne put s'empêcher d'éclater d'un grand rire qui entraîna son invitée sur la même pente. Lorsqu'ils eurent calmé leurs soubresauts, Sylvain se leva et disparut jusqu'à la pièce attenante pour extorquer le frigo de ses pièces à conviction.

Fantasia se renversa au dossier. Telle quelle, elle ne s'était jamais sentie aussi bien. Leconte avait tout pour plaire. Un frisson lui remonta l'échine. Elle se sentit soudain maîtresse à le posséder, sentiment aussi excitant qu'inattendu. Elle décroisa les cuisses et se décontracta en une nonchalance qu'elle n'eût point coutume d'arborer hors de son logis clos.

Le restaurateur affirmé avait tenu parole car il déposa des tartelettes aux myrtilles et un camembert inconsidérément effondré :

_ Pour le fromage, je crois que je me suis un peu avancé. Mais ce camembert m'a l'air au top de sa forme... Voici encore quelques tranches de pain de mie. Vas-y, goutte à tout.

Fantasia se ragaillardissait à vue d'œil. Sylvain, qui avait sauté goulûment sur le fromage qu'il tartinait jusqu'à obtenir un aplat parfait à la surface de son carré de pain, remarqua que la pointe des seins de la fille tentait de percer le tissu. Sa ceinture tressée fit aussitôt écran à l'expansion d'un désir masculin.

« Y a-t-il des serviettes en papier ? » relança la minette qui n'avait certainement rien raté de l'émoi du bonhomme. S'il s'était levé maintenant, il aurait déballé au grand jour tout l'attirail de son désir en débordement. Il feinta l'indisposition :

_ Hmm ! J'ai les doigts empêtrés. Vois là-bas, près du grand meuble ; tu trouveras ton bonheur.

Elle marcha confiante en une gymnastique retenue de danseuse prête à la performance. Sylvain s'étouffa tout de go.

Érotique Fantasia

Il avait buté sur le balancement des anches de Fantasia qu'il désirait tout-à-coup plus que n'importe quelle tarte aux fruits rouges. Elle revint serviette aux mains en un regard de vamp. Droite devant lui elle plaça ses fruits mûrs à hauteur de ses yeux et lui proposa une serviette immaculée :
_ Voici pour les débordements de gourmandise !
Elle attendit qu'il réussît enfin à décrocher ses prunelles de ses poire saillantes. Mais il était très rouge et elle se rassit finalement, apaisant son martyre en un sourire victorieux.

Un ronflement aussi méthodique qu'une machine à crémaillère tira Fantasia hors du sommeil. Le peu de lumière issue d'un réverbère à la rue la renseigna du lieu de son endormissement.
L'homme qui avait consommé ses faveurs à plusieurs reprises en avait eu à satiété, et pour preuve ! Elle se replaça délicatement sur le dos sans risquer de bousculer son partenaire éreinté.
Soudain l'idée d'un petit déjeuner partagé en amoureux, sur un air de *La bohème* portant subtilement leur idylle, lui parut plus que superflue. Elle s'échappa de l'étreinte des draps encore aptes à la « tache ». À tâtons, naturellement, elle rassembla ses effets. Mais, ce fut quand elle mit la main sur son sac, qu'elle se vit aussitôt à même de maîtriser la situation. La faible lueur qui en émanait par simple pression de son index lui permit de relacer ses tennis. Il n'était pas heure à faire la difficile au sujet de son accoutrement ; elle avait connu naguère pire situation.
La serrure par contre se montra moins coopérative. Aussi renfrognée qu'une épouse, elle paraissait demander des comptes. Et Fantasia ne savait comment les solder. Commença alors une pêche miraculeuse à la clef dorée. Elle feignit de croire que celle-ci pût se prélasser au plateau

entrant du salon et à la vue de tous, mais une jalouse réalité vint rabattre le caquet de sa crédulité. Après un temps de réflexion, tapie dans l'obscurité consentante, elle admit non sans désespoir que le trousseau fût resté grippé aux affaires de son maître et, à coup sûr, à la poche arrière de son pantalon.

Sangdiou ! pourquoi fallut-il donc que toute aventure ne pût se faire sans accroc ? Mais, cependant, l'avantage de la répétition d'une action sordide avait pour mérite d'aguerrir son actrice.

Aussi prit-elle une bonne respiration et s'évertua-t-elle, à l'entrée d'une chambre encore parfumée d'amour, de rebondir d'un pied sur l'autre à chaque expiration de l'ogre profondément endormi. Dans l'extrême excitation de la fin du repas, Sylvain avait envoyé valser son falzar, lequel, aussi étrangement que cela pût paraître, n'avait rien trouvé de mieux qu'aller se réfugier sous le sommier.

Le destin avait l'art, le goût ou bien le vice de la répétition !!

La voilà à nouveau à quatre pattes sous un plumard, en une position qui eût pu relancer la motivation d'un directeur prompt à affronter l'ouvrage. Toutefois sa main glissa sur un sachet plastique qui lui fit l'effet d'une limace... Elle faillit céder à l'interjection, mais se boucha l'orifice buccal de l'autre main encore disponible.

Au-dessus, la cadence eut une brève saccade et un froissement soutenu indiqua un mouvement des troupes inopiné. Une main sans vie venait de se poser sur son dos. Elle ne chercha de fait ni à l'attraper ni à la caresser. Pourtant elle usait de son dos tel un accoudoir. Fantasia n'avait nul projet de faire le meuble en pareille position. Il lui fallait de toute urgence une sortie.

En se faisant plus plate encore, ventre à terre ainsi qu'une chatte à la recherche de ses petits, elle mit la main au pantalon rejeté comme guenilles. Un poids lui indiqua qu'elle brûlât. Et, ainsi, à petits doigts de fée, elle contourna le récif du lit, puis résolut de récupérer une position plus présentable. Alors, et alors seulement, elle reprit une profonde bouffée d'oxygène.

D'un coup les éléments choisirent leur camp : lumière du portable, entrée au canon, complaisance de la porte, courant d'air entraînant. Un léger clic arrière lui confirma sa liberté reconquise. L'escalier ne fut plus alors qu'une simple formalité.

Même si Fantasia avait obtenu quelques jours de suspension d'activité, il fallut bien se résoudre à réintégrer sa fonction de bibliothécaire. L'arrêt de travail était parvenu au service du personnel qui en avait averti son supérieur, monsieur Leconte.

Sylvain attendait impatiemment son retour comme l'on peut s'en douter.

Elle revint alors un mardi après-midi tel que prévu à son calendrier. Gaston était vissé à son poste ; il eût paru faire partie des meubles. Sylvain ne décrochait pas de la porte d'entrée au travers de son paravent à claire voie. Elle fit irruption, ponctuelle. Les deux hommes la saisirent d'emblée, retenant son apparition au titre d'événement du jour.

Elle se révéla tout à la fois identique et transformée. Les vêtements qu'elle portait naguère contenaient désormais un corps flottant, quelque part amaigri, quelque autre part insaisissable. Elle salua comme d'ordinaire Gaston qui lui rendit un sourire de satisfaction à la retrouver en équipe. Mais elle dut prolonger son élan vers la position du directeur et prit les devants encore sur les talons de sa course :

« Bonjour Sylvain. Je vous demande de remettre à plus tard certains aspects qui n'ont pas lieu d'être débattus ici et maintenant. Avec votre accord je voudrais reprendre les rennes du rayon musical où j'ai perdu le fil.

_ À la bonne heure ! Voici un retour en fanfare. Reprenez vos esprits, Fantasia, je vais tenter d'en faire autant.

Le réajustement ne prit pas plus d'espace ni de temps, à le considérer de la sorte. Les apparences étaient sauvées. D'ailleurs Gaston n'avait perçu qu'un fond de discussion, somme toute professionnel. L'allusif s'était volatilisé dans l'instant. Le trio joua la partition : celle du mardi.

Mais au son de la cloche, alors que Gaston debout et de par sa posture toujours aussi raide sembla emporter le tabouret à la maison, Sylvain retint Fantasia par le bras avant qu'elle ne se débinât par l'aspiration de son collègue.

_ Tu me dois une explication, n'est-ce pas ? C'est la moindre des choses me semble-t-il...

_ Je vous remercie, Sylvain, pour cette invitation, cette cuisine, et m'avoue pas très fière du dérapage qui s'en est suivi. Je ne souhaite pas lui donner de suite. J'espère que cela n'altérera pas nos relations de travail

_ Euh ! C'est à dire que je ne vois plus les choses comme avant, tu comprends. J'ai réellement cru qu'il y eût quelque chose entre nous...

_ Si c'est ce que j'ai laissé à penser, je m'en excuse platement. Mais si vous pensez que nos relations sont détériorées, alors je veux bien demander ma mutation sur un autre site.

_ Ah mais, ce n'est pas si simple car encore faudrait-il qu'il y ait un poste vacant. Donnons du sable au temps et nettoyons nos yeux après cette tempête. »

La conclusion donnait place à toutes les conjectures. Fantasia y trouva sa part, baissa et remonta le menton, puis sortit pour de bon.

Érotique Fantasia

La roue de l'infortune était ainsi bien réglée qu'elle ramenât insidieusement les mêmes combinaisons. Diva et Fantasia furent à nouveau dans le même wagon. Toutefois leurs comportements respectifs en avaient pris de la graine suite à leur dernière altercation. Diva de son propre chef maintenait dorénavant une distance appréciable à l'égard de son binôme temporaire, à l'image d'un setter irlandais qui eût reçu plusieurs coups de tatane sur la truffe.

Leconte était présent en cette matinée-là et, sans mot dire, ne pouvait ignorer la répulsion des genres.

« Diva, nous venons de récupérer tout un fonds ancien en provenance de Picpus, dit-il. Il va falloir s'atteler à lui déterminer un emplacement ainsi qu'un visuel.

_ Ah ben ça alors !? Faut justement que la tuile me tombe sur la tête !

_ Rassurez-vous, continua-t-il, c'est une tuile d'époque et vous serez très fière d'en assurer la réception.

_ Ben c'est vous qui chantait la chanson sous les ponts ! argumenta Diva. Et ce visuel, vous le voyez comment, dites ?!

_ Commencez sans doute par faire l'inventaire des thématiques contenues dans ces ouvrages, puis, après proposition, nous déterminerons d'un commun accord le meilleur son de trompette.

_ Hum, hum... »

Diva s'échappa de l'entretien, feignant de porter aux bras un paquet qui la faisait grimacer comme à la *Foire du Trône*. Puis, à part, et alors que ses bras étaient rendus à leur liberté de mouvement :

_ La chienlit, cette fois-ci. Entre la vierge intouchable et l'abbé supérieur, il ne me reste plus qu'à passer la serpillière... et à l'eau bénite encore !

Fantasia l'entendait marmotter mais se défendait d'en comprendre le traître mot. Tant que ces deux-là avaient maille à partir, c'était autant de paix échue pour sa pomme. Malheureusement, il semble que l'Histoire ne se complaise que dans l'intrigue.

Leconte avait tiré à hue ; il fallut donc qu'il en fit de même à dia. La jeune femme entendit les bas talons du chef frapper à sa poursuite. Elle savait qu'il allait falloir en passer par là, et tous ses muscles se bandèrent avant l'estocade.

_ Euh... Fantasia... si je peux me permettre, puisque désormais Diva est occupée...

Elle devait trouver le juste ton pour sa réponse, pas trop ceci ni trop cela.

_ J'écoute votre musique, Sylvain, affirma-t-elle clairement et sans appui, alors que d'un retournement stratégique elle lui fit soudain face, contrariant par là le cours de son mouvement.

_ À La vérité, enchaîna-t-il, je suis très satisfait du reclassement que vous avez donné au rayon *New Age*...

Elle ne lui laissa pas le temps d'accentuer l'emphase :

_ Oh, mais Fernand y est pour beaucoup. Il avait fomenté en mon absence un tel dispositif et il s'en est remis à mes facilités gestuelles pour officialiser son idée.

_ Ah, oui. Bon. En tout cas c'est un sérieux travail d'équipe et je m'en réjouis.

Elle voulut encore altérer son élan gonflé au positivisme, mais, l'ayant jaugé, Leconte ne se laissa pas doubler à ce virage-là :

_ ... je sais que ton association avec Diva n'est pas des plus passionnantes, mais tout de même confirme-moi que nous formons une belle équipe en ce *47* qui nous chausse tous !

Elle sourit à cette godasse qui se mettait en travers de leur chemin.

_ Si vous le voyez ainsi, c'est fort aise. Je voudrais continuer...

Érotique Fantasia

Alors il changea de ton :
_ ... continuer de m'éviter et de me laisser le bec dans l'eau. Je porte un désir inassouvi depuis l'autre soir, ne t'en rends-tu pas compte, dis !?

Nous y revoilà, pensa-t-elle si fort que ses yeux durent en imprimer les caractères.

_ Pardon, mais je pensais avoir été « on ne peut plus claire » à ce sujet.

Et elle louvoya afin de se sortir du piège que Leconte tentait habilement de manœuvrer à son corps défendant. L'espace étant trop exigu à cet endroit-là, elle se fit happer au passage. Encore une étreinte malvenue ! Il fallut que cela cessât, et sur-le-champ s'il vous plaît !

Au jeu des chaises tournantes, Diva occupait désormais la position assise tandis que les deux autres se serraient les coudes : façon de parler !

Sylvain enchaîna les bécots maintenant qu'ils étaient pris aux cordes sentimentales. Dans un premier temps, Fantasia avait tenté de rouler de toutes les parties fluides de son corps afin de se libérer de cet amant encore trop fraîchement empreint pour le traiter d' *ex*. Mais la passion dotait son partenaire d'un regain d'énergie à la manière d'un poulpe multipliant les effets de ses tentacules sur-agités. Secondement, les petites mains durent se résoudre à agripper le kimono de l'autre. Mais elles ne froissaient que tissu alors que le directeur pliât le désir à sa bonne volonté. À eux, d'ailleurs, tissu comme désir venaient d'imposer à leur danse érotique un chant primal à la sonorité ancestrale. En d'autres circonstances on eût pu penser en une mise en scène forcée par l'intérêt que dût porter le document spectaculaire engendré.

Mais, ici, les ahanements, cris rauques, puis stridents et

plaintifs n'eurent qu'une évidente vocation : celle à renseigner le témoin médusé que la partie n'eût que trop duré.

Diva n'accepta pas cette embrassade prolongée au-delà des convenances agréées. Elle se voua subitement à la médiation. Alors, enlaça-t-elle par le dos son propre directeur avec lequel jamais – au grand jamais ! – elle n'avait eu pareille effusion de reconnaissance professionnelle. Tel fut pris qui croyait prendre. Le vampire stoppa ses morsures au cou de la belle pour prendre en considération cette furie arrière qui de manière certes cavalière tentait de faire appel à ses services de suceur de chair.

Il n'en fallut pas plus à Fantasia pour glisser de la chemise à la ceinture noire et de la ceinture à... la sonnette d'alarme !

Il y eut tout-à-coup un cri lugubre, comme un hallali annonçant la capture de la bête. Sylvain se plia en deux, puis sombra sur ses genoux. De *Hide* il redevint *Jekyll* et bredouilla :

_ Raaah ! Ça fait mal, putain !

Si l'intonation était juste, le vocable ne trouva pas preneur. La brune lui asséna quelques pointes qui achevèrent cette danse macabre, tandis que la rousse abattit ses avant-bras soudain disproportionnés en l'échine de l'homme qui s'effondra vaincu.

_ Non mais, et puis quoi encore !, avait fini par conclure Diva.

Mais, comme il est dit qu'en cette Terre la rondeur de l'astre conduit inévitablement à l'éternel recommencement, Diva prit à son tour Fantasia en ses bras, cependant que Sylvain n'avait plus de l'ours que la peau.

_ Ma toute douce... Dis-moi que tu n'es pas blessée. Ce sauvage t'a mordue, dis, je n'ai pas rêvé !

_ On peut dire que tu m'a tirée d'une sale passe. Ah ça oui !,

Érotique Fantasia

répliqua Fantasia qui de fait acceptait favorablement ce témoignage d'affection de sa libératrice.

Elles restèrent un temps ainsi que deux amies qui se sont perdues de vue puis retrouvées au hasard des aiguillages de la vie. Diva réussit même à lui soutirer une grosse bise au smack ! bien baveux. Mais Fantasia n'en pouvait plus de se faire lécher la face comme la semeuse – à la générosité onéreuse – du timbre postal. Elle se détacha pour se recomposer une tenue vestimentaire plus en adéquation avec sa fonction de bibliothécaire.

Leconte, à terre, s'était assis sur ses fesses pour évaluer l'état de ses douleurs :

_ Ah, oh, ouille... c'est vache tout de même.

_ Ah, parce que maintenant tu me prends pour une vache !?

Et avant que Sylvain n'eût pu offrir une explication de texte à l'agente culturelle zélée, il dut éviter de ses deux mains rougies une ruade supplémentaire qui n'était pas pour soigner tous ses maux.

Érotique Fantasia

Érotique Fantasia

III

Leconte avait perdu son titre. Sur un simple coup de dés mal roulés. Quatre et sept alignés au tapis : mauvaise pioche. Tout flambant neuf, une *madame Després* avait été expédiée sur site en urgence. L'affaire étouffée dans l'œuf. L'équipe pourtant au courant des moindres détails n'avait pas lâché le secteur. Un peu comme si l'inattendu avait fait office de normalité. Et la rotation des équipes s'était écoulée comme de nature.

À peine une semaine après son détachement à *Zizi Jeanmaire*, il parut que Després eût toujours été des leurs. Plus étonnant encore, nul ne chercha à charger Fantasia d'un quelconque reproche.

Advint cependant un temps où la rotation mit Gauloise sur son porte-bagage. Després allait et venait telle cette petite femme boulotte animée d'une plastique professionnelle à chaque jour répétée ainsi que les temps n'eussent ni commencement ni fin. De fait toute l'équipe y trouvait son compte attendu que, si l'on eût détaché un cyber de la dernière génération, l'effet eût pu être à peu de chose près semblable.

D'ailleurs, sur le coup du goûter, Després roula aux tables d'accueil. Face à Gauloise elle lança en un ton qui eût craint de déranger le bruit d'ambiance :

« Pour vous dire que j'ai instamment un rendez-vous à l'extérieur. Vous veillerez bien à tout boucler comme il se doit, conjointement avec Fantasia. Restez ponctuelles : au-delà des convenances les usagers y ont trouvé leur repère comme au carillon de minuit.

_ Par ma foi je vous assure Maxence – car elle se prénomma de la sorte – que nous ne nous enfuirons pas ainsi que voleuses, mais que nous n'ouvrirons pas non plus une nocturne aux branchés du quartier, répondit la brune, bien tassée sur son siège à suspension d'air.

Par acquis de conscience Després retrouva Fantasia en train de faire l'article sur un album fraîchement rentré auprès d'un jeune homme dont on eût peine à discerner ce qui lui communiquait le plus d'émoi en l'état. Un peu comme un croûton sur la soupe elle troubla le breuvage :

_ Permettez monsieur que je vous l'emprunte une seconde.

Puis, à part, alors que le gars faisait mine de s'intéresser à une autre pile de disques :

_ Je file illico. Le bébé est entre vos mains. Couchez-le à heure fixe, si vous voyez ce que je veux dire.

Mais Fantasia fit mine de comprendre tout autre chose et lança un regard coquin au-dessus des épaules de sa supérieure en direction du jeune homme qui trépignait, ne sachant trop comment occuper ses dix doigts habiles à découvrir toutes les formes nouvelles.

Després n'insista pas. Elle avait rendu son verdict : elle s'esquiva pas un trou de souris.

Le jeune homme entretemps avait détaillé tous les

enregistrements aux disques digitaux jusqu'à la lettre « F » et s'apprêtait à en venir au point « G ». Fantasia le rattrapa avant qu'il ne se dégonflât tel un piètre séducteur rompu à l'insuccès féminin.

« Encore un peu de patience, le rocker. Nous avons une surprise en réserve, lui susurra l'effrontée tout en filant droit à sa collègue toujours aussi bonne élève à son bureau défendant.

_ Dis, Gauloise, Després nous a légué les clés de l'appartement. On n'est pas débordées par la comédie française. Tu veux bien tirer le rideau. Il y a là-bas un garçon précoce qui aurait besoin de travailler la langue...

_ Pardon, que dis-tu !?

_ Tu m'as très bien comprise. Puis, sur un ton volontairement confident : tu auras ta part du gâteau, va !

Gauloise se tortillait sur son siège comme à faire disparaître une gêne mal placée. Mais, voyant que sa collègue repartait en direction du gars auquel nulle n'eût refusé un bécot, elle se convainquit que Fantasia allât en faire son quatre heures et qu'elle aurait son goûter itou. À vrai dire, la faim la tenaillait à cet endroit-là. L'occasion était trop belle ; Després avait pris la clef des champs, on pouvait pour une fois se payer du bon temps si l'étalon se montrait docile à chevaucher. À l'ultime personne qui franchit le sas, elle fit tomber le rideau. Tout allait maintenant se jouer à l'arrière-scène.

D'ailleurs Fantasia avait proposé au gars, tout svelte et emprunté à ravir, une visite commentée des locaux telle qu'elle fût usuellement proscrite au quidam.

_ Viens voir, nous avons encore à la réserve tout un art que nous ne pouvons pas révéler au grand jour...

_ Ah bon ! répondit simplement l'éphèbe qui ne comprenait toujours pas réellement de quel art il se pût agir.

Alors, tout en ouvrant la porte d'un local technique,

Fantasia le poussa par une douce pression juste au-dessus des reins. Le jeune homme aima l'étreinte inattendue qui transmit un frisson inconnu tout autour de sa ceinture. Il se sentit une puissance comme jamais. Mais la porte s'était refermée au groom compatissant. L'éclairage délivrait une lumière jaunasse en une sorte de chandelles mises au goût du jour.

Il se retourna et fit soudain face à sa prédatrice. Son sourire aux dents saillantes ainsi que son regard perçant ne divulguaient aucune ambiguïté. Lui n'avait jusqu'ici jamais envisagé la drague sous cet angle-là. Il imaginait toujours un rien naïvement qu'une belle fille, un peu réservée, allait se blottir contre son épaule haute à la recherche d'un peu de protection, puis encore d'affection. Le reste ne pouvait qu'échoir par voie de fait.

Présentement, il était la proie et son chasseur l'avait acculé en son antre. La suite dépassa toutes ses affabulations.

Fantasia fit lentement sauter et du bout des ongles, un par un, les boutons de son propre pantalon qui se crut obligé de glisser, sans se froisser de la chose, jusqu'au sol. Les chaussures furent arrachées et évacuées sur le côté avec le tissu. Ses chaussettes toutes blanches faisaient un accord parfait avec sa culotte du même ton.

Le jeune homme eut un tremblement, autant de désir que de panique. Il avança pour recevoir son cadeau. Mais Fantasia le repoussa :

_ Pas si vite mon garçon. C'est moi qui fixe les règles.

Elle le quitta alors, à la recherche d'un point de chute plus appréciable que la position debout. Une table d'école encombrée de documents sans intérêt se vit instamment le plateau dégagé. Ce faisant, elle s'assit à ras les fesses et monta ses deux pieds au plateau avec égalité. Mais elle posa ses bras tendus en arrière. Les cuisses toujours serrées le jeune homme ne devinait encore qu'une petite tache blanche à peine gonflée par deux lèvres plus joufflues qu'à l'ordinaire.

Son bas ventre lui faisait mal maintenant. Il dut porter sa main à ses parties intimes pour les replacer en une position qui libéra le mât de la pression des voiles de son désir.

Fantasia aima son geste de mâle. Elle enchaîna dans le cours de son propre désir :

_ Tu es pratiquant ?

_ Je... tu... que veux-tu dire par là ?

_ Tu vas à l'église pour pratiquer ton culte ?

_ Ah mais non. Je ne suis pas croyant.

_ Mais c'est que tu n'as pas trouvé le culte qui te convient. Approche-toi, je vais te convertir, crois-moi, bon Dieu !

Il avait des yeux exorbités, énormes, et le reste aussi. Lorsqu'il fut presque à la hauteur de ses mains empressées, elle cria :

_ Stop. À genoux maintenant !

Tel un pèlerin n'écoutant que sa foi il se positionna selon la voix qu'il vînt d'entendre. Et Fantasia acheva de le soumettre par la plus trouble des religions. Lentement, elle décolla ses cuisses qui supportaient déjà la tiédeur du bourrelet central. Le pli du tissu se détendit et, de par la transparence du vêtement, le gars aperçut l'argument le plus irréfutable de cette religion dont il ignorait jusqu'à ce jour l'évangile. Il découvrit par la langue l'évangile selon *Sainte Fantaisie*.

Gauloise se gratta le chignon : elle était seule. Elle eut tout-à-coup le doute que la belle eût été emportée par son prince sur un beau scooter blanc. Foutaises ! Il n'y avait qu'une issue, barrée par ses soins. Ils avaient donc trouvé refuge à l'abri de sa vue pour s'adonner à leurs coquineries. Il n'y avait pas soixante-neuf possibilités.

Elle recoupa en trois temps la cachette effective. À la porte

Érotique Fantasia

elle fut retenue in extremis du désir d'empoigner le pommeau. Mais, alors qu'elle avait omis de couper l'ambiance musicale qui sulfatait l'ensemble de la médiathèque, elle perçut les bribes d'une tout autre musique : une rythmique respiratoire plus forte que de nature ponctuée par quelques notes haut placées. De marbre en cette position de spectatrice frustrée elle se divertit néanmoins de ce qu'elle ne pût voir.

« Ce stagiaire fait preuve d'une remarquable habileté » en vint-elle à évaluer les effets qui filtraient aux orifices de l'huis. Et encore : « Faudrait songer à le présenter à Després. Cela pourrait faire fondre son glaçon… »

Or le supplice de Fantasia semblait s'éterniser. « Il est étonnant que le pratiquant assidu ne témoigne pas ici ou là de quelque joie ou souffrance suivant que sa tâche lui paraisse plutôt aisée ou ardue » : Gauloise en était rendue au comble de la curiosité. Elle ne se tenait plus, piétinant désormais au lieu d'épier la performance en cours. Enfin une phrase plus soutenue que ses précédentes parut entériner la coda – la coda, c'est bien sûr la queue du morceau, comme chacun le sait.

C'en était trop. Elle poussa la porte et s'introduisit. Sans paraître déranger les jeunes à leur office, elle trouva une idole païenne surmontant un promontoire à quatre pieds et un disciple tout à sa prière, prosterné à genoux en contre-bas de sa déesse. La cérémonie venait d'échoir.

L'homme frotta ses mains à sa face ainsi qu'à se convaincre qu'il n'eût point rêvé. Fantasia empaqueta ses charmes. Elle reprit une allure coutumière, exception faite d'un fard intensément rose qui tarda encore à se dissiper à ses pommettes survoltées. Ils lui firent face, prêts à se présenter comme à un rendez-vous convenu.

Gauloise chercha ses mots et, dans l'hésitation à formuler

Érotique Fantasia

une entrée en matière, ce fut Fantasia qui la dépassa :

« Tu déboules à point nommé. Le garçon qui se propose ici a pour sûr de nombreux arguments à faire valoir. Il parle peu, mais son langage a de quoi en convaincre plus d'une.

Gauloise esquissa un sourire quelque peu gêné. Elle en avait déjà pas mal vu dans sa vie de quarantenaire, mais cette situation-là, non, au grand jamais, elle n'avait pu l'étrenner.

Le jeune homme restait sur ses acquis. Un aplomb semblait le gagner maintenant qu'il s'était assuré quant à ses capacités latentes bénies d'une confirmation sur le vif. Pour un peu il en aurait remis une couche, histoire de normaliser son coup de main.

Gauloise était poussée par la tentation. Pourtant elle ne pouvait faire le premier pas. Fantasia eut soudain très soif. Elle avait beaucoup chanté en sa position de soliste passée par l'orchestration du jeune compositeur, au génie indéniable. L'entracte ne lui ferait pas de mal. Avant sa sortie de scène, elle motiva la suite de cette dramatique bien enfourchée, ma foi :

_ Bon, disons que l'on va couper court aux présentations mondaines. Passe-lui commande, Gauloise, tu verras qu'il va te satisfaire et allumer ton mégot comme jamais. »

Le gars se prit dès lors pour un ange élu en paradis. Alors il tendit la main et, harponnant l'âme suivante, il se fit un devoir de la convertir aux bonnes grâces de cet évangile dont il ignora tant lui-même naguère.

Faites place au deuxième acte, vous dis-je : vous verrez qu'il s'en passe de belles...

Fantasia auprès de la fontaine à eau de source pure et fraîche venait de franchir un cap. Elle avait d'un saut vaincu toutes ses réticences de jadis. Elle prenait acte de la haute considération de son corps et décida, tandis que le liquide ingéré faisait quelque peu descendre la température surchauffée de son être, d'en faire dorénavant le meilleur usage. Exit les profiteurs de tout acabit qui se croyaient pouvoir se jouer de sa nature fluette et de son apparente ingénuité. Par le déshabillage volontaire de tout-à-l'heure, elle venait de s'extraire de sa nymphe. Une nouvelle Fantasia était née. Toujours aussi séduisante, certes, mais désormais redoutablement séductrice. La proie serait chasseuse ; les prédateurs seraient gibiers.

Elle froissa sèchement le gobelet qui s'écrasa à la corbeille. Encore cette musique de fond, pensa-t-elle. À l'accueil, elle mit fin à cette sempiternelle jérémiade. Un calme apparent prit le dessus en ce lieu agréablement désert. Pour un peu elle en aurait pris à son aise pour feuilleter la suite des aventures de *Sophie*.

Mais alors le souvenir de ses comparses d'une fin de journée pas tout à fait comme les autres frappa la porte de son esprit via l'huis de ses tympans. Là, tout près, on troussait ferme. Ce jeune homme avait décidément bien des talents. Que le fruit fût vert encore ou déjà franchement mûr, il avait le coup de main pour lui ôter la peau et y mordre à pleines dents. Il fallait qu'elle vît cela ; son expertise au désir avait tout à y gagner.

On froissait, on renâclait, on hennissait presque. La chevauchée paraissait fantastique ! Elle ne prit pas même soin d'ébaucher un cognement discret mais annonciateur à la porte. Son élan la mena au cœur même du sujet. Elle franchissait les étapes comme si tout son être se fut précédemment préparé à cette spécialisation irrépressible. Un renversement s'était opéré suite à la rencontre des protagonistes.

Directement au sol, Fantasia ne distinguait plus qu'une sorte de bête à double carapace et animée de huit tentacules entrecroisés. La bête à deux têtes évoluait sur un tapis de feuilles qui n'exprimaient pourtant pas tout l'onirisme de la nature. C'était en effet une pile de vieux magazines, bricolage, mode, féminisme, chasse, pêche, bourse, stars de cinéma, qui se trouvaient piétinés et malaxés de la sorte par le monstre du plaisir.

Fantasia eut presque peur de la violence de l'exercice qui se jouait sous son intrusion frivole. Au lieu de se retirer sur la pointe des pieds, comprenant bien qu'elle fût tout-à-coup hors des débats, elle se saisit d'un tabouret taché de peinture ancienne mais sans effet pour ses nippes. Elle prit place et observa méthodiquement.

Contrairement à ce qu'elle eût pu croire, Gauloise avait revêtu la position supérieure et le jeune éphèbe supportait avec les meilleurs avantages apparents le poids de sa partenaire. Ils étaient durablement connectés l'un à l'autre. Cette connexion faisait des étincelles. Ils s'exprimaient conjointement par un langage inconnu jusque-là. Mais nul doute qu'il eût été inventé dans l'instant pour qualifier toutes les nuances du plaisir.

Gauloise frottait fort son bas ventre et l'homme s'attachait à suivre rigoureusement ce balancement infernal.

Pourtant il y eut soudain un renversement des valeurs. L'homme réussit à faire rouler sa partenaire. Ils frappèrent un autre meuble qui fit tomber des journaux aux nouvelles maintes fois ressassées.

Vissée à son trépied, Fantasia ne laissait rien passer. Chaque détail avait son importance formatrice. De longue date elle sut que l'amour fut un combat, mais elle ne l'eut jamais envisagé sous cette forme de lutte bestiale.

Les belligérants à la conquête d'un plaisir, partagé ou pas – qui pût le dire ? – n'avaient pas fait cas du retour de l'instigatrice, soit que leur état actuel les eût placé en un autre

Érotique Fantasia

espace-temps, soit qu'ils considérassent leur spectacle comme un dû à celle qui avait initié pareille posture.

Gauloise s'était maintenant fendue tel le plus mûr des fruits et son pic vert peinait encore à déloger le ver du vice qui grouillait en elle. Mais ils y mettaient tous deux un tel acharnement que leurs efforts conjugués ne pouvaient conduire qu'à une explosion terminale.

On éleva le ton et les feuilles éparses tremblèrent ainsi qu'à la plus terrible des bourrasques à la fin de l'automne. En un instant ils plièrent le monde à leur désir d'une mort contenue. Et, le temps d'après, ils étaient effondrés, l'un près de l'autre, à la fois surpris d'être toujours des nôtres, mais peut-être aussi un peu déçus que leur aventure eût pris fin en si bon chemin.

À ce stade Fantasia ne pouvait plus se parer du voile d'*Athéna*. Il fallait qu'elle marquât la transition, celle qui les fit retomber tous trois au 47 de cette rue de la Gaîté. La formule lui vint à brûle-pourpoint :

« Et dire que certains fustigent la culture... pfff !

Sans doute que l'homme et la femme, recouvrant leur enveloppe sociale, s'attendissent à remarque plus verte, limite carrément déplacée. Mais ce qui avait perlé du cœur de Fantasia les prenait d'une si poétique surprise que Gauloise n'eut pas de difficulté à abonder dans son sens :

_ N'oubliez pas qu'à l'époque des bains-douches il a dû s'en passer de belles, ici-même...

Le jeune homme tout en cherchant à dérober sa masculinité en berne trouva enfin matière à s'exprimer oralement :

_ Les murs sont encore humidifiés aux histoires des rencontres vécues. Merci à vous deux de les avoir régénérées. Je vous ferai bonne publicité, conclue-t-il vaillamment.

_ Voyons les choses différemment. Nous avons eu ici un échange inopiné, peut-être inscrit en une mémoire ancestrale

Érotique Fantasia

qui influe quiconque hante ce lieu. Mais je n'adhère pas à l'idée de transformer la médiathèque en un sas sexuel. Y avez-vous trouvé votre compte ? Pour ma part, à double raison, assura Fantasia.

_ Pour la mienne, pleinement, itou. Et j'en redemanderais bien une louche, insista Gauloise.

_ La louche est vide et, pour ce soir, elle ne réclame que le clou d'une bonne nuit, enfonça le garçon. Allons, restons-en là et ne cherchons pas à forcer la destinée. Surtout filons avant qu'une personne mal-aimée du quartier ne dénonce une intrusion suspecte à la sacro-sainte institution culturelle, *Zizi Jeanmaire*. »

Oui, ils filèrent mais dignement. Tel quel chacun avait amélioré son langage en la matière. N'était-ce pas l'objectif intrinsèque de cet établissement ?

Si Cindy avait tenté de justifier le dérapage de la soirée, la plaignante n'en voulut rien savoir. Elle ne prêta aucune attention à la multiplicité des messages qui encombrèrent messagerie téléphonique comme boîte courriel. Fantasia avait ainsi radicalement coupé les ponts avec son ex-copine d'autrefois.

D'ailleurs, elle appliqua petit à petit la même philosophie à tout un chacun, considérant ses prochains comme douteux au relationnel, attendu que toute manifestation envers sa personne provînt essentiellement d'un attrait purement sexuel au leurre de son physique exceptionnellement prometteur. Pour déjouer cette attirance qu'elle portât ainsi qu'une culotte en chapeau, elle accentua le côté classique de son accoutrement. Ses gracieuses formes se dissimulèrent sous une veste de costume et un pantalon large, rendant par leur taille universelle une neutralité identique à tout mannequin.

Érotique Fantasia

Elle aima tout-à-coup se fondre à la masse. Paris le lui rendit bien. À cette époque-là, donc, elle ne s'engagea jamais plus loin que la conversation d'usage. Paname en fait son âme. Or certaines circonstances de la vie ordinaire s'ingénient à contredire pareil adage.

Ainsi se retourna le principe comme bigoudi chez son coiffeur.

André accueillait Fantasia en son salon du sixième à la périodicité des quatre semaines. C'était le temps qu'il fallût à la perruque de la belle pour glisser de la perfection à la négligence affirmée. La cliente y avait son usage et le petit commerce y trouvait son compte de la sorte. Le début du mois n'était pas que marqué aux lettres de créances qui, sitôt réglées, se reformulaient à l'identique ou pis au mois d'après. Il était aussi grand temps d'aller se faire défriser. Façon de parler vu que Fantasia avait une implantation capillaire aussi raide que celle d'un balai à poils de soie. André ne manquait jamais de lui vanter les mérites de ses cheveux noirs qu'il peignait bien souvent d'une aberrante répétition au geste inutile, tout en débitant les dernières nouvelles du quartier. Il fallut que cet exercice maniaque fît partie de sa profession quoique, en l'occurrence, la toison idéale de Fantasia lui procurât un effet kinésique plus intense qu'à n'importe quelle autre poupée.

André était coiffeur pour dame, tel qu'on l'a deviné.

« Alors on fait comme d'habitude, proposa-t-il ; j'égalise les pointes, je désépaissis la nuque et je récupère l'équilibre de la coiffe… ?

_   Si j'ajoutais une quelconque suggestion, répondit Fantasia, je pourrais assurément devenir déplaisante !

_ Vous me faites trop d'honneur. Certaines de mes clientes n'ont pas le charme de votre tact et me récitent le codex à la moindre teinture au ton brun pâle plutôt que brun clair.

_ Mais tout est dans la nuance, mon cher André. Vous qui êtes dans le domaine de l'esthétique, vous ne pouvez l'ignorer. J'avoue pour ma part ne pas exiger plus que de garder ma chevelure naturelle, et cela vous le concevez très bien.

Alors, pour toute réponse, le coiffeur malaxa la touffe suave de la jeune femme, usant du plaisir communiqué à son geste pour démontrer cette assertion.

Le salon entretemps était balayé aux courants d'air perpétuel des entrées-sorties comme aux casques sèche-cheveux qui ronronnaient à plein tube. Une odeur globale et d'une origine indéfinissable ouatait l'atmosphère de cette alvéole, quoique ce parfum inclassable qualifia à nulle autre pareille la boutique et sa qualité sous cette dénomination prometteuse de : « QUI COUP' COIF' ».

Nonobstant cette ambiance, André passait ses journées professionnelles à regarder la glace pour s'informer à chaque coup de ciseaux de la cohérence du tout qu'il ordonna perpétuellement. Ce faisant, il opérait également une observation en continu de sa propre personne. Et ses propos avaient du mal à se soustraire à une certaine routine du langage. Mais, bien qu'il dût en avoir conscience, il en usait telle une petite musique de fond qui, comme au travail des champs de jadis, lui donnait du cœur à l'ouvrage.

_ Le quatorzième se porte bien, reprit-il après avoir épousseté les épaules poivrées de sa protégée ?

_ Ben, comment dire ? En dehors de mon travail, des courses et de mon sommeil quotidien, je n'y accorde pas plus d'importance que ça.

_ Ne me dites pas que vous vivez en une banlieue dortoir ! Aïe, caramba ! la rue de la Gaîté, les boutiques de la rue de Rennes et encore les catacombes pour se rassurer qu'on est bien vivants !!

Et il éclata d'un bon rire franc.

_ Au moins ceux-là n'ont plus un poil sur le caillou !, renchérit-elle.

Ils devinrent tous deux bruyants à la bonne humeur partagée, et les oreilles du salon, toujours bien dégagées, s'orientèrent en leur faveur.

_ J'en conclus que le *14ième* vous importe peu. Venez dans le *6ième*... (il baissa alors le ton de sorte qu'elle seule pût l'ouïr...) on y trouve de plus en plus de vieilles peaux... bouh ! Ça fait froid dans le dos de leur ressembler tantôt.

_ Ah, mais voilà une bonne nouvelle, continua de s'égayer Fantasia tout en se grattant le bout du nez. Vous allez pouvoir monter un commerce pour nous retendre tout ça : « PEINTURE SUR CADRE » que je vous suggère, André.

_ « PEAU DE CRAPEAU » vous vouliez plutôt dire... n'est-ce pas ce que j'ai entendu !?

Et la seconde salve de bonheur fut plus envahissante que la première, de sorte que la tenancière, la bouche pincée – toutefois sans épingle – vint relever les compteurs :

_ Dites, André, vous ne croyez pas que vous en faites un peu trop ? On n'est pas aux loges d'un cirque, ici, tout de même...

Alors le coiffeur laissa passer l'orage en acquiesçant au plus sérieux simulé. Puis, se penchant à hauteur de la tête de Fantasia, il prit une bouche pincée de poisson et écarquilla les yeux en conséquence. Fantasia ne savait plus comment se tenir tant elle était envahie du bas ventre jusqu'à la pointe des seins d'un rire explosif. André riait également beaucoup, mais il faisait en sorte de dissimuler sa joie sous un masque crispé. Enfin les larmes coulèrent à ses joues et ils comprirent mutuellement qu'ils venaient de partager un moment intensément unique de pur bonheur.

Cher qui attrapait allergie sur allergie, au bord de l'épuisement, avait demandé à Després de l'absoudre. La directrice ne voyait aucune contre-indication à la libérer pour un repos revigorant tout autant qu'elle convainquît son remplaçant.

Gaston avait des obligations familiales et Fernand ne se sentait pas de faire la fermeture tardive. Jusque-là Després avait été compréhensive. Mais au refus successifs de Gauloise et de Diva d'un bredouillement qui n'aurait pas passé sur la bande d'un talkie-walkie, elle commença à fumer d'agacement. Seule, Fantasia ne s'était pas soustraite à son obligation professionnelle, justement échue ce soir-là.

On tira à la courte paille chez les récalcitrantes : « Je te tiens, tu me tiens par la barbichette… » Ce fut la barbichette brune qui l'emporta et la rousse qui la méprisa.

Fantasia ne vit rien de bon à se coltiner une nouvelle soirée en duo avec Diva. Sans aller jusqu'à donner force détails à sa directrice, elle avait suggéré que cette dernière prolongeât sa présence, voire qu'elle les soutînt exceptionnellement sur l'entier créneau. Després avait saisi à sa sensibilité toute féminine que quelque chose entravât les relations des deux femmes. Elle résolut de céder du temps, mais cacha aussi qu'une certaine curiosité la piquait au vif, en l'occurrence. Sans en avoir l'air, elle pouvait déduire aux comportements de ses employés quelques points délicats dont elle saurait faire usage le cas échéant.

Le quart fut ainsi pris de travers aux agentes désignées par le sort.

Franchissant le sas sous la même foulée, elles renâclèrent d'emblée à se saluer. Després força le trait d'un accent au-delà de sa tiédeur habituelle, mais la partie était mal engagée. Elle sut que, ce soir-là tout particulièrement, elle se devrait d'œuvrer au rayon de la psychologie. Ah ces grandes enfants !

pensa-t-elle, comme si elles n'avaient pas d'autres chattes à fouetter à cet âge-là... Le mot était lâché.

Mais, bien heureusement, le *47* fut en masse fréquenté et les nombreuses tâches, çà et là, nimbèrent la soirée d'un paravent actif suffisamment efficace pour les distancier, mutuellement. Seule, Després, se faisant connaître comme jamais auprès des usagers, et ne réussissant jamais à poser ses fesses au divan de la directrice, restait à l'affût des mouvements de ses ouailles.

Tout comptes faits elle les laissa jouer à distance ainsi qu'une mère-canne s'y fût astreinte. Mais il fallait bien que les aspirations se fanassent et, immanquablement, *Zizi Jeanmaire* se fit orpheline.

Tel quel Després en vint à penser qu'elle avait réussi son service, que les filles s'étaient comportées à ravir, et qu'il y avait matière à marquer le coup. Alors elle fit mine de tourner la clé à la serrure et, d'un allant peu commun, se planta à mi-distance des deux pôles pour s'y faire au mieux entendre :

« Je crois que nous avons tenu le coup malgré la déferlante tardive, toujours inévitable. Puis baissant le ton, maintenant assurée d'avoir capté leur attention. Je crois que l'occasion est propice et que nous l'avons bien méritée. Voici deux bouteilles tirées de mon caviste qui m'en a vanté le plus grand bien. C'est aujourd'hui mon quarante-neuvième anniversaire. Prenons le temps de sabrer la Clairette !

Ainsi fut dit. Ni Diva ni Fantasia ne s'attendissent à pareil épilogue. Mais Després faisait le tampon, l'alcool aidant, on n'allait pas se priver d'un moment de détente amplement mérité. Dans l'instant on enterra la hache de guerre. Et trois verres bientôt graisseux approvisionnèrent les gosiers assurément bien desséchés par le labeur.

Érotique Fantasia

Després en pinçait pour *Die* ; le filtre opéra ; elle en devint lady.

La *Diva* retrouva de la voix ; le ton monta.

Fantasia jouait son rôle. On eût bientôt pu croire en une fête entre copines, rondement menée et, par dessus tout, bien arrosée. Quand la clairette eut asséché la bouteille mais pas les conversations, Després s'écria tout guillerette :

« C'est malin. Voilà que celle-ci nous lâche en si bon chemin. N'y avait-t-il point quelque réserve cachée, un puits à bulles enchanteresses, un tonnelet à bonne humeur, tous dissimulés à dessein ?

Fantasia qui avait déjà étrenné les pièges et les chausse-trappes que revêtaient les locaux ne se laissa pas déborder :

_ Je crois bien que nous ayons déjà tout remué de fond en comble depuis la refonte du lieu. Si les bains-douches ont enterré une quelconque amphore au vin spiritueux, va nous falloir attaquer le plancher...

_ Avec les ongles, comme des tigresses ! se crut maline de compléter Diva.

_ Quelle idée bizarre vous nous lancez là ! Tenez, regardez plutôt la magie de la technologie actuelle !

Alors elle récupéra son portable qui répondit sur-le-champ à sa sollicitation par un long bip ! approbateur.

_ Une chèvre-miel et une thon et olives vertes pour faire passer le *Tavel* que *Pizza Pronto* se fera un plaisir de nous déposer au 47 rue Gaîté avec un sourire des plus napolitains.

Les employées soudain piégées en une soirée impromptue avec leur propre chef de service rirent de bon cœur, en apparence – faudrait-il le préciser – de la position de Fantasia. La fête avait bon dos. L'eurasienne y voyait l'opportunité d'une contre-offensive.

Després mit de l'ordre alentour. Il fallut bientôt que l'espace répondît à son bon vouloir. Aussi bougea-t-elle avec vivacité quelque mobilier afin de se créer un salon comme tombé des nues. On venait de reconvertir les poufs et bouées destinés aux plus jeunes. L'alcool les avait rajeunies. Toutes de s'affaler. Després entretenait une bonne humeur que nul lui eût soupçonnée, hier encore.

Enfin un portable vibra, sonna et pesta tel un caprice. Aussi remontée qu'une pendule de collection Després bondit à l'entrée où l'on ne vit dépasser qu'une paire de mains gantées de simili-cuir noir et deux boîtes surmontées d'une fine bouteille rosée.

_ Et voilà le travail ! Après ça vous n'irez pas vous plaindre à la GTC de vos conditions de travail, n'est-ce pas !?

_ Ah, mais c'est que ça commence à sentir bon tout ça ! Tiens laissez-moi vous dire...

Diva profita que Després avait les deux mains prises par l'arrivage pour la saisir aux épaules et lui asséner deux gros bisous bien collants aussi persuasifs que les coups de langue d'un gros chien roux.

Fantasia, en retrait, voyait petit à petit son plan se mettre à jour. Elle crut bon de soutenir l'ambiance festive en faisant glisser un bac à roulettes d'ordinaire résigné à supporter les gros bouquins aux philosophes écrasés par leur temps.

Diva chauffait maintenant comme une locomotive assurée d'être portée par les rails de cette compagnie.

« Cette média' , elle est bien sympa, y a pas à mégoter. Mais les massages aux bains-douches, ça a dû être quelque chose, vous ne pensez pas ?

_ Tout dépend par qui et comment c'est pratiqué. Entre l'eunuque et le prof de gym, je ne mettrais pas une cuisse à l'air !

_ Les asiatiques, hommes comme femmes, maîtrisent cet art depuis toujours. Je n'en ai malheureusement pas reçu

Érotique Fantasia

l'héritage.

Després et Fantasia s'étaient renvoyées la balle du fond du jour ; Diva monta à l'envolée :

_ Si vous voulez justement vous faire la main, je suis prête à me laisser passer sur le corps !

_ Houlala ! cette soirée improvisée aborde un tournant que je ne maîtrise plus du tout.

Després flairait l'avènement d'une catastrophe, tout en la sollicitant d'ailleurs, on ne pût dire son parti.

_ Allez, chiche. Je parie que notre chère directrice est experte en la matière. Tiens, je vais vous trouver le promontoire idéal.

Ni les unes ni les autres n'eurent envisagé de s'enliser là à pareille heure. D'accord elles avaient bien consommé et ceci justifiait cela. Mais de là à installer une séance de massage au cœur de *Zizi Jeanmaire*, la danseuse devait se retourner dans sa tombe.

Fantasia marchait cependant encore droit à son but. Aux bureaux d'accueil qui faisaient front à l'entrée des pèlerins en culture, elle débarrassa un plateau de son poste de travail, crayons, papelards et figures de *Mockey* ou *Storewars* propres à se glisser en toute place. Ensuite elle récupéra un taffetas qui couvrait deux bacs en jachère qu'elle fit voler d'un élan de poignets jusqu'à guider la chute au meilleur atterrissage. Le bureau devint salon.

Les filles, à l'arrière, les lèvres encore tachées de jus de tomate et la main droite qui ne se résignait pas à relâcher le pied de verre au fond écarlate, lorgnaient ébahies la préparation de Fantasia. Elles comprirent que l'autre ne rigolait plus. De fait elle venait de les prendre au mot.

Satisfaite de son ouvrage elle se déplaça encore jusqu'au poste central où elle réduisit les lumières aux veilleuses de sécurité. Il y eut un instant d'assombrissement qui troubla l'assistance.

_ Ah, mais c'est quoi ça encore ! avait lâché la directrice dont une zone du cerveau résista encore à glisser au tout-érogène.

Fantasia compensa la pénombre inquiétante par un éclairage d'appoint spécifique au bureau. Pour un peu on avait pu croire à une table d'opération. Et quelle opération à venir ! L'instigatrice de ce mouvement érogène se tourna alors vers ses adhérentes ou tout au moins en cours de conversion. De ses dix doigts remuant comme autant de vers solitaires, elle les enjoignit à passer à l'acte.

Diva bien amochée après la seconde bibine ne perdit cependant pas le fil des choses. Elle liquida de ses mains et de celles de sa voisine les amuse-gueule. C'était un tout autre jeu qui les attendait là, tout-à-coup.

Després semblait médusée par la soudaineté du changement de décor et d'atmosphère. La soirée lui échappait. Elle était pompette et, dans l'instant, ne regretta pas la situation. Une aventure inimaginable au début de son service se tramait au *47*.

Le sourire de Fantasia se fit sardonique. Mais les deux femmes ne pouvaient y résister et vinrent la rejoindre. On prit Després en étau. Elle ne comprenait pas ce qui lui arrivait ou plutôt elle ne le comprenait que trop bien. On la déshabilla, purement et simplement. Alors elle fit mine de protester, sans doute pour la forme, en une fausse pudeur surjouée en l'occasion :

_ Non mais vous rigolez les filles. On ne va pas aller jusque là. J'ai une réputation de dir...

Mais son langage s'interrompit sitôt que Fantasia lui eut ôté son pantalon et que Diva eut mis son soutien-gorge à fleur de peau.

_ Et puis, zut ! J'irai bien dormir, tiens !

_ Viens, laisse-toi faire, renchérit Diva tout en l'accompagnant au plateau, tu vas goûter au plaisir, crois-moi.

Elle ne savait plus trop, mais ne se refusait pas non plus.

Elles l'allongèrent. L'opération était imminente. Fantasia disparut telle une ombre. Diva se remonta les muscles et chercha par quel morceau elle allait entamer sa proie.

Dans l'entretemps l'autre revint. Elle tenait une petite bouteille, apparemment d'allure vert sombre. Diva chercha à ouvrir mieux encore ses pupilles :

_ Non, pas ça tout de même !!

_ C'est toujours mieux avec un corps bien gras. Ne faites pas les difficiles, faut que ça glisse, un point c'est tout.

Diva se saisit de la fiole dont elle fit couler un mince filet collant qui lui graissa les pattes. Puis elle se frotta les pognes avec un sourire remonté jusqu'aux lobes des oreilles.

Després hésitait à redresser la tête. Elle était cassée par l'effet de l'alcool et aurait signé un chèque en blanc pour pouvoir s'endormir sans berceuse.

Alors, sur un signe du nez de Fantasia, Diva entama la procédure. L'autre n'avait plus pour toute protection que son slip et son soutif. Diva la prit des orteils jusqu'au bout des cuisses. Elle travailla la pâte, la malaxa, la pétrit, fit fortifier le levain du plaisir et gonfler la jouissance. Au début, Després restait étendue en un corps inerte. Mais, bientôt, elle prit goût à la séance d'initiation et se mit à roucouler :

_ Hum, ma fille, ha, c'est bien... hum, plus haut, ne t'arrête pas.

Diva sauta directement le pas. Aux approbations motivantes de sa patiente, elle prit goût également, et de stagiaire se révéla experte.

Les deux chiffons encore attachés au corps moite de Després la dérangeaient. Ils volèrent à bas alors que l'autre n'eut qu'un « hou ! ». Larguée, elle se retrouva entièrement dépouillée.

Diva se crut autorisée à entamer les parties sensibles. Després ne savait plus où elle s'ébattait. Fantasia, comme on le voit, n'avait pas pris cours à la manœuvre. Elle suivait d'un œil averti ; son retrait avait valeur de conduite. Diva se trémoussait dès lors plus encore que sa partenaire qu'elle motivait par tous les orifices.

Fantasia sentit que le fruit était mûr. Elle consomma l'occasion. Passant au dos de Diva, elle se décida à la dévêtir tandis que l'autre était persuadée que la soirée montât encore d'un étage. Quelque part elle n'osait rêver que la partie se conclût à trois. Un fantasme à jamais assouvi. Elle se mit également à râler au plaisir et les deux femmes au corps à corps accordèrent leur chant d'extase.

Fantasia, elle, resta coi. Elle eut les mains habiles et rapides. L'autre se trouva à l'égal de sa proie toujours frémissante à la planche allongée. Il restait encore sa culotte à lui arracher, mais elle savait qu'il fallût auparavant accentuer le désir. Alors elle se colla à Diva et la palpa avidement au creux les plus intimes.

Diva exulta comme une bête. Elle en bavait presque tandis que Després se roulait tel un bébé prit aux chatouilles de sa maman. Fantasia ne pourrait pas la chauffer plus si ce ne fût à entrer en transe. Ce qu'elle ne voulait absolument pas – on l'aura compris.

D'un geste martial elle arracha la culotte de Diva et lui souffla au creux de l'oreille :

_ Prends-la maintenant, elle est tout à toi et elle n'attend que toi !

C'était la propre voix de Satan qui lui commandait ce qu'elle désirait par dessus tout. Elle grimpa Després qui, sur le coup, n'aurait plus su dire ni son âge ni son nom. Les peaux se collèrent l'une à l'autre. Elles ne firent plus qu'une. Et Fantasia n'eut plus qu'à se délecter de l'accouplement de ses deux collègues qui avaient poussé le vice professionnel jusqu 'à l'acte sexuel.

Érotique Fantasia

IV

Officiellement, Després fut malade. Assez gravement puisqu'elle ne parut plus durant la période estivale pourtant encline à une canicule apte à brûler tous les maux. Il avait été annoncé par courrier dûment estampillé que les choses rentreraient dans l'ordre à la réouverture des classes. L'autorité tint parole. Alors, lorsque l'équipe fut à nouveau réunie aux premiers jours encore ensoleillés de septembre, on compta les combattants : seuls, Després et Gaston manquaient à l'appel.

Pour Després la cause fut entendue.

Quant à Gaston, il se pointa avec un bon quart d'heure de retard, mais, à son entrée paradoxalement triomphante, on dut convenir d'un tremblement au *47*. Et pour cause ! Gaston ne s'en laissa pas conter, veste de costume jaune paille et pantalon bleu ciel soigneusement repassé aux coutures. D'ailleurs, la moustache avait pris de l'ampleur aux bordures. Sa raideur coutumière parut encore accentuée à l'usage de chaussures cuirs à la pointe étroite et au talon d'un pouce de hauteur assurée.

Érotique Fantasia

Comme il venait de réussir son entrée, la convergence des regards l'obligea à s'expliquer :
« Salut la compagnie ! j'ai été chargé de prendre le relais de Després et vous promets de ne pas me soustraire à ma charge. Ceci étant dit, nous allons maintenir le cap culturel tel que ce beau navire a été lancé sur l'océan de la *Gaîté*.

On s'amusa de son court discours de reprise, même s'il recouvrait une part indéniable de surprise. À mots couverts une voix androgyne imagea :
_ À condition que le bateau ne prenne pas l'eau aux bains-douches...

La prémonition passa pour un petit pet. Nul ne leva le nez. Gaston promit toutefois au cours du café aux croissants chauds qu'il n'avait pas omis de revoir l'emploi du temps général, les créneaux, et peut-être aussi les heures d'ouverture. On n'en sut pas plus à la dernière gorgée.

Fernand, ne voulant pas rester engoncé au fond de son siège, tenta une algarade :
_ La perte du poste que tu occupais sera-t-elle compensée par l'aspiration d'un novice ?

Le terme final fit sourire l'assemblée, et Fantasia plus que tout autre : elle repensait au jeune homme auquel on avait déjà fait passer les tests et qui s'en était tiré haut la main...

Gaston agita la sienne pour effacer la proposition :
_ On ne m'a rien laissé entendre de la sorte. J'ai convenu qu'à six nous pourrions œuvrer comme à sept, moyennant une adaptation. »

Certains avaient le gobelet aux lèvres, d'autres le croissant à la bouche, et l'on avala tout d'un trait, ne sachant trop si ce déjeuner-là fut plus digeste que son prédécesseur.

Gaston élabora donc son nouveau système à six têtes, seulement. Deux grosses journées avec une participation

Érotique Fantasia

massive des troupes entrecoupées par trois ouvertures semestrielles d'une plage s'étalant entre midi et vingt heures, mais où deux agents se relayaient avec une courte portion commune, l'un à l'ouverture et l'autre à la fermeture.

Fantasia prit ainsi le relais de Cher après qu'elles eussent partagé le boulot sur deux heures pleines. Ensuite elle se retrouva seule à gérer la boutique. En soi cela ne lui était pas désagréable même s'il pouvait y avoir quelques pics d'activité où elle oubliait sa personne pour se fondre en la fonction totale de bibliothécaire.

Ce soir-là, enfin, les choses se décantèrent sur le coup des dix-neuf heures trente. Plus qu'une demi-heure à tirer, pensa-t-elle, et elle commença de remettre en place tout ce qui traînait ou dépassait sans raison, ici et là. Dix-neuf heures quarante-cinq : le dernier quart d'heure. Elle imaginait déjà son bol de soupe enrichie aux queues de crevettes, bien chaude, qui lui enfumerait bientôt les narines tandis qu'elle aurait pu se décontracter assise en tailleur, à ras du tapis, un plateau léger sur ses cuisses offertes comme pétales, pieds nus, et peut-être plus encore...

Le bol tibétain se fendit silencieusement à l'apparition de Gaston, dernier de sa lignée, alias directeur.

_ Je te surprends ?, railla-t-il d'un ton vainqueur. J'ai oublié mon agenda ; je le récupère avant que l'un d'entre vous ne l'affuble d'une cote et le propose à la lecture tel un journal intime.

_ Hum, hum, répondit-elle sans lever la tête.

Mais Fantasia ne crut pas une seule seconde à cette version toute romantique du retour de l'auteur qui a l'esprit ailleurs. Et puis, qui utiliserait aujourd'hui un carnet de rendez-vous alors que son application numérique est si simple à engendrer !? Rien de tel.

Gaston déplaça des crayons et fit froisser des feuilles ainsi

qu'un bruiteur en quête d'échantillons pour sa prochaine bande sonore. Rien de plus. Il revint à sa hauteur, plus que jamais satisfait de sa raideur inextinguible. Mais son demi-sourire présageait du pis :
  _ Alors, nous fermons puisqu'il n'y a plus bébé au bain !
  _ Tu joues sur la formule : je ne te connaissais pas ce talent.
  _ Et oui, vois-tu, sous l'agent modèle se cache parfois une bête, la bête terrifiante.
  Alors ses yeux s'agrandirent et ses dents s'allongèrent. Fantasia l'avait démasqué dès son entrée de dernière heure. Pliant l'échine comme sous l'effet d'un pointage qui n'eût encore atteint son terme, elle avait eu le temps de mûrir son plan. Si celui-ci croyait aussi qu'il allât la dominer à l'usage de son bon plaisir, il se fourrait profondément le majeur dans l'œil.
  Elle anticipa judicieusement ses avances qui l'avaient précédé à gros sabots :
  _ J'ai un souci avec le dernier rayonnage du côté de la littérature érotique. Veux-tu bien me donner un coup de main, Gaston ?
  Le promu se sentit soudain boire du petit lait au téton délicat d'une fleur pétale de rose.
  _ Voyons cette contrariété ensemble. À nous deux, rien ne peut nous résister, bava-t-il grassement.
  Elle se leva tout souplesse et dodelina à son corps demandeur vers le point de raccordement. Intérieurement, elle exultait déjà ; faire plier le désir à sa volonté prenait dorénavant l'allure d'un rituel auquel elle n'aurait pu se soustraire.
  Gaston, tout en la poursuivant à l'attraction de ses formes, goûtait au même registre un plaisir qui semblait croître en lui telle une jeune pousse. Évidemment, Fantasia avait choisi l'un des rayons les plus en coin comme si *Zizi Jeanmaire*,

elle-même, eût pu être mise dans la confidence du voyeur.

Gaston avec cette Fantasia-là s'attendait à tout, se préparait à plus encore, et se sentit disposé à tout accepter d'elle. S'il s'était quelques fois fourvoyé dans son existence, il allait bientôt vivre la plus grosse de ses erreurs.

Dans l'étroite allée qui les avala goulûment, Gaston prit conscience de la pulsion torturante qu'il avait refrénée depuis son recrutement au *47*. Fantasia représenta soudain un idéal de féminité. Tout en elle exhalait la sensualité et, par dessus tout, une sexualité à cueillir tel un fruit mûr. Oui, mais un fruit défendu aux conventions sociales et aux règles du savoir vivre.

Il suait plus que de nature et sa langue s'aiguisa à la double pointe de ses moustaches qui ne cessaient de se développer. Le loup prenait en lui.

Fantasia, elle, jouait la biche à merveille. En l'état, quelque séducteur que ce fût, même le plus digne représentant de *Casanova*, même l'une des nombreuses progénitures de *Rocco*, n'aurait pu augurer d'un subterfuge. La testostérone faisait son effet de venin au corps de l'homme qui en redemandait. Cet instant dura une éternité : l'une sentant les trépidations de l'animal en rut, l'autre s'aveuglant d'une possession intime totale. L'image se figea.

Fantasia d'un trait fit face à Gaston avant qu'il ne commît l'irréparable. Il se bloqua très près d'elle tel l'épagneul à l'arrêt tremblant devant sa perdrix ; ses narines au maximum de leur ouverture aspiraient les effluves d'une chair délicate. Quelque part ce fut comme s'il attendait l'ordre de son maître – le subconscient...

Elle partit d'une voix caressante :

_ Veux-tu me récupérer les ouvrages coincés tout là-haut ? Même avec l'escabeau je crains de m'étaler comme une

Érotique Fantasia

poupée de chiffon.

_ Rassure-toi, reprit-il surexcité par la situation fantasmagorique, j'aurais bien eu la courtoisie de te récupérer dans mes bras.

_ Plus tard, peut-être. Veux-tu bien me rendre ce service ?

Le sourire angélique qu'elle imprima à sa face parfaite pouvait tout obtenir en n'ordonnant rien. Gaston vit les ouvrages en effet mal placés, affleurant quelque canalisation apparente. Il faillit râler au cochon qui avait commis pareille stupidité, mais, dans la vibration sexuelle où il se trouvait porté, là n'était plus le problème.

_ J'en fais mon affaire, lâcha-t-il, tout en disparaissant au comble de la motivation.

Il peina à dégoter ce maudit escabeau et le découvrit mal rangé.

Quand il revint, Fantasia se suçait le pouce à l'instar d'une petite fille qui songe à une grosse bêtise. Il réprima in extremis une pulsion agressive. Se reprenant, il installa les quatre pieds en un écart satisfaisant et monta au plus haut de l'élévation possible. Il était limite quand il récupéra les trois livres disposés tel un piège. Enfin il plongea au sol, fier de sa prise, et offrit son butin à la belle.

Fantasia se tenait à la façon d'une vigne vierge armée d'un corps qui pût s'enlacer à toute chose. Gaston laissa choir ses livres. Sa main avait lâché prise tout comme son cerveau qui ne maîtrisait plus une situation proprement au-delà du réel. Entretemps la chipie avait dégrafé son chemisier, s'affaissant à hauteur des baleines de son soutif où l'élastique centrale joignait sans les presser deux arguments irréfutables.

Il balbutia :

_ Qu'ils sont beaux… j'en rêve depuis toujours… Oh, Fantasia… laisse-moi…

Elle fit un pas de côté et, pour lui, le songe se déroba.

Érotique Fantasia

_ Tu sais que nous pourrions faire de belles choses ensemble. Vraiment, j'en suis sûre...

Gaston ne se remettait pas. Il chercha à comprendre :

_ Mais de quoi veux-tu parler... je te veux, tu sais !?

Elle glissa, pour toute réponse, légèrement deux doigts aux plis de ses mamelons et les chatouilla doucement en guise d'un plaisir qui ne laissait aucun doute.

_ Va, tu sais bien de quoi je veux parler, reprit-elle en visant le pli gonflé de son pantalon au tissu hypertendu.

Dès lors elle ne le lâcha plus de son regard envoûtant :

_ En assistante de direction, tu ne me prendrais pas... chaque jour à tes côtés... en symbiose à la tâche ?

Gaston accusa le coup. Il était parti sans prévenir ou bien il ne l'avait pas vu venir.

_ Tu..., hésita-t-il, ... tu voudrais le poste d' A.D., mais... je ne peux tout au plus que t'y proposer, et encore faudrait-il qu'il y ait une recrue à ton poste.

_ Tu vois où je voulais en venir, et personne ne s'en plaindrait d'ailleurs en l'équipe reconnaissante, triompha-t-elle maintenant qu'elle avait abattu toutes ses cartes, maîtresse.

_ Bon, bon, mais je ne te promet rien. Oui, en fait, c'est vrai que ce serait chouette qu'on bosse ensemble au quotidien.

Très rapidement l'idée avait fait son chemin dans le cerveau du mâle. L'avoir chaque jour à ses flancs, c'était déjà la posséder en partie ; le reste suivrait.

Elle rompit le lien de sa séduction, retourna au bureau d'accueil, s'encapuchonna et regagna prestement la sortie. Gaston marmonna à part en ses sueurs chaudes :

_ Ben alors, pas même un petit bisou !?

C'est sûr qu'il y avait de quoi faire jaser. Personne n'avait vu venir la promotion de Fantasia et, au final, nul n'en fut dupe.

Gaston emberlificota les idées en justifiant son acte d'un meilleur dynamisme insufflé à l'équipe et d'une répartition des pouvoirs élargie. On voulut bien le croire en ce sens. Mais, quand Fernand revint inlassablement sur son questionnement à résoudre l'équation « 6 = 7 », Gaston dut noyer un peu plus le poisson (tout au fond des bains-douches) :

_ Je pourrais presque assurer que six valent sept dans la mesure où l'équilibre que nous avons installé maintenant en confiance et en compétence est probant.

Cher qui ne fut pas la plus loquace de tout temps envoya cependant une banderille bien posée :

_ C'est sûr que de longue date on ne nous réclame plus à l'entrée ni serviette ni dose de shampoing...

Son impromptu fit beaucoup rire le collectif qui accepta, bon enfant, le grotesque de cet argument. Et puis il avait le mérite d'exprimer par un biais comique que personne ne se leurrait quant à cette nomination à l'organigramme.

Lorsqu'ils se retrouvèrent en tête à tête et que Gaston aborda une nouvelle réorganisation de leurs tâches respectives, la conversation glissa rapidement à l'endroit où les trois boutons de chemise avaient empêché d'ouvrir le plus intime des rapprochements.

« Nous formons un vrai binôme homme-femme comme il y en a encore si peu dans les autres structures. Tu ne trouves pas cela formidable, avait-il avancé sur son échiquier de la séduction où Gaston ne se sentait pas l'avantage des pièces.

_ Nous allons faire école, tu voudrais dire... ?, feignit-elle d'éviter la perte d'un pion.

_ Tant de choses nous rapprochent un peu plus chaque jour. J'en suis tout ravi, je t'assure, non pas !?, doutait-il sans malice.

_ C'est une façon de voir la situation... oui, peut-être...

Érotique Fantasia

Une nouvelle fois elle l'avait frôlé pour l'embaumer du parfum de sa chair si blanche et paraissant si tendre à caresser. Gaston la laissait venir à ce jeu du refus qui est la marque d'une séduction bien engagée. Lui aussi déplaçait les pièces. Mais il savait que pour prendre la reine, il y avait encore du chemin. Pourtant il ne doutait plus maintenant que l'issue lui fût favorable.

Alors les journées s'enchaînèrent et se ressemblèrent, forcément. Lui opérant de courtes percées tandis qu'elle se défendit à l'usage renversant de sa séduction sans limite. En quelque sorte elle employait l'antidote à l'amour, se disant qu'à faibles doses, il finirait par craquer. Mais craquer pour quoi ? De fait, elle n'en avait réellement aucune idée. La partie était bien lancée à son avantage et elle ne doutait plus non plus, elle de son côté, d'y proclamer « échec et mat ». Mater le roi, quoi de plus jouissif !

La jeune première fit son effet. Sa beauté dorénavant inspira du respect. Non pas qu'elle fût placée au rang d'idole, mais on envia sa position un peu comme l'on envie aisément le statut d'une vedette.

Seul, Gaston continua sans faille à nouer sa croisade. Il avait circonscrit sa *Jérusalem* et tout chemins dut y conduire. Il multipliait les signes d'attention à son égard, elle faignant de les recevoir ainsi que banalité. Il ne se formalisa à aucun moment. Sa force tranquille avait de quoi surprendre l'observateur indolent que nous sommes. Somme toute, sa stratégie paraissait plus porteuse que la volonté hégémonique de Fantasia, décidée à l'emporte-pièce, à la limite du caprice.

Cependant, il furent associés jusqu'en heure tardive, une fois n'est pas coutume, et la question du repas vint à se poser. Galamment, Gaston usa de l'opportunité :

_ À l'heure qui se pointe, nous devrions commander des

nouilles en boîte-carton et un soda sans sucre ajouté. Pourtant je me refuse catégoriquement à cette pratique qui tend à vulgariser l'exception. Je préfère y mettre de ma poche, sans fiche de remboursement, et t'inviter au restaurant le plus proche, quoique dans cette rue de *Gaîté* nous ayons l'embarras du choix. J'anticipe d'ores et déjà ta protestation pour la forme. Tiens, récupère ta veste, je me saisis de la mienne et nous voici à la rue, non pas misérables, mais pour la plus agréable des fins de soirée.

Elle aurait pu tenter une parade mais, telle que l'invitation avait été adressée, on ne pouvait qu'y apposer le timbre de la bienséance.

Au dehors, ils évitèrent *L'Italien* qui devait s'être alloué les services de l'agent de *Pavarotti* au vu des tarifs à la carte. Le narguilé suivant ne leur remplit pas la panse et le kebab attenant ne leur inspira pas la plus grande confiance. Il y avait encore deux *Indiens*. L'un se vantait d'avoir reçu un célèbre acteur-cascadeur du cinéma français de toujours, et l'autre appuyait les mérites d'un dépaysement total... placé qu'il fut en arrière-cour. Rien n'y fit. Plus bas encore, après avoir oublié les théâtres emplis de spectateurs qui baillaient déjà à la pensée d'une andouillette-frites bien balancée sur le comptoir, ils investirent une brasserie tout sonore et tout guillerette, aux lampions multicolores donnant un apparat de fêtes de fin d'année à jamais prorogées.

 La serveuse crut en l'intimité de ses deux clients et leur réserva une table ronde un peu à l'écart. Elle en était encore elle-même à trouver son *Jules*, celui qui la ferait décoller, celui qui remplirait sa vie d'une enfant et de ses attentions de choix au quotidien. Alors, pourquoi pas ces deux-là...

De fait, et pour un temps strictement suspendu au présent, ils se posèrent aux chaises cannelées ainsi qu'en un jardin d'Éden. Ils avaient bien travaillé et ce repas avait la gueule du salaire bien mérité. Sans trop s'attarder ils commandèrent, chacun retranché derrière le paravent d'un menu offrant les meilleurs plats en un service au chrono record.

Quand la serveuse eut appris la commande par cœur et fit disparaître les cartes qui gênaient encore la rencontre de leurs regards, ils se trouvèrent face à face, dévoilés : une autre partie allait s'engager.

Il est drôle comme la roue du temps tourne tout en se dotant d'une inépuisable répétition des événements. Ne dit-on pas que l'histoire est un éternel recommencement ?

La soirée tête-à-tête avec son directeur, forcément, pour Fantasia, c'est du déjà-vu ! Elle tient le beau rôle tandis que lui est dans ses petits souliers. Évidemment, jour après jour, il commence à trouver le temps long. Les petits boutons de son chemisier lui démangent les doigts. Il en jouerait volontiers comme à la main gauche de l'accordéon. Ni mineur ni diminué, plus qu'un effet majeur : ce serait du plaisir augmenté !

Au premier regard cru de Fantasia qui l'embrocha tel un carré de foie, il misa sur un coup de poker. Ce serait à ce prix qu'il remporterait le *strip*. Elle mastiqua lentement et n'hésita pas à frotter régulièrement ses ratiches pour les mettre en valeur. De toute manière, comme il se dit, « quoi qu'elle fît » aurait une emprise à l'érotisme. Mais il ne la percevait sans doute toujours pas ainsi qu'une incarnation diabolique. La nature avait de ces mystères... Elle ne lui offrit cependant aucun angle d'attaque : « débrouille-toi mon garçon » semblait suggérer son sourire ineffaçable.

Il se piqua alors de la charger là où certainement elle l'attendait le moins :

_ Tu as l'air plus radieuse que jamais. J'en déduis que ton nouveau poste te sied à merveille. Mais j'y vois aussi naturellement un épanouissement sentimental. Me trompé-je ?

_ J'avoue être pleinement dans mes pompes à ce poste d'assistante que j'ai eu le flair de te suggérer. Au reste, ma vie affective cherche toujours amélioration...

_ Tu lances une pierre en mon jardin. Il y a là un terrain à bêcher sans cesse. Sois étonnante, dis-moi quelque chose qui me défrise la moustache !

_ Hum... que veux-tu dire ?

_ Une chose gentille, ou personnelle, ou bien que l'on ne dirait pas à son chef, quoique désormais...

_ T'as de beaux yeux, tu sais ! Voilà qui devrait te réjouir.

_ Mais je n'y crois pas car celle-ci on l'a déjà faite ! Tu n'as pas plus spécifique...

Fantasia resta interdite. Il l'avait happée par le bout de la manche et il tentait habilement de la faire glisser en son pré. Alors elle passa à la phase « deux » de son coup de rouleau :

_ Sais-tu, Gaston, que ton attitude raide m'a toujours questionné : est-elle strictement physique ou dénonce-t-elle une rigidité mentale ?

Il la vit venir par le petit bout de la lorgnette :

_ Tu ne peux m'accuser de rigidité attendu que j'ai écouté ta requête et y ai répondue. J'avoue pour le reste souffrir parfois d'une raideur déplaisante à la nuque, mais je n'ai jamais trouvé la bonne cure.

_ Le massage, Gaston. Largement pratiqué avec variation de rythme en application d'un *baume du Tigre*.

_ Ah, mais ! c'est une proposition ou j'affabule !?

_ Je n'ai jamais promis en être la manipulatrice.

_ Oui, mais tu viens de t'avancer dangereusement.

Elle souriait telle une déesse inébranlable. Il se devait de conclure, là, maintenant, avant que sa chance ne s'évapore :

_ Nous retournons aux bains-douches ou tu viens chez

Érotique Fantasia

moi ? Y a pas la baignoire, mais c'est cosy.

Lentement Fantasia se lécha le bout des doigts. Il aurait cédé son carnet de l'écureuil pour qu'elle en fît de même avec ses noisettes. Puis, en penchant la tête, telle une petite fille bien éduquée :

_ Mes parents m'ont conjurée de ne pas suivre n'importe qui jusqu'à son domicile, même s'il me promet de gros bonbons. Mais pour ce Gaston-là, je peux surseoir à la règle.

Un peu à l'aveugle, et pris par une extase qui dilatait ses pupilles comme jamais, Gaston régla sur-le-champ l'addition. La serveuse était tout émotionnée car elle avait perçu que l'affaire allait se conclure dans de beaux draps. Encore une belle histoire d'amour, pensa-t-elle, rêveuse, en regagnant sa chambre de bonne, à pas d'heure.

Gaston refusa le métro arguant qu'il fallût attendre longuement et changer de rame pour une adresse somme toute assez proche : il habitait le quinzième. Alors Fantasia accepta ce déplacement piétonnier qu'ils entamèrent par le dos de la gare *Montparnasse*. En prenant la pente du boulevard *Pasteur*, ils ne purent décrocher leurs yeux admiratifs d'une éternelle Tour *Eiffel* parée de son habit enguirlandé de soirée. La descente leur rendit le bon rythme. Ils dévalèrent sans trop causer.

Mais, au replat où ils finirent par échouer, il fallut s'orienter. Ils étaient rendu en un multiplexage de voies, l'une filant via un magnifique terre-plein droit au dôme des *Invalides*, l'autre, complètement sur leur droite, les orientant sur le clocher de *Saint-Germain-des-prés*. Légèrement à leur gauche et sous le métro suspendu filait *Garibaldi* qui, au bout du bout, aurait pu les entraîner jusqu'à la *Maison de Radio-France*. Mais, comme ils n'étaient pas deux touristes tout au plaisir de se laisser prendre aux bras charmeurs du

Érotique Fantasia

Paris des noctambules, ils obliquèrent sans façon pleine gauche, empruntant la dénommée rue *Lecourbe*. On n'eut pas à s'échiner encore bien longtemps puisque Gaston se planta soudain au bas d'une construction à l'ancienne – apparemment au numéro *73*.

« C'est ici », lâcha-t-il en un souffle, tandis que Fantasia récupérait de cette course propice à la digestion. Il lui tint la porte et elle l'accepta. L'ascenseur n'avait pas été considéré comme essentiel. Ils atteignirent encore à pattes le troisième et dernier étage. Leurs cœurs battaient fort. L'effort et l'excitation s'y mêlaient ; le premier pour elle et la seconde pour lui.

À l'intérieur, l'espace de vie ne dépassait pas les quarante mètres carrés. Mais l'habitat étant présenté d'un seul tenant, à l'exception d'une cabine douche et toilettes, on avait l'impression d'un volume agréable. Quelques poutres apparentes, une cuisine à l'américaine, à peine une banquette deux places, une table ronde et, surtout, un système d'étagères à croisillons. C'est là que l'on retrouvait tout l'esprit de notre bonhomme. Il y avait des livres, bien sûr, et encore des CD, quantité de DVD empilés pêle-mêle jusqu'à ne plus y retrouver le moindre titre, et aussi des vinyles et en nombre conséquent.

Fantasia, qui plantait au beau milieu de l'unique pièce, détailla mi curieuse mi professionnelle tout cet étalage digne d'un bibliothécaire :

_ C'est chouette ici. Finalement, tu ne peux pas t'empêcher d'être du métier... un vrai pro quoi.

Il vint par derrière et la saisit par les anches :

_ J'ai mieux encore, sais-tu, risqua-t-il au ton bas et intime.

Elle se dégagea :

_ Ce sont les toilettes ? demanda-t-elle d'un doigt.

Il n'eut pas à répondre ; elle avait disparu. Une chasse d'eau

Érotique Fantasia

à peine et elle repointa le bout de son nez. Lui n'avait pas perdu de temps. Il renouait déjà la ceinture éponge de sa robe de chambre jaune très clair. Un poussin qui cherche sa poule.

Mais l'autre avait du bec :

_ Tu t'allonges là sur le canapé. T'as un produit gras pour me faciliter la tâche ?

_ J'ai tout ce que tu veux. Tiens, vise la pharmacie et fais comme chez toi.

De fait il plongea à plat aux coussins élimés, laissant apparaître son implantation capillaire très fournie à hauteur des guibolles.

Face à la glace de bain elle fit un rapide bilan : malgré l'heure tardive, elle restait hautement désirable, tout chez elle continuait d'exhaler la sensualité. Elle caressa le galbe de ses seins, puis son cou, ses pommettes et s'envoya un baiser de la pointe de ses index et majeur réunis.

« Si tu crois que tu vas t'en tirer toi aussi à si bon compte, tu te fourres le doigt… », pensa-t-elle en souriant à part.

_ Bon, tu trouves !? Il suffit de déranger un peu les flacons, c'est pas l'hôpital *Necker*… grinça-t-il d'impatience.

Elle chopa à la volée un vaporisateur protégeant des coups du soleil. La chose ferait l'usage. Alors elle revint.

_ Ah, enfin te voilà. J'ai failli mourir d'ennui ! dit-il encore la tête raide au côté.

_ Mais non, penses-tu ! Tu as déjà dû en profiter pour te divertir avec ton petit joujou.

_ Ah bon , ça… petit, petit, attends un peu de voir ça !

Et, contre toute attente, il se renversa, profitant d'une échancrure au peignoir qui l'appela d'une trompe prompte à la plus probante des déclarations d'amour.

À la vue de l'argument elle lâcha un jet de vapeur.

« Tu m'a l'air bien remonté, appuya-t-elle. On avait parlé du

Érotique Fantasia

cou, non, rien de plus...

_ C'est-à-dire que l'envie me gagne, énormément.

Il se renversa, écarta les cuisses et laissa pendre le gouvernail qu'il ne maîtrisait plus à cette heure de dérive.

_ Ah, c'est du joli ! Tout ça pour un massage dit de relaxation.

Elle lui lança le petit flacon, tout en l'exhortant d'une formule laconique :

_ Vas-y, montre voir comment tu graisses la pompe !

Gaston sourit. Il voyait bien maintenant sous quelles affres ce petit démon logé au cœur d'un corps de rêve voulut l'emmener.

_ Si tu veux qu'on joue à ce jeu : d'accord ! Mais alors, aide-moi un petit peu.

_ Oh mais je ne doute pas que tu doives très bien savoir t'y prendre après des années de pratique intensive. Lance l'ouvrage, je vais aiguiser ta motivation...

Gaston prit en main le travail qui l'attendait. Fantasia se récupéra une chaise et vint se planter face à l'ouvrier. Sans rien défaire de ses vêtements, elle résolut d'observer son savoir-faire tout en se décontractant de la plus lascive des poses, les cuisses écartées au compas le plus large. Le marin se saisit de la barre, aveuglé par le précipice qui se présentait à sa vue. Plus il travaillait son outil et plus il se sentait attiré par le gouffre qui s'offrait à son naufrage étonnamment consenti. Il râla :

_ Ah, Fantasia. Laisse-moi entrevoir jusqu'où je peux me perdre... allez, fais un effort : je t'en prie... !

Ce coup-ci elle se redressa et entama de défaire les boutons de son pantalon, un à un, au ralenti le plus cruel possible, pour ce capitaine tout dépenaillé, qui se prêtait à sombrer à l'approche du mystère de la beauté.

_ Ah, vas-y, bon sang ! Ouvre-moi la voie du bonheur...

Érotique Fantasia

Elle fit légèrement glisser son vêtement mais qui resta en équilibre. Pourtant sa chemise masquait encore l'objet du délice. Le marin souquait ferme. Il s'accrochait à la barre comme en son dernier espoir de survie. Les yeux exorbités, il cherchait le cap, loin là-bas, au-delà d'un récif qu'il ne pût atteindre.

Enfin, elle souleva le voile de la pudeur.

Une vague de douleur submergea le capitaine : une sirène lui était apparue au comble de sa perdition. Le petit triangle rose fut pour lui le signal tant attendu et il lâcha le fluide de son désir en une giclée blanche dont les embruns parvinrent jusques à Fantasia.

Aussitôt elle replia les voiles et prit ses distances. Lui gisait là, éperdu sur une île de plaisir solitaire qu'il ne pensât pas atteindre sans son guide, ivre de bonheur après cette traversée sur un océan de beauté.

Fantasia essuya une tache qui avait maculé son pantalon :

_ Tu as bien travaillé, conclut-elle avec assurance. Je t'abandonne à ton mouillage. J'aimerais moi-même rentrer à bon port. Je crois que tu m'as donné quelques idées.

Elle n'attendit aucun écho et prit la sortie comme happée d'une lame de fond.

_ Mais, Fantasia... balbutia-t-il alors qu'il était échoué sur son îlot désormais désert. Tu ne vas pas m'abandonner là : reviens !

Mais seul le silence trouva à lui répondre.

Érotique Fantasia

Érotique Fantasia

V

Jusques ici nous n'avons que très peu causé de Fernand et Cher. Ces deux-là étaient mariés. Ils vivaient à la régulière une vie de famille : une épouse pour l'un, un époux pour l'autre, deux garçons pour Fernand et trois filles pour Cher. Probablement, cela joua en leur faveur parce qu'ils ne furent jusqu'alors pris en aucune partie de jambes en l'air. Cependant, Fernand avait les yeux qui roulaient comme des billes huileuses et Cher absorbait tous les commérages telle une éponge encore humide.

On sait que Fantasia était montée en grade et qu'à sa beauté naturelle s'ajoutait désormais les galons d'une autorité en développement.

Gaston, Gauloise, Diva, sans oublier Leconte et Després qui avaient payé les pots cassés, la redoutaient à juste titre. Nul ne savait réellement où elle voulut en venir : était-elle habitée d'une profonde ambition à sa carrière sans que la chose se fût entrevue à l'origine, avait-elle le diable au corps de telle façon à soumettre tout quidam à son bon plaisir sexuel ? Les questions restaient pendantes, mais pas les langues.

Dorénavant *Zizi Jeanmaire* basculait du jour à la nuit en fonction de sa présence. Sitôt qu'elle quittait le *47*, les conjectures s'échafaudaient encore plus rapidement encore qu'à la reconstruction de *Notre-Dame* courant 2019 : déroberait-elle le fauteuil de directrice à un Gaston qui semblait avoir perdu la main – et ce n'est pas peu dire !

Mais, surtout, et puisque Fernand et Cher l'eussent appréciée par ailleurs aux travaux qu'ils avaient menés de pair, ce couple fidèle aussi bien en sa vie sentimentale que professionnelle finissait par se morfondre quant à son devenir : à quelle sauce seraient-ils bientôt croqués ?

Fantasia n'en laissait rien paraître, mais elle était en effet très impressionnée par ces deux saints qui résistaient encore au milieu de tous ces vicieux. Elle imaginait bien que leur vie conjugale ne dût pas se peindre d'un érotisme flamboyant, les enfants refrénant très souvent les pulsions sexuelles aux mères comblées par l'affection entretenue à leur progéniture. Elle en vint donc à penser qu'il y eût là un sujet à creuser.

Évidemment, l'occasion était trop belle de ne pas faire d'une pierre deux coups et d'une flèche percer deux cœurs. Mais elle ne voulait pas d'un petit coup mesquin où deux collègues de bureau consomment un coït à peine révélé entre douze heures trente et treize heures dix, juste avant que le public en manque de sa dose culturelle ne couvrît leur aventure sans lendemain.

Non, elle visa proprement le mélodrame, un peu à la manière d'une tragédie dont elle se fit autrice et réalisatrice dans l'aspiration qui l'eût gagnée. Elle en arriva à se persuader qu'il lui fallût en savoir plus sur chacun d'eux et commença de les étudier de plus près, un peu de manière clinique, mais surtout en tentant, au bénéfice d'un affect présumé à leurs bonnes relations de longue date entretenues, d'en découvrir les détails les plus intimes, ceux justement par lesquels elle pourrait faire se fondre les molécules du cœur, aussi fort que le plus puissant des aciers, aussi cassant que le plus superbe des marbres.

Ajustons la focale : c'est l'intérieur de la cellule vivante que nous observons maintenant.

À l'avenant, pied à pied, au déplacement d'un rayonnage que l'on eût soudain trouvé plus indiqué en un autre espace, Fantasia entama le vernis protecteur de l' handicap.

« Vos enfants sont-ils de bons élèves, Fernand, avec un tel père qui roule pour la culture, si vous me permettez cette image facile ?

_ Je vous autorise pleinement à mentionner mes enfants qui sont les deux lumières de ma vie. Ils sont jusqu'ici adorables et se projettent sérieusement au futur, là où, moi justement, j'ai été retenu dans mon élan.

_ C'est bon de l'entendre, reprit-elle, tout en associant plus d'intérêt à la parole qu'à la gesticulation de ses doigts délicats. Mais vous ne mentionnez aucunement votre épouse, leur mère. Ne brillerait-elle pas tout autant de mille feux ?

_ Pour sûr que je lui dois mes trésors. Je la respecte et l'apprécie de toute mon âme, même quand nous ne sommes pas tout à fait d'accord, appuya-t-il.

_ Un petit virage sombre de temps à autre, cela ne fait pas un orage et encore moins une tempête... Si les braises de l'amour sont encore chaudes...

_ Euh... oui, vous le dites très bien. Avec le temps, cependant, le feu se meurt lentement, insensiblement, et parfois il semble qu'un certain détachement s'est instauré à notre insu. Bah, ce doit être chose courante. N'en est-il pas de même pour vos amours, chère Fantasia ?

_ Je vous assure que je ne brille pas d'une constance à toute épreuve en la matière.

_ Hum ? qu'est-ce à dire ?, questionna Fernand dont le sens réel lui échappait en cette formulation à tout dire et ne rien dire en même temps.

_ J'aime le changement et je ne m'attache qu'à brève échéance. Il y a tellement de rencontres qu'on aurait aimées concrétiser et qui nous ont filé entre les doigts, vous ne trouvez pas, Fernand ?

_ Ah, certainement. Je ne voyais pas les choses de la sorte. Avec Augustine, nous nous sommes rencontrés à l'adolescence et puis nous n'avons plus changé d'avis ainsi qu'une promesse à ne jamais nous séparer, seulement octroyée à la mort, cette scélérate !

_ Et, pardonnez-moi si je pousse le vice plus loin, embraya Fantasia qui roulait désormais en plein centre de la voie qu'elle cherchait à atteindre, jamais une incartade, jamais une courte trahison, juste pour contenter le physique, ni d'un côté ni de l'autre ? Assurément !?

_ Ah, ça alors ! Vous me prenez au dépourvu. En tout cas, de ma part, il n'en est rien. Je suis resté aussi fidèle qu'un chien d'aveugle. Quant à Augustine, c'est Dieu qui la regarde, sa conscience et son âme...

_ Comme un chien d'aveugle, dites-vous Fernand ? Aveuglément serait mieux exprimé. Vous ne pensez pas qu'elle a pu être tentée par des performances supérieures aux vôtres, par des hommes plus forts, plus expérimentés, et qui lui ont, l'espace d'un après-midi volé, fait entrevoir un rayon de soleil dans la clairière de sa vie toute rangée ?

Fernand arrêta à la fois ses mouvements mécaniques et sa pensée aux rouages rendus fluides par une auto persuasion intrinsèque. Il n'imaginait pas vraiment que la mère de ses deux enfants pût s'en aller butiner le plaisir ailleurs qu'en leur lit conjugal. Il fixa Fantasia ainsi qu'elle l'eût marqué d'un fer chaud. Ses yeux étaient tristes comme ceux du chien d'aveugle qui a failli à sa tâche.

Fantasia ne le regardait pas directement car elle avait

compris qu'elle avait réussi à glisser un os. L'autre faisait maintenant avant-arrière sur son siège roulant tel un automate incapable d'enclencher la bonne routine. Il ne tenait qu'à elle de le remettre à flots, la partie ne faisait que commencer ; elle n'allait pas ainsi sacrifier l'un de ses deux joueurs. Enfin elle stoppa ses gestes et le regarda :

_ La vie est fourbie de surprises. Je suis sûre qu'elle vous en réserve encore de bien surprenantes et de très agréables.

Et pour ponctuer sa prédiction qui n'en fut point une puisque elle se faisait la main du destin, elle ponctua sa conclusion d'un clin d'œil l'engageant, lui, à plus d'attention aux opportunités de l'existence.

Fernand accusa le coup, resta coi, tourna la bride et disparut vers une autre occupation qu'il pût mener tout à sa guise.

Fantasia avait fait courir le cavalier, maintenant il fallut bouger la tour. Au fil des jours, Cher qui était ronde naturellement s'était portée sur l'ovale. On voyait d'ailleurs qu'elle supportât plus que sa personne, les erreurs, les séquelles, les soucis incompressibles du quotidien. Sa gentillesse restait malgré tout d'humeur constante.

Il advint qu'une routine malsaine – que les informations traitent de virus – s'empara du système des données de la médiathèque.

Gaston avait aussitôt fait le tampon avec les services municipaux de l'informatique, pestant, suant, frappant méchamment les touches du clavier au cours d'une suite de journées particulièrement pénibles. Enfin il passa le relais à bout d'argument :

« Écoute, Fantasia, je ne peux obtenir plus au recouvrement de nos données. Si tu constates désormais comme moi des anomalies à nos fichiers partagés, je te prie d'y remédier « manu militari », passe-moi l'expression, car la voie officielle est épuisée, tout comme ma bonne volonté...

_ Ah, ces hommes, ils promettent toujours plus que leurs capacités le leur permettent, tacla-t-elle.

Gaston s'effaça. Il s'était bien fait comprendre et n'avait plus goût pour l'heure aux *sexy toys* aussi communs à la rue de la Gaîté qu'une baguette de pain bien blanche à la boulange.

Cher, à son tour désigné, dut se prendre la tête à deux mains avec quelque tableur frelaté. Elle en était presque à chouiner derrière son écran quand Fantasia capta sa détresse et vint se porter à sa rescousse :

_ Holà, Cher, il n'y a pas de quoi jeter un canot à la mer ! Prête-moi un siège, nous allons éviter le naufrage ensemble.

_ Je t'avoue que tu me sauves du *Cap Horn*. Au point où j'en suis, il faut récupérer les données sur papier et reformater le document idoine. À deux et en synchronisant nos coups de rames, on devrait éviter la noyade à la cargaison.

Elles remontèrent leurs manches et s'empoignèrent au travail, certes délirant à l'époque des données numériques, mais inévitable en l'état.

Après des feuillets et des feuillets de traitement sans relâche le souffle épique du sauvetage baissa en intensité. Avant qu'il ne chutât au calme plat, Fantasia ordonna le replie des voiles. Elles se toisèrent heureuses, mais déjà assommées. Fantasia en profita :

_ C'est plus facile avec ta petite famille... les efforts, tu ne les comptes pas ?

_ Que tu crois ! J'ai le bonheur de les avoir eues toutes trois à la chaîne, en pas plus de cinq années, mais je le paie cher aujourd'hui car il faut les suivre aux activités qui diffèrent bien sûr de l'une à l'autre.

_ Mais avec leur père vous vous répartissez les contraintes. C'est votre chance d'être un couple stable.

_ C'est vite dit, aussi. Oui, nous sommes toujours cinq à la maison, mais Tony fait le transport intra-européen. Parfois on ne le voit plus sur une longue période. Puis il réapparaît comme si de rien n'était. Entretemps, c'est bibi qui assure la charge des filles. Elles sont adorables, note-le bien !

_ Je te comprends. Tu prendrais bien une semaine de vacances, à toi seule, abandonnant égoïstement toute la troupe, époux y compris...

_ Ah ça, je ne te le fais pas dire ! Et puis, parfois, je me répète que c'est ma chance d'avoir une telle famille et que je n'ai pas le droit de penser de la sorte. Alors...

_ Tu laisses passer les occasions ; tu fais semblant de les ignorer. Mais les années passent et tu es encore désirable pourtant.

_ Oh, mais tu es bien gentille, Fantasia. Moi, je n'ai pas ton *sex apeal*, sais-tu. Si un homme me regarde, c'est déjà une grande richesse. Et, pour tout dire, je n'en demande guère plus.

_ Bah, tu t'es convaincue ainsi. Mais je t'assure que nous détenons toutes un pouvoir de séduction qu'il ne tient qu'à nous de mettre en œuvre. Chiche, essaie donc de te mettre en valeur et nous en reparlerons, j'en suis sûre.

_ Mmm, conclut sans le mot Cher.

Du soc de sa beauté incisive Fantasia avait creusé les sillons du désir. Aussi les rapports des uns aux autres avaient-ils considérablement évolué depuis la prise de possession des lieux. Foin d'une naïve camaraderie. Chacun jugea son double telle une entité sexuelle potentielle, au mieux de son appréciation, quant ce ne fut pas l'émancipation d'un rival. Certainement que ni Gaston ni Fantasia ne furent au jus des échanges de fluides qui se tramèrent en leur absence et aux heures tardives des fermetures dont le tour de clé final se prorogea à souhait et pour le plus grand plaisir de la bête à deux dos.

  Gaston pour qui la souplesse en pensée était inversement proportionnelle à sa raideur au physique remarqua au gré du temps que les réduits intimes tels que vestiaire et débarras s'amélioraient en qualité d'accueil. Ils témoignaient dorénavant d'une vie et d'une attention certaine de leurs usagers, alors qu'à l'origine ils eussent été traités ainsi que zones annexes, voire troubles.

  Au cortex du directeur se formèrent les images fugaces de ces amours de circonstance. Aussi s'amusa-t-il à déceler le moindre signe de rapprochement d'un individu à l'autre par l'attrait ou la répulsion toute passagère qui pouvait se glisser, inopinément. D'ailleurs une mauvaise humeur, à peine effleurée et avalée aux contingences du service, pouvait tout autant suggérer que quinze heures auparavant les mêmes acteurs se transperçassent d'un fulgurant amour.

  Quoi qu'il en fût, Fantasia tenait son supérieur et néanmoins prétendant à distance. Celui-ci, elle se le mangerait au goûter de son choix. Un cœur tendre à l'intérieur mais dont l'enveloppe s'était considérablement racornie ces derniers temps. Quelque part, l'assistante avait pris modèle sur sa direction : elle se raidissait. Cela n'altérait pas sa superbe ; elle y gagna en prestance et parut s'élever. Une déesse prit forme en son temple du *47*. Certainement que d'aucuns commençassent de la trouver intouchable. Encore quelques tours de clefs et nul n'hésitât plus à la vénérer pour l'aura qu'elle imposait.

  Fantasia, si jeune encore, avait subtilisé les dés. C'était elle, et elle seule, qui les jetait au tapis afin de faire progresser les pièces tout à son sentiment.

  La nature humaine est ainsi bâtie qu'elle préfère un gouvernement intransigeant à un prétendu état de liberté, toujours symbole à la pensée collective d'une certaine preuve

Érotique Fantasia

de laissez-faire.

L'ère Fantasia s'imprima donc à la médiathèque un peu comme *Le Cardinal* en imposa au roi Louis, en d'autres temps.

Fernand, le preux ; Cher, la pieuse. Voici que notre tableau compose ses personnages. Une touche par-ci, un aplat par-là : il gagne en perspective. Mais, pour que le drame soit consommé, il faut une étincelle, c'est-à-dire un événement incongru qui met le feu aux poudres.

Gaston qui se sentait des ailes depuis sa nomination à la direction de *Zizi* multipliait les bravades. Lui qui paraissait un sédentaire accompli voulut contredire sa rigueur corporelle en enfilant les activités sportives comme à la résolution d'un décathlon. Semblable à ceux qui se réveillent un matin, assurant au premier pied posé à la descente du lit qu'ils vont courir le prochain marathon, alors que, jusqu'ici, ils ne contournaient pas quatre tours de piste au lycée, il s'était mis en tête de s'inscrire au « Castor fou », une course nature assez longue et dont la pénibilité avait été accentuée par une exécution nocturne.

Il travailla ce trail donc entre les jardins du Luxembourg et la coulée verte, se bravant de la pluie, s'aguerrissant à son nouveau matériel qu'il jugea progressivement fantastique.

À la date prévue, un samedi à la tombée du jour, par conséquent il se pointa en banlieue verte, aussi équipé qu'un prétendant à une émission de télévision à caractère hautement aventureux. Il ne connaissait personne autour de lui et, de toute manière, à la lumière d'une frontale à pile, nul n'aurait pu le reconnaître, même à courir de temps à autre rue de la Gaîté pour quelque bravade plus spéciale...

Au coup de pétard, il s'élança happé par la meute des coureurs, retrouvant dans l'instant la sensation des premiers hommes tout à la chasse du castor ou de quelque gibier qui put s'enfiler à la broche tournante et nourrir son homme.

Il lutta vaillamment aux premiers sentiers étroits où il fallut jouer des coudes pour ne pas se faire déborder d'un embranchement à l'autre. Il râla, il cracha, il chercha son souffle, lequel, l'effet durant, commença à lui faire défaut. Mais il résista à la hauteur de ses moyens, ceux qu'il se fût découverts depuis peu.

Puis, avec la durée de l'épreuve, car on avait imaginé que le castor fût courageux, la fatigue altéra ses pensées et ses muscles se raidirent, plus que de coutume, évidemment. D'autre part, il se retrouva seul, distancé par la meute des meilleurs coureurs qui visaient le podium et sa soupe chaude, et séparé des béotiens de son espèce qui le temps passant réduisaient à son instar leur allure sans jamais le rattraper.

Il commença de ressentir *la solitude du coureur de fond*. Il était fatigué, maintenant très fatigué, et il avait mal à ses jambes porteuses. À la vérité il aurait volontiers coupé le cordon d'arrivée ici-même, juste après le prochain buisson dont il ne distinguait qu'une vague masse sombre. Rien à faire, aucun témoin n'aurait pu attester de son exploit. Tout contribua à le pousser en avant, et coûte que coûte.

Ce fut cette dernière condition qui joua certainement beaucoup dans son accident. Gaston avait dépassé les limites de ses capacités. Il n'était plus apte à juger, mais la nature impartiale se chargea de le lui rappeler.

Un trou, alors, pas plus profond que les autres, pas plus mal placé que cela, saisit généreusement sa cheville droite, le mordit jusqu'à l'os et le renversa tête première contre un tronc allongé depuis perpète et que les herbes sauvages avaient enrobé de leur folle poussée. Il y eut un craquement sec et sans appel, puis sa tête butta l'obstacle et Gaston acheva définitivement son épopée ancestrale.

Érotique Fantasia

La frontale s'était brisée tandis qu'il était environné de mille étoiles. Enfin un concurrent en déroute pataude se fit un plaisir de le secourir, valorisant sa course du geste auguste du sauveteur providentiel.

On l'avait rapatrié au bout de la rue Raymond Losserand, à *Saint-Joseph*.

Fantasia frappa discrètement à la porte blanche d'une chambre au numéro alambiqué mais n'obtint aucune réponse. Elle força l'entrée sous ce silence réprobateur. Gaston était prisonnier d'un lit de fer, une jambe suspendue à une poulie, le corps mi-plié sur une surenchère de coussins. À première vue elle le découvrit soudain vieilli :

« Quelle affreuse chute que tu nous as faite là. Et ben alors...

Le plaignant se repentit :

_ Tu es venue, Fantasia. Quelle joie de te revoir après une telle avarie. Encore que j'ai été rapidement secouru par un chouette *trailer*. Et *Zizi Jeanmaire* ?

_ Mais la médiathèque tournera encore, excuse-moi de te le dire. C'est à toi qu'il faut poser ces questions de santé. Comment vas-tu ?

_ Je ne souffre plus grâce à leurs poudres qui ont éteint mon feu. De fait, non seulement je me suis fait une puissante entorse au genou, mais la cheville de la même jambe est sévèrement endommagée. Et comme si cela ne suffisait pas, j'ai l'épaule, toujours du même côté, qui s'est déboîtée. Un vrai bazar duquel je ne vais pas pouvoir me tirer avant quelques semaines. Enfin, j'y crois !

_ Prends tout ton temps. Tu sais bien que j'assure l'intérim. L'équipe n'a pas vu la différence et...

Gaston ne lui laissa pas le temps de l'écraser totalement :

_ Est-ce à dire que présent ou absent je vous fait le même effet !?

Érotique Fantasia

_ Ne le prends pas de la sorte. Chacun connaît son rôle et l'affaire tourne comme de coutume.

_ Oui, mais tu as vite fait de me mettre sur la touche telle une vieille souche.

_ Bah, excuse-moi, mais c'est l'image que tu nous offres, sans vouloir t'offenser.

_ Attends que je reprenne de la ferveur et je te montrerai de quoi je suis encore capable, petite effrontée !

_ Tôt ou tard on doit se résoudre à passer la main...

_ Ah, tu veux passer la main, ben vas-y, glisse-là sous le drap, y a du travail qui t'attend, l'assistante.

Fantasia s'arrêta un moment, pensive. Gaston était seul en cette chambrée. Il n'y avait aucun mal à donner un coup de chance au destin. Elle le regarda au plus profond de ses yeux doux :

_ Je veux bien prendre le relais, mais il faut que tu m'indiques où il se cache là-dessous ?, enchaîna-t-elle en une ingénuité d'écolière qui la rendait désirable à souhait.

Gaston l'avait bien matée dès son entrée. Pour lever le doigt, il n'avait toujours pas besoin d'une poulie. Soudain tout ragaillardi malgré son infortune, il sentit le vent de la galère s'inverser :

_ Si tu plonges sous les cordages, tu y trouveras le nœud du problème. Allez, je t'y engage : une faveur en vaut bien une autre...

Il se laissa glisser plus profondément encore tandis que Fantasia chercha la vipère qui travaillait l'homme en son bas ventre. La bête se raidit sous la capture au collet de la belle. Si elle faisait acte de vigueur, l'autre avait de quoi lui faire cracher son venin.

_ Il semble que le mal soit plus profond qu'on ait pu le croire...

_ Oh oui, renforça-t-il. Bien plus profond. Surtout, ne lâche pas l'affaire, je t'en supplie !

Alors elle le travailla tant et si bien que la poulie se mit à accompagner leurs ébats d'une douce plainte languissante.

Au couloir distrait, les infirmiers vaquaient à vaincre la douleur, çà et là.

En cette oubliette immémoriale, on avait circonscrit le mal et l'antidote n'allait pas tarder à jaillir. Râles et grincements se conjuguaient désormais en une formule hautement incantatoire. En effet, au-delà de la douleur résidait le plaisir...

Au comble de l'excitation il y eut comme une explosion, un volcan souterrain, puis les draps s'aplatirent et le calme revint à nouveau.

Gaston ouvrit les yeux sur sa bienfaitrice. Ensemble ils avaient enfin franchi le pas. Que le chemin avait été long avant qu'elle ne lui cédât sa part d'amour ! Il l'aimait d'autant plus fort, et Fantasia ne put éviter une telle projection à son bénéfice. Dans l'instant, elle fut amoureuse. Mais elle en voulut plus encore de son amant de passage :

_ Tu le vois bien que je peux prendre le relais.

_ Laisse-moi ton poste, je ferai grimper *Zizi* plus haut encore... !

_ Je n'en ai aucun doute : tu possèdes l'art et la manière. Va, débrouilles-toi avec cette équipe. D'ici à mon retour j'aurai trouvé la parade.

Elle avait obtenu son sauf-conduit. Se leva, le laissa au front fiévreux d'une maladie dont on ne guérit pas, et elle rejoignit le cortège des gens affairés. De sa poigne aguerrie elle avait saisi le pouvoir et ne souhaitait pas desserrer le poing de sitôt.

Au *47* il fallut dorénavant que cinq égalât six qui eut naguère valu pour sept : l'équation se complexifiait ; elle n'avait aucun sens.

Fantasia dut pourtant faire avaler la pilule auprès d'une équipe médusée, laquelle, outre sa personne, ne comprenait plus en ses rangs que Diva, Gauloise, Cher et Fernand. De fait, elle n'y alla pas avec le dos de la cuillère : deux binômes fixes auxquels Fantasia prêtait appui sur une tranche horaire restreinte et d'un jour à l'autre.

On ne tira pas non plus à la courte paille. La nouvelle directrice toute désignée à l'avantage de la providence voulut boire le calice à pleine gorgée : Diva et Gauloise sur un bord laissant Cher et Fernand sur l'autre. Nul ne chercha à mégoter, étant sous-entendu que, sitôt Gaston remis d'affaire, les choses rentreraient dans l'ordre. Toutefois Fantasia glissa sotto voce que le différentiel à deux emplois avait été hiérarchiquement dénoncé et qu'elle en espérât, sans trop y croire non plus, l'apparition d'une nouvelle tête. Tout cela pacifia les esprits.

À la marge, on amaigrit les horaires d'ouverture, poussant vers la sortie les usagers une bonne vingtaine de minutes avant l'heure fatidique de façon à faire choir tel un couperet le rideau au chiffre rond.

Diva et Gauloise apprirent à se supporter à l'instar d'un vieux couple, l'une s'exprimant à tue-tête sous sa perruque au clignotant rouge, l'autre fronçant les sourcils et rabattant ses pavillons pour écouter sans entendre.

L'équipe à trois femmes œuvrait sans souci. Jusqu'au jour où Diva ne put s'empêcher d'en revenir là où cela la chatouillait :

« Dis-moi, Gauloise, dans tout ça, tu ne trouves pas que cela pâtit de matou ces derniers temps ? »

Gauloise qui faisait justement mine de ne pas écouter avait très bien perçu la remarque qui trancha avec l'ordinaire :

_ C'est la raideur de Gaston qui te fout le spleen ?

Érotique Fantasia

_Disons qu'il fut un temps où l'on desserrait plus facilement les cuisses. Cela manque de mousse !, assura Diva.

_ De quoi ?! Tu voudrais qu'on ouvre à nouveau le bassin et qu'on y lise en trempant le siège, réplique que Gauloise accompagna d'un rire bien gras aux excès de tabac engorgés.

_ Tu as beau jeu de te moquer de moi, mais le bain de siège est bien froid, dorénavant.

_ Ne te bile pas, ma *Diva*, la superbe va nous recruter un bellâtre qui saura satisfaire les élans culturels, insista Gauloise.

_ Tu appelles ça comme cela, toi ?

_ Je ne voulais pas être vulgaire.

Mais la directrice approchant, saisissant un regain d'intérêt autour d'un accueil que l'on ne se disputât pas d'habitude, la conversation retomba au soufflet consommé. Fantasia ne se risqua pas à relancer l'échange. Seuls, les sourires firent recette. Elle en déduisit que ces deux-là tramaient quelque chose en secret. Mais, connaissant les ardeurs de Diva, elle se convainquit de prendre les devants, prévenant l'attaque avant qu'elle ne la débordât.

Le rapprochement était en cours. Aussi longtemps que Gaston planterait, la jambe en carafe, le couple aux prudes esprits serait au contact approfondi. Cela était dans leur nature.

Cher pratiquait continuellement le premier geste afin d'éviter à Fernand une manœuvre qu'il fît d'ordinaire mais qui lui coûta à l'évidence au réservoir s'amenuisant de la bonne volonté. Réciproquement, Fernand savait placer la phrase juste et l'intonation adéquate au moment opportun. Il traita ainsi sa collègue entre la fille et l'épouse, peut-être à hauteur d'une sœur.

Voici que Cher aperçoit Fernand au pied d'une étagère :

_ Tiens, regarde, il m'est plus facile de m'en saisir. Dis-moi les volumes que tu veux récupérer ?

_ Toute la rangée du « M », ma bonne Cher.

_ S'il te plaît, ne m'appelle pas ainsi : on dirait que tu veux me manger.

On partagea un rire bon enfant, sans arrière-pensée, n'en déplut à Fantasia qui maudissait à part la paperasse débordante.

Voilà que Fernand entend Cher protester après la machine, lui prêtant un esprit perverti, alors qu'elle se refuse à valider ses modifications pour la deuxième reprise :

_ Que tu le bénisses ou que tu l'insultes, Mister PC ne te prendra pas en considération. Autant essayer d'appeler *John* au téléphone...

_ Ah mais je ne te fais pas un exposé sur Coltrane, entonna Cher. Tu peux toujours essayer de parler en do majeur à cette machine-ci, elle ne répondra invariablement qu'en sol bémol mineur !

_ Arrête de la personnifier ; son disque très dur n'a pas de cœur, repartit Fernand. Regarde plutôt si le fichier ne s'est pas positionné sur un attribut de protection, ainsi tes modifications passeront systématiquement à l'as.

Après un instant de calme :

_ Mais, oui, c'est vrai ! Ah, Fernand, je ne sais pas ce que je deviendrai si tu n'existais pas...

_ Euh, n'exagérons rien, Cher, voulut conclure Fernand. Si je connais les gammes majeure et mineure, je ne pratique pas pour autant la « bigamie ».

Fantasia apparut sur ces entrefaites :

_ Eh bien, il me semble qu'il y a de la joie dans l'air. Je ne sais pas si l'on ne va pas ouvrir une annexe à la rue d'Odessa, juste un peu plus bas, tant le public vous plébiscite !

On ne crut pas un mot à son discours enjôleur, mais la

Érotique Fantasia

gaieté de ton faisait désormais son lit au *47*, a fortiori.

Gaston allait mieux. Or, à l'ultime visite médicale qui précéda inéluctablement sa sortie du centre hospitalier, on l'invita à prolonger sa convalescence. Cette recommandation lui passa au-dessus de la tête. Il répondit à qui de droit que son repos avait fait long feu et qu'il se sentit d'attaque à reprendre son poste.
Alors il fut convoqué en la direction culturelle de la ville de Paris. Il ne savait trop comment prendre la chose. Mais, immanquablement, il fut vite fixé. L'accueil courtois et cordial cachait une anguille. Ses mérites furent vantés et il lui fut proposé dans la foulée de prendre une nouvelle direction sur les hauts du dix-neuvième. Gaston fronça les sourcils. Il ne voyait pas le rapport entre l'affirmation d'une réussite et cette mutation en un quartier qu'il n'appréciât pas outre mesure. On en remit une couche en essayant de lui démontrer que son savoir-faire était attendu au nord-ouest de Paname.
Il ne se sentit pas la vocation d'un missionnaire. Il pria platement son interlocuteur de le laisser réintégrer son fauteuil en ce coin du quatorzième qu'il n'eût échangé pour rien au monde.
Alors on lui fit comprendre que la nouvelle équipe ou plutôt son dernier agencement obtenait les meilleurs résultats enregistrés jusqu'ici, que *Zizi Jeanmaire* faisait office de modèle en la discipline et qu'on espérait vivement qu'il fût apte à monter un peu la même formule, version rive droite.
Gaston salua sans plier l'échine, mais, à la rue, il frappa le pavé dépité. Ainsi donc cette garce de Fantasia venait de lui couper l'herbe sous les pieds. Il avala la couleuvre tout en ne s'avouant pas vaincu pour autant.
Aussi se pointa-t-il, cahin-caha, à la rue de la Gaîté. Le

Érotique Fantasia

roulement voulut que ce fut Cher et Fernand qui l'accueillirent, bras au ciel, comme au retour du fils prodigue. À la proximité retrouvée chacun s'exerçait à le palper, ici et là, pour se persuader que le bonhomme eût replacé tous ses os dans le bon sens.

Fantasia était d'abord restée sur le retrait. Mais l'enthousiasme de ses camarades aidant, elle avait été happée au pôle d'attraction. Elle dut s'exprimer ; on n'en attendait pas moins.

« Bonjour Gaston. Te voici en chair et en os. Ta mine nous indique que tu es pleinement tiré d'affaire et cela fait du bien à voir. »

Mais Gaston ne voulait pas la laisser rouler sur ce terrain-là. Il lui coupa le fil :

_ J'ai été informé d'une expérimentation qui graisse la patte aux huiles. Dis-moi, c'est quoi cette histoire de me faire monter ; on n'était pas bien tous ensemble !?

Cher et Fernand découvrirent le pot aux roses. À la fois voulurent-ils protester, à la fois se tinrent-ils en suspens. Tous les regards convergeaient vers cette jeune femme dont la beauté alla bientôt faire plus de mal que de bien.

_ Je t'assure que j'en ai été informée, également à toi, mais je n'ai rien tramée en ton absence, se défendit-elle. Il semblerait qu'une sorte de réputation nous ait précédée.

_ Quoi ! Que dis-tu ? Je ne comprends rien à ce galimatias. Assurément, je vais devoir prendre le poste qui m'est imposé, mais ne crois pas que je vais en rester là. Peut-être, d'ailleurs, quelques uns souhaiteront me rejoindre si je leur tends la perche.

Les autres s'écartèrent. Ils ne pouvaient prendre parti, bien qu'ils comprissent tenants et aboutissants.

Une ombre passa.

Fantasia fit volte-face et n'en voulut rien démordre, aussi

Érotique Fantasia

Gaston marcha-t-il vers son bureau où il accumula quelques affaires toutes personnelles en un emballage plastique qu'il emporta sur-le-champ vers d'autres horizons.

Pour Fantasia, dès lors, la rue de la Gaîté devint un boulevard où rien ne pût entraver ses plus perverses volontés. Son mode de gestion avalisé, elle était intronisée en tant que modèle... Son physique à la plastique sculpturale se trouvait porté sur un piédestal.

Érotique Fantasia

VI

Ceux-ci qui avaient vu la douce éviction de Gaston avaient mouchardé aux interstices professionnels, et ceux-là qui n'avaient rien vu en étaient pareillement éclairés.

Alors Fantasia affecta de feindre l'indifférence et d'assurer la pérennité d'un système qui roulait sa bille.

Tous craignaient le pis tout en ne voyant pas sortir la louve du bois.

Il advint toutefois que Gauloise attrapa Diva par la pointe de la chemise pour l'attirer à couvert :

_ Au secours ; aide-moi. Je suis en mauvaise posture.

_ Mais quoi ? répondit Diva, inspectant des pieds à la tête sa collègue qui ne paraissait pas plus mal en point qu'à l'ordinaire.

_ Jette un coup d'œil discret vers les bacs à disques, reprit Gauloise, toujours aussi émue.

Diva se pencha mais n'observa rien de plus anormal que deux personnes se faisant face tout en claquant les boîtiers les uns après les autres.

_ Eh bien, insista la porteuse d'alerte, le gars de dos, figure-toi que c'est lui qu'on s'est tapé avec Fantasia.

_ Non !? Tu m'étonnes... Attends, je vais voir le type au plus près.

Gauloise feignit d'avoir du travail en ce rayon encore protecteur, tandis que Diva mena son enquête. Elle vint au contact, replaça trois broutilles, échangea un sourire de circonstance avec le jeune homme dont elle photographia dans l'instant le prototype naturel. Et elle revint à sa maîtresse telle une chienne bien dressée. Au rapport :

_ Il est bel homme, il n'y a pas à dire. Vous n'avez pas dû regarder la montre ce soir-là. Gauloise se redressa et s'assurant qu'il ne vint pas dans leur coin :

_ Une vraie merveille à l'ouvrage, un orfèvre ! ponctua-t-elle radieuse au souvenir qui l'envahissait, brusquement.

_ Mais, dis-moi Gauloise, questionna Diva, on n'avait pas parlé d'un recrutement ou d'une telle possibilité avant que Fantasia ne blinde son système ?

_ Ma foi, oui, il me semble bien, renchérit Gauloise. Tu penses à la même chose que moi...

Un rire plutôt rentré les envahit toutes deux. Gauloise poursuivit :

_ Il serait vraiment chou, celui-là, question heures supplémentaires...

_ Mmm, ça oui, tu peux le dire ! acquiesça Diva. Et puis peut-être qu'il nous pousserait Fantasia à la faute, par un soir de lassitude, prise en flagrant délit d' hurler à la lune...

_ J'osais pas vraiment y penser, mais maintenant que tu le dis, cela pourrait s'entrevoir. Dis, tu veux bien aller le chatouiller pour voir s'il ne serait pas chaud de postuler, suggéra Gauloise. Joue l'ingénue, et surtout oublie-moi, s'il te plaît !

_ Bien reçu, affirma Diva. Elle partit alors rattraper le gars du côté des bornes enregistreuses car il n'allait pas tarder à sortir des radars.

« Pardon : je peux vous aider ? », hâta-t-elle. L'homme assez calme auprès du totem sursauta pourtant. Il vit une lionne foncer sur sa personne. Mais, en cette réserve, il en avait vu d'autres et rien ne put le surprendre :

_ Ça y est, j'ai bien tout scanné. Merci m'dame, répondit-il avec un sourire s'accentuant comme il observait les yeux de la rousse qui le fixaient avec intérêt croissant.

Elle l'avait aguiché, maintenant restait encore à tirer le chaland :

_ Vous êtes un fidèle, à ce que je vois. Diva, pour vous servir, j'ai fait l'ouverture ici-même. Et elle tendit une poigne décidée, au contact viril.

Il la regarda soudain sans son filtre de quidam et tout passa en ce bref échange :

_ Oui, je suis fidèle et je ne le suis pas. Tout dépend. (Puis il ne voulut pas se cacher derrière le petit doigt.) Dites, c'est toujours aussi animé aux fins de soirées ?

Diva n'allait pas se plaindre : voici que le gars adhérait illico à son sujet. Elle n'eut qu'à tenir son rôle :

_ Comme vous dites, « tout dépend ». Tout dépend du casting... Quel est ton nom, nous aimerions l'inscrire à notre prochaine bande-annonce.

Il était pris au jeu et se dégagea de la borne magnétique pour faire place à un emprunteur en attente :

_ Amore, se présenta-t-il. Si la bande annonce un prochain tournage, cela va être chaud, non !?, ajouta-t-il avec un sourire carnassier.

_ N'allons pas trop vite en besogne, répliqua Diva.

_ Ah, mais je ne me voyais pas jouer le rôle d'un bibliothécaire, moi. Je suis encore étudiant.

_ Si tout le monde y trouve son compte, ne te charge pas, tu verras, on t'aménageras quelque chose de sympa... (Après un vide que seul le froissement dans l'air meubla.) Alors, cela te tente de nous connaître toutes ?

Ses yeux clignotèrent. Les bains-douches se transmutèrent en harem.

_ Faut passer des tests... ? se permit-il, taquin, d'ajouter à la situation pour le moins coquasse.

_ Laisse tomber, coupa court Diva, t'es reçu d'office. Non par contre, il va falloir postuler via le site de la mairie. Et fais aussi écho de ta requête sur cette adresse courriel. Elle avait le petit dépliant qu'il fallut caser au bon moment.

Il prit le document à l'instar d'une carte de club : « À bientôt,Diva » conclue-t-il.

Sitôt disparu, Diva revint vers Gauloise en arborant la moue d'une personne qui déguste un fameux chocolat à pleine bouchée :

_ Mmm, tu peux pas savoir à quel point je le sens comme une praline, celui-là.

Et Gauloise, baissant la tête :

_ Tu ne l'imagines même pas...

« Bon, soyez bien sages » hasarda-t-elle, précipitant son départ avant l'horaire martial de la fermeture. Fantasia venait de livrer à eux-mêmes Fernand et Cher. Elle ne donnait pas cher de leurs couples respectifs tant leur rapprochement paraissait imminent. Ils étaient dorénavant d'une affection l'un pour l'autre qui faisait plaisir à voir.

Mais, celle qui avait forcé le passage au bureau de directrice marchait seule au boulevard parisien : son frigo était vide ; son cœur était froid.

Elle trouva un supermarché étroit comme il s'en fait tant à la capitale. Forcément, en fin de journée, bondé et grouillant de personnes harassées et pressées d'en découdre. Elle n'avait pas le courage de cuisiner. Tant pis, le premier plat industriel encore en rayon qui lui glissa au panier fit son affaire. Ensuite elle voulait absolument quelque chose de doux. Un grand besoin de douceur se matérialisa en elle ainsi qu'elle abattît un marathon et qu'une charge hypoglycémique l'écrasât, impitoyablement.

Elle avait du mal à se l'avouer. Un grand vide envahissait sa vie. Maintenant qu'elle avait réussi à prendre possession du *47*, qu'elle jouât de ses subalternes comme d'une collection de poupées, elle ressentait le besoin d'autre chose. Difficile à exprimer.

Elle se rabattit sur un gâteau tout rond, avec plusieurs couches colorées qui étaient sensées exprimer des changements de texture et de goût, le tout bien charpenté en une épaisse lampée de crème chantilly incrustée de fraises turgescentes. Cela faisait un peu tarte à la crème. Mais, pour le mal qui l'envahissait insidieusement, il n'y eût d'autre cure. L'emballage plastique était suffisamment rigide pour que l'ensemble ne se renversât pas avant l'arrivée au logis.

Elle dériva par les caisses automatiques réputées plus rapides. Mais, au second article, le robot devint psychorigide et, seul, un caissier ambulant eut la juste psychologie à délivrer la machine de sa maladie.

L'homme, au plus près de Fantasia, la reluqua immanquablement. Il était fortement bâti tel un sportif avéré. Son corps exhalait une odeur mâle, plus qu'un parfum boisé, plutôt une transpiration inhérente à sa fonction toujours en mouvement.

Fantasia éprouva un sentiment d'attraction-répulsion. L'homme la fixa un temps, puis une cliente en bute avec la machine se mit à l'interpeller par ailleurs, et il décrocha par automatisme professionnel. Elle en profita pour s'enfuir avec ses achats en bandoulière. Elle marcha à allure rapide pour rentrer au mieux chez elle. Une drôle de sensation la gagnait pas après pas. Comme si quelqu'un l'eût suivie. Elle commençait de croire en cette affabulation quand elle trouva la porte de son immeuble où elle dut composer son code.

Alors son suiveur présumé la dépassa pour se planter deux numéros plus loin, au bas d'un immeuble mitoyen au sien. Il obliqua à peine le regard dans sa direction, puis s'engouffra sans hésiter.

Elle souffla puissamment en déposant ses courses moitié au tapis du salon, moitié à la tablette de la cuisine. Certes, elle allait enfin pouvoir se réjouir d'une bonne douche et d'un repas décontracté sur fond d'ambiance musicale feutrée. Mais elle ressentit comme jamais le poids démesuré de sa solitude.

Par une journée complétée de son lendemain, la directrice mit au courant l'équipe entière que l'on allait accueillir un stagiaire, dans le cadre d'un accord avec son université de tutelle, qu'il était jeune homme – ce qui recréait un peu de masculinité perdue à *Zizi Jeanmaire* – et qu'il se prénomma : Amore.

Tous de louer la promesse qu'avait jadis formulée Fantasia de revenir à six agents pour le site ; mais, en sous cape, l'équipe féminine abusait des zygomatiques, car la torpille que ces deux-là avaient réussie à propulser, par la voie officielle – excusez du peu ! – contenait un déclencheur à retardement. De fait Fantasia avait choisi de le recevoir en privé, hors de l'ouverture au public.

Ce fut au premier pas qu' Amore agença au *47* que tout s'alluma en son esprit alerte : tout à trac elle se remémora la soirée dantesque au cours de laquelle elle s'était jouée du garçon timide, puis ne put nier l'implication de Gauloise qui venait par rétrocession de lui faire un enfant dans le dos, et quel enfant ! Il avait, en effet, mûri et son allure irrévocable d'homme le plaçait désormais du côté des êtres à la sensibilité affirmée. Oui, il était beau et son comportement tout dans la retenue prêta à l'aimer.

Fantasia n'accusa pas ouvertement le coup. Elle usa de la neutralité de son masque asiatique. Mais, quoi qu'il en fût, elle se devait de prendre la parole :

_ Bonjour Amore. L'équipe que je représente est ravie de vous compter parmi nous pour ces deux mois à venir. Vous fréquentiez assidûment la médiathèque de par votre abonnement – j'en ai vérifié l'authenticité. Vous serez dorénavant l'un de ses membres actifs.

Elle ne pouvait pas en dire moins, mais ses paroles donnaient des ouvertures à double tranchant. Amore se sentit tel un prince déboulant en terrain conquis :

_ Merci pour cet accueil qui fait toujours chaud au cœur, immuable au gré du temps. J'imaginais un retour en cette médiathèque des plus singulières, mais j'ai bénéficié d'un coup du sort.

L'information ainsi déballée piqua la curiosité de Fantasia :
_ Et que lui devons-nous ?
_ Bien ma foi, j'étais en recherche de stage tel que prévu à ma formation et l'idée du lieu est tombée à l'improviste. (Amore se rapprocha de sa tutrice. Il poursuivit.) J'imaginais bien que l'on se reverrait.

Mais elle évita la flèche, rompit sur le côté et se saisit d'un bouquin comme il se fut agi de littérature dont on parla instamment.

_ Je crois voir de quel visage professionnel s'est paré le hasard, continua-t-elle. Il ne m'étonnerait guère non plus qu'il fût féminin aux alentours de la quarantaine.

Amore devint sérieux, se retenant de pâlir tout comme de prendre la pourpre.

Érotique Fantasia

_ Peu importe, dirons-nous. Hasard ou pas, les choses sont bien faites puisque je suis revenu en si bonnes mains.

Et il voulut à nouveau palier à la poignée de mains qu'ils eussent évité à son apparition, mais la puce avait commis un autre bond et l'homme comprit que l'enthousiasme d'un soir ne lui eût point ouvert un crédit à la consommation (sexuelle). Il y aurait du boulot, devant et derrière le bureau. Sa jeunesse jouerait en sa faveur, pensa-t-il subrepticement.

Fantasia ne le laissa pas plus gagner du terrain :

_ Amore, vous commencerez demain avec Fernand et Diva qui sont très impatients de vous connaître et de vous intégrer à leurs travaux en jachère.

_C'est entendu, conclut-il, remettant l'ouvrage qui grossissait en lui sur le métier du lendemain.

Dès le premier jour, ils se l'arrachèrent. Amore incarnait la pérennité. Car de leur longue pratique ils avaient le besoin de transmettre un savoir-faire. Celui-ci était un don du ciel. Sa beauté n'enlevait rien à l'affaire. Quelque part elle lui conférait la même estampe que celle dont on avait affublé Fantasia. Et, derechef, on omettait de considérer l'homme, nu et cru, qui se cacha derrière l'ingénu.

Fernand faisait crisser ses pneus au sol astiqué de frais tant il se démenait à rendre la visite la plus exhaustive possible. Mais Cher y mit son grain de sel, tirant Amore à hue quand l'autre le poussa à dia.

L'ordinateur recelait mille trésors : encore fallut-il les lui soutirer et avec la bonne clef. Ce service-là fut essentiellement orienté à l'éveil du nouveau. Ceux des usagers qui avaient une demande particulière en furent de leur poche : à peine une réponse évasive, un geste vague, un hochement de menton.

Fantasia misa sur le rendez-vous en déplacement. Les deux

autres roulaient pour elle, c'était une évidence.

Mais, au jour suivant, elle inversa la vapeur. Il était hors de question que ces diablesses de Diva et Gauloise rendissent le poulain tout fou. Elle le reçut avec les teignes. Puis elle l'installa au bureau libéré par Gaston, mais attaché à une fonction bien précise, de sorte que lors de leur arrivée les filles ne pussent que le saluer sans se monter d'emblée le bourrichon et lui faire sitôt tourner la tête. Elles virent évidemment le subterfuge de la directrice mais respectèrent la distance.

Amore, malgré sa concentration à l'ouvrage qu'il découvrait, voyait les regards qui perçaient incidemment à son encontre. S'il avait déjà tâté de la *Gauloise*, il se promettait de faire chanter la *Diva*, et dans son meilleur registre. Il savait que tôt ou tard il y aurait de l'ouvrage en arrière-salle et que les employées ne dédaignassent point les heures supplémentaires. Il n'avait consommé à ce stade que deux soixantièmes de son capital temps : rien n'urgea.

Fantasia, quant à elle, dominait les deux couches d'agents sous sa coulpe : les anciens et le nouveau. Son appétit alimenté par sa beauté intransigeante l'invita à tout consommer. Si elle faisait de ses plus coriaces son plat de résistance, elle souhaita croquer le jeune homme à son quatre heures. Mais hâter le repas aurait été une entorse au savoir-vivre. Elle se devait précédemment de l'attendrir en un petit lait afin, par la suite, de mieux le laisser fondre à l'assiette de sa langue creuse.

Amore se voyait beau : Fantasia se le mirait plus beau encore.

Toutefois l'effervescence redoubla à *Zizi Jeanmaire*.

En numéro un, Fernand et Cher avaient adopté un enfant supplémentaire ; en numéro deux, Gauloise et Diva miroitaient l'amant idéal. Nonobstant l'équipage à fond sur le pont, un numéro trois ne relâcha pas le gouvernail. Mais le bel étudiant ne disposait pas de la même amplitude au service, attendu que sa fonction à l'université lui imposât une participation prévalente.

Alors Cher, en manque de poussin à couver, y alla de son petit couplet :

_Vous savez, Fantasia, qu'il est rudement mieux cet *Amore-là*. Non seulement il nous facilite la tâche par de nombreux services, mais Fernand et moi nous nous sentons une seconde jeunesse.

_ Je suis ravie de l'entendre de ta propre bouche. Mais ne vous faites pas trop d'illusions car je doute que nous le conservions au-delà de son stage : il a pour sûr d'autres chattes à fouetter.

_ Hou là là, ce que c'est marrant ce que tu dis !

Cher appela illico Fernand pour qu'il jouît de la plaisanterie. Il rappliqua à grands tours de roues :

_ Je vous vois vous marrer, là, à part. C'est cet *Amore* qui vous émoustille tant ? Eh ben, si je pouvais vous faire autant d'effet, dites donc !

Alors Cher vit sur le coup une occasion rêvée d'exprimer son affection sans paraître sauter au cou de son meilleur copain – ce qu'elle fit d'ailleurs, notons-le bien, sans vergogne. Deux grosses bises vinrent récompenser la patience de Fernand qui, en dépit de tous les rapprochements, n'avait pas encore joué au docteur avec sa plus proche collaboratrice.

Fantasia vit que la grillade prenait une allure bien brune. De ce côté-là, elle était assurée que l'affaire se consommât à brève échéance.

_ Profitez bien de votre *Amore*, en finit-elle, clignant de son œil qui versait à l'appui de Cher, laquelle ne put réprimer une montée de pourpre qui la tuméfia comme à la projection d'un

Érotique Fantasia

premier rendez-vous.

Cependant, rendue à part, Fantasia imagina qu'il lui appartînt d'accentuer la chute des amants par un fatal coup de pouce. Alors qu'elle rompit avec sa fonction journalière, elle approcha Fernand par derrière et le poussa par surprise.

_ J'ai quelque chose à te demander, l'enleva-t-elle sans lui demander son avis.

_ Ah ! resta-t-il stupéfait du déplacement automatique de son fauteuil.

_ Voici d'anciennes revues qui ne nous serons plus bonnes à grand chose, si ce n'est à embarrasser malencontreusement ce dégagement où l'on ne peut pousser les murs.

Elle avait réussi insensiblement à le traîner au lieu supposé du vice. Il ne comprit pas trop pourquoi trois misérables cartons prenaient soudain une telle importance. Mais Fantasia insista lourdement :

_ Écoute, Fernand, prends un temps en fin de service, quitte à clore plus tôt afin de nous en débarrasser au pavé. Salut, je file.

Et, en effet, elle l'abandonna en cet antre du plaisir où l'agent si méritant ne s'était toujours pas élevé vers un septième ciel. Son hôtesse de l'air s'impatientait au-delà d'une fine cloison : celle de la convenance.

Fernand zigzagua aux allées lettrées circonscrivant l'entier périmètre de la médiathèque. De fait, il invita les traînards à la semelle culturelle de chausser la poudre d'escampette : un travail important et de dernière minute obligeait à l'extinction des feux plus tôt que de nature.

Tout un flux s'écoula par la bonde de la Gaîté, entraînant grassement rêves et documentés.

L'agent eut un frisson au moment où il poussa le loquet de l'huis principal. Ni Amore ni Fantasia : Cher était à sa disposition. Nul ne sait si les bains-douches avaient imprégné leur érotisme ancestral aux murs porteurs. Toujours est-il qu'il agissait encore. Fernand se sentit une montée d'adrénaline telle qu'il n'en connût plus depuis sa pratique de l' handisport.

Étrangement, Cher jouait la mijaurée. Un sirop moralisateur devait encore s'écouler en ses veines alors que son rythme cardiaque avait pris de la vitesse. Lorsqu'elle entendit couiner le fauteuil de Fernand en son dos, elle sut qu'elle devait maintenant affronter son destin. Elle écrasa son quotient familial sous la pile des documents à traiter, ultérieurement.

Ils étaient yeux dans les yeux. Cher, de par sa position debout, dominait son sujet. Fernand devait desserrer le frein avant que la situation ne s'embourbe lamentablement. Une formule toute faite lui échappa aux lèvres : « Bon, on s'y met. » Mais cette maladresse n'aida pas sa partenaire qui alla bientôt, dans un accès de panique, s'inventer une contrainte imaginaire. Elle osa à petite voix :

_ Que veux-tu que l'on fasse ?

_ Mais, tu le sais bien, chevrota-t-il. Là, derrière, il y a cette pile de vieux magazines que Fantasia nous a demandés expressément d'évacuer.

Soudain, cette dérisoire tâche matérialiste redonna un cadre à leurs rapports tout en déliquescence au magma bouillonnant de l'amour. Pour lui prouver qu'elle acceptât les termes d'un marché sans condition, elle s'empara des poignées du fauteuil et le poussa vers la salle de torture. Oh, le mal que voici, ils l'avaient à plusieurs reprises éprouvés l'un comme l'autre ; ils en avaient caressé le plaisir, ils s'y étaient égratignés à sa douleur et, progressivement, sa rémanence s'était émoustillée à l'usure d'un couple à la régulière.

Cher eut la force de pousser son partenaire jusqu'aux

Érotique Fantasia

cartons incriminés, à tort ou à travers... Elle tremblotait tout de même un peu. Alors ils hésitèrent encore.

Fernand fixait bêtement la pile de cartons qui n'emballait présentement que son doute, volumineux. Il voulut en évacuer la contrainte :

_ Tiens, s'il te plaît, soupèse-moi celui du dessus que l'on voit de quoi il en retourne ?

On nageait dans l'absurde, mais, avant de couler au fond du vice, autant se raccrocher à quelque chose de concret.

Cher n'y alla pas par quatre chemins : elle doubla le fauteuil, puis, dos à l'homme en faction, elle se plia comme en une gymnastique, rejoignant le cube rempli à ras bord, présentant la nudité de ses ouvrages jaunis.

Fernand ne vit plus qu'une énorme paire de fesses qui, dans la position présente, l'enjoignaient de passer à l'action. D'ailleurs ce carton, au fond humide ou par trop chargé, se vida de sa teneur tandis que Fernand tentait de rattraper la *Cher* avant qu'elle ne se perdît au cœur de tous ses mannequins démodés. Elle resta clouée les fesses en l'air, les mains prises aux journaux, un désir hurlant sans bruit, un soldat vissé à son fauteuil et ne pouvant engager le tir. Morne plaine ! Terrible bataille s'il en fût !

Cher se remit sur son séant. Fernand en était à se dégager de son support, quitte à mordre la poussière. Alors ce fut elle qui prit de la hauteur. Lentement, elle entreprit l'unique *strip ease* qu'elle n'eût jamais commis, pas même à la glace de sa salle de bains. Lui s'était plaqué à nouveau au fond de son siège comme frappé par cette masse de sensualité qui alla bientôt l'engloutir.

Il déchira le zip de son pantalon et libéra son sexe de l'emprise sociétale qui le cadenassait depuis des lustres. Une branche turgescente s'épanouit à la vue d'un tel astre solaire. Parvenue au sommet de sa grâce, Cher recouvrit tout d'un bloc l'homme et sa monture. Il fallut trouver la clef du coffre, mais ils s'y employèrent de connivence, et le code fut percé à jour.

Au début, on ne crut percevoir qu'un léger tremblement, mais, sur la durée, ce fut tout l'espace qui se mit à vibrer en une harmonie enrichie aux mille feux. Il y eut un grand éclair que cette pièce forte contint en son sein. Puis le calme succéda à la tempête et le réduit recouvra sa froideur habituelle.

Chacun reprit possession de son corps. On avait dû dépasser l'heure de la fermeture ; il fallait évacuer les lieux, tôt ou tard. Les habits continrent le mensonge. Ils étaient prêts à affronter la rue, et au-delà.

Lorsque toutes les lumières s'éteignirent et que le rideau eut barricadé le *47*, seuls, trois cartons déballés comme détritus regrettèrent le passé où ils avaient brillé de cet éclat qui les fit tant envier.

Quand Fantasia débarqua cet après-midi-là à la Gaîté, elle eut le sentiment que les deux sirènes avaient déjà sifflé leur matelot. Au pas de la porte, certes, aperçut-elle nombre de poissons-pilotes qui s'écoulaient paisiblement aux flots culturels. Mais aucun des trois officiels ne fit surface. Elle plongea au mystère. Elle n'eut pas besoin de forcer outre-mesure son talent pour les ferrer.

Au rayon des films étrangers, une *love story* était en train de se nouer. Amore, au centre, était sévèrement encadré par Diva et Gauloise, chacune ayant pris son parti, lui obnubilé par la petitesse des titres qu'il cherchât à décrypter aux tranches des DVD, elles abusant des plus insolents prétextes à serrer la proie à l'étau de leurs corps conjugués.

Fantasia dut desserrer la vis avant que l'on eût extrait prématurément le jus de cette jeunesse :

Érotique Fantasia

« N'allez pas me dire qu'il faut s'y mettre à trois pour identifier la cote d'un mélo qui a été placé méli-mélo ? »

Les corps se raidirent et se renversèrent au son de la canonnière.

Diva, voulant tout justifier :

_ L'ordinateur ayant fait la sourde oreille à notre requête, nous n'avons rien trouvé de plus efficace que de draguer « le fond » de nos six yeux corrélés.

_ Tiens, tiens, reprit Fantasia intriguée, vous « draguez le fond » maintenant... Et quel est le titre qui vous fait défaut à cette heure ?

_ *Une chatte sur un toit brûlant*, assura Amore, l'air le plus sérieux du monde, ainsi qu'il prononçât : *Nous nous sommes tant aimés.*

À leur surprise générale Fantasia sourit, sarcastique :

_ Vous gratteriez le vernis que nous n'y découvririez pas la première lettre. Le film est posé sur mon bureau. Il a été ramené en catimini, hier, abandonné sans retour, d'où son naufrage à ma table. J'avais envisagé de le visionner, mais je vous le rends pour réintégration en bonne et due forme s'il est de sitôt réclamé.

Gauloise aggrava son cas, inconsidérément :

_ Je cherchais moi-même à le regarder...

_ Ah, tu voulais à tout le moins savoir comment on s'y prend ! tacla Fantasia.

_ Mais... il m'a été chaudement recommandé, rétorqua Gauloise.

_ Vous ne trouvez pas que la climatisation en fait un peu trop ? Je vais baisser la température.

On voulut rire mais l'on ne s'y risqua point. Le groupe éclata. Amore suivit la directrice qui se campa devant le bloc électrique :

_ Bon, si je me souviens bien, c'est ici que l'on règle

Érotique Fantasia

l'ambiance générale.

Amore regardait, passif. Fantasia reprit :

_ Si tu te laisses envahir, bientôt elles vont te diriger à la baguette.

_ Je pourrais toujours revenir me cacher derrière vos jupons, souffla-t-il.

_ C'est ce que nous allons voir, évalua-t-elle. Puis elle claqua le boîtier et vint se saisir du DVD porté disparu :

_ Tiens, si tu veux bien te faire une amie, et elle montra de la pointe de son nez à la *Cléopâtre* une *Gauloise* fulminant à son poste.

Amore se fit un plaisir d'agrandir le cercle de ses fans.

Succédant, il advint que Cher eut une absence ponctuelle pour « garde d'enfant malade ». Tel que le disque des jours tourna sur ses deux faces à la médiathèque, il fallait assurer le service. Amore était tout préposé à graver son tour, en lieu et place de l'appel de la *Cher*. Pourtant, Fantasia ne voulut procéder au remplacement poste pour poste. Elle argua sans forcer ni son talent ni son cynisme que deux hommes d'un côté et deux femmes de l'autre nuiraient à l'image égalitaire dite de « parité ». On s'accommoda de son propos aux coutures un peu trop apparentes et l'on se retrouva avec Gauloise et Fernand, face *A*, et Diva et Amore, face *B*.

Pour nous autres observateurs attentionnés qui nous délectons de la manipulation in extenso qu'opérait Fantasia en son petit monde, il va de soi qu'il y eut un parti pris sous-jacent autre que cette pauvrette façade électoraliste. Rien ne dit – mais cela n'engage que l'écrivaillon qui prétend saisir le monde à la pointe de sa mine – que Fantasia n'ait voulu tenter une nouvelle permutation à son sexuel rubrique-cube.

Première partie : Fernand crut comprendre qu'on lui dédiât ce coup-ci Gauloise après Cher qui se récupérait de ses efforts

Érotique Fantasia

de cavalière ou de son trouble adultérin. « Ah, la cavalière ! » pensait-il encore vigoureusement en son for intérieur dès qu'il approchât de la réserve close. Quant à Gauloise, elle n'avait rien vu venir, mais au regard insistant de son camarade qui ne témoigna pas d'une crevaison inopinée à son fauteuil transporteur – ici et au-delà – elle vit comme une possibilité de répétition avant de viser de plus hautes sphères.

 Mais alors, dans cette manche-ci, Fantasia décida qu'ils bénéficiaient chacun de suffisamment d'expérience pour se passer d'elle et se refusa à venir apparaître telle une entremetteuse.

Ils vaquèrent donc bon train à leur service, puis, observant les consignes régulières, Fernand commença de chasser les plus rétifs au décrochage culturel, sitôt que la zone rouge des vingt dernières minutes s'enclenchât. Gauloise mirait son ardeur à l'ouvrage et commença de lui trouver un certain charme. Il y avait à coup sûr une virilité rampante dans l'action de cet homme qui faisait corps avec sa machine et semblait manger les usagers comme en un jeu de Pack-man. D'ailleurs, il poussa le vice professionnel jusqu'à provoquer la chute du rideau, site vidé, alors même qu'ils fussent les derniers à devoir s'extraire.

 Gauloise, prise au dépourvu, le sermonna :

 _ Voici donc que tu nous as enfermés. Tu ne comptes pas qu'on y passe la nuit ?

 _ Nous y mettrons tout le temps nécessaire ; Fantasia m'a demandé un petit service de notre part, à la réserve, dit-il sans broncher.

 _ Ah mais non ! Celle-là, on me l'a déjà faite... Pensez un peu, le coup de la réserve... On en rigole à l'entracte de Bobino !! s'esclaffa Gauloise qui voyait venir le leurre aussi gros qu'un ver lubrique.

Érotique Fantasia

_ Je te promets qu'il n'y a pas plus qu'un petit carton, assura-t-il en se dirigeant vers l'antre auquel il ne pouvait refuser l'appel du ventre.

_ Un petit carton qui ressemble à une grosse boîte de préservatifs !

Mais il avait disparu de l'autre côté du miroir et elle ne pouvait se résoudre à l'abandonner tant il avait pour sûr gardé la clef de la sortie au fond de sa poche.

Des cartons il y en avait, du bazar aussi, mais ce qui choqua le plus la brune en cette fin de service fut la position du roi sur l'échiquier. Dès son entrée, il lui fit face, tenant son sceptre à la poigne ardente. Assurément, elle aurait dû refuser la partie, mais ce sont les blancs qui engagent et elle avait le pion noir. Elle pouvait faire échec à la soirée ou tout autant monter le roi : elle tira droit sans hésiter.

Lorsqu'elle fut au bord du précipice, il lui tendit malicieusement un petit paquet :

_ Tiens, le voici ton petit service.

Elle reconnut l'emballage, en tira une pièce comme elle se serait saisie d'une pâte à mâcher, et la déchira de ses dents acérées :

_ Fauteuil ou tapis ? questionna-t-elle, ingénument.

_ J'aime assez mon fauteuil, assura-t-il. J'ai toujours voulu savoir comment les amazones étaient aussi habiles à monter à cru.

Il allait vite s'en apercevoir.

Gauloise changea de costume ; elle se fit soudain terriblement sauvage. Lui n'avait pas besoin d'en proposer plus : il y avait déjà tellement à prendre.

Elle ne fit de sa monture qu'une bouchée, fidèle à la réputation qui l'avait précédée.

Quand, le temps passé, on se décida à clore les ébats et que *Zizi* eut recouvré son calme, seuls, quelques cartons avaient

Érotique Fantasia

été légèrement bousculés. Mais, bien évidemment, il restait encore quantité d'ouvrage à abattre en cet espace décidément voué à bien du labeur.

Et l'on renverse le disque, face *B* : jusqu'ici, pas une rayure.
Amore jouait le remplaçant. Il n'avait guère le temps de reluquer Diva si l'envie lui passât par la tête. Diva n'avait bien au contraire que ça à l'esprit. D'autant que Fantasia avait opté pour l'absence sèche. Une provocation dont elle avait le secret.
La rouquine avait tout d'abord cherché où se cacha le piège. Mais, maintenant que le beau *Roméo* suait tout à sa portée de femelle, les œstrogènes saturaient son corps. Seulement, il y avait trop d'activité encore à déplorer en ce *47* qui ne chaussait pas fillette et, gérant tout à la fois son boulot contraignant et son désir envahissant, elle cherchait l'interstice.
À plusieurs reprises ils se croisèrent au carrefour des rayonnages. Lui fit comme de rien ; elle brassa les mamelons de son corsage ouvert aux quatre vents, un peu comme si la brise printanière se fût emparée des lieux et qu'elle cherchât à distribuer amoureusement son pollen à toute nature prête à copuler.
À la vérité Amore avait capté les effluves de cette fleur d'oranger qui se déversa à proximité. Mais il ne voulait rien brusquer. Lui aussi pensait que les consommateurs auraient tantôt leur compte et que, le calme revenant, il allât aisément emballer la marchandise, plutôt en son studio où il pourrait approfondir le sujet jusqu'à satiété. Alors, les usagers, comme de connivence, revirent leur enthousiasme à la baisse et, le temps usant, fuirent par la bouche d'entrée jusqu'à plus soif.
Diva en avait gardé sous la pédale :
_ Tiens, viens voir un peu ça. Comment voudrais-tu qu'une

chienne y retrouve ses petits ?

Il la sentait à crocs, son verbiage rejoignant tout-à-coup son pelage. Il entra dans la danse :

_ Si je peux t'être d'un quelconque secours...

Il vint donc se planter en son dos. Tout appelait chez Diva la révolte sexuelle. D'ailleurs il se demanda comment jamais aucun client ne l'eût coincée en un point sombre afin d'y soutirer quelque cours particulier. Il vit qu'elle râlait pour râler et que l'ambiguïté qui la gagnait n'avait rien à faire d'un problème « littéraire » : « Au lit et téméraire » corrigeait-il en pensée.

« Aurais-tu la dent creuse, Diva ? J'ai gratiné un choux-fleur avec de la crème allégée et du jambon à l'os. Il n'y a plus qu'à faire tinter le micro-ondes.

_ Ton invitation ne va pas résoudre mon problème actuel, mais que pourrait-on te refuser ?

Les cartes étaient posées sur le guéridon, à plat.

_ Au diable ce maudit stock, qu'ils finissent tous au carton ! lâcha-t-elle pour se dédouaner de sa tâche.

_ Moi, j'ai mieux que le cagibi... Allez, ouste ! on lève l'ancre.

En effet, ils donnèrent un coup grossier de rangement. Tout était rentré dans l'ordre, en apparence.

_ Au fait, tu ne crèches pas à des plombes d'ici, j'espère, s'inquiéta-t-elle brusquement ainsi qu'elle eût les pieds patauds.

_ Juste entre le Panthéon et la rue Mouffetard : ça te parle ? répondit-il.

_ Oh, le petit bambin. Je suis née au *Ventre de Paris*, près des Halles. Tu causes à une parigote ; j'y ai même une ancêtre communarde, renchérit Diva.

_ Mmm, oui, Thiers, ses canons prussiens et les Versaillais... un beau gâchis, marmonna-t-il.

Érotique Fantasia

Une cocarde à l'esprit ils allaient prendre d'assaut la première station de métro, *Louise Michel* ou pas. Tel quel ils se sentaient près à tout. Mais ils n'avaient pas tout prévu.

Ni Adolphe ni Louise n'apparurent à l'encoignure du 47, mais belle et bien, Fantasia. Elle eut la réplique toute prête :

_ Tiens, vous avez décidé de connivence de clore précipitamment ?

L'horloge électronique comptait les points en faveur de la directrice, apparue à l'impromptu, mais, effectivement, à l'heure critique puisqu'il manquât encore plusieurs minutes avant de bloquer le verrou.

Amore voulut rattraper, usant de sa position de stagiaire pour justifier cette bévue :

_ Comme nous avions tout rangé et que nous étions seuls, j'ai pensé proposer à Diva d'aller casser la croûte.

Fantasia le trouva plus mignon encore dans cet exercice sous couvert de l'innocence. Par contre, qu'il protégeât cette renarde à queue rousse fut un peu fort de café. Elle abusa alors de la situation :

_ J'ai remarqué un défaut à l'inventaire. J'aurais besoin de la bonne volonté de l'un d'entre vous pour y jeter un œil avec moi. Oh, ne vous bilez pas, cela ne prendra guère plus qu'un quart d'heure. Qui s'y colle ?

De son visage impassible on ne distinguait que les yeux roulant d'un bord à l'autre de leur cavité.

Diva accusa le coup : « Voilà-t-y pas que cette louve a décidé de me faire sauter son chaperon » pensa-t-elle très fort. La formule dut s'afficher en lettres capitales sur son front rougissant car Amore et Fantasia la fixèrent ainsi qu'elle eût été prise la main dans le sac. Elle allait abandonner son beau butin de vingt-cinq ans à peine proclamés quand, en un instant, elle entrevit la parade.

_ J'étais justement resté dessus avant la proposition

Érotique Fantasia

d'Amore (et voici une torgnole que Fantasia n'avait pas volée !) Suivez-moi, je vous montre le « blème », prononça-t-elle à la gouaille de Paname. La partie était neutralisée. On partait pour la belle.

Alors, Diva ralluma son poste encore chaud et les deux autres l'encadrèrent. Amore se sentit d'attaque à lever les « dix de der ».

Suite au virus qui s'était immiscé au système informatique local, les petits boutons qui claquaient sous les doigts effilés de Diva n'avaient pas viré au rose, mais l'ordinateur accusait durablement le coup. Les versions des fichiers avaient été corrompues et les données s'emmêlaient sévèrement les octets.

Fantasia, à l'affût sur la droite, résuma la situation :

_ Si l'on repasse une nouvelle fois par la moulinette de la ville, on n'est pas prêts de se remettre à table. Autant dire que le plus judicieux serait de reformater nous-mêmes notre catalogue, moyennant les anciennes sauvegardes que j'ai réservées sur un disque dur flottant, tout en les croisant avec nos entrées-sorties à la date post-mortem ; je parle de celle du virus.

« Quant au delta qui reste à déplorer, il s'effacera au gré du temps, ou bien alors il y aura un compte « Profits & Pertes » et tant mieux pour les heureux emprunteurs à vie d'une culture forcément immortelle.

Ils reprirent leur souffle au point final. Diva pour le moins inquiète de la tournure des événements – la soirée tête à tête avec l'étudiant non boutonneux semblait s'effacer de la mémoire – tenta la conciliation :

_On met l'affaire en suspens et l'on opte pour une opération commando avec le retour de Cher ? Non ? Vous trouvez pas que ça coule...

Érotique Fantasia

Amore en fut pour la sienne :

_ Remettre au lendemain, c'est augmenter l'erreur et laisser du champ à l'incertitude. Quitte à prolonger la soirée, autant s'y coller tout de suite, nous aurons toujours loisir de casser la dalle sur le tard.

Ah le goujat ! pensa Diva sur le vif, il espère tirer une bourriche entière de moules… Quel toupet, le minot !

La triangulaire n'est pas inscrite au programme, marmotta Fantasia. Mais, comme on avait posé tous les valets et soubrettes au tapis, il fallut y tirer une carte.

« Bon, admettons que nous prenions sur nous pour débloquer sur-le-champ ce système véreux. Nous récupérerons les heures, j'en fais le serment » argumenta la directrice à laquelle on laissa le dernier mot.

On mit dès lors les petits plats dans les grands en associant trois machines sur le même plateau, et l'on recomposa à l'écran d'Amore un disque tout beau, tout neuf, tandis que Fantasia piochait aux souvenirs de sa mémoire à peine égratignée et que Diva récupérait ses petits à la plus longue expérience des trois. À l'heure où le marchand de sable eut habituellement vidé les fonds de culottes, les athlètes du disque dur eurent forcément les paupières en pâte à mâcher.

Amore, eu égard à son jeune âge, pouvait encore prétendre braver le glaive ; Diva avait des bas comme chaussettes ; Fantasia, à la moiteur consommée, sentait la perche plus que la primevère.

À son dernier « retour chariot » Amore se redressa conquérant :

_J'ai une rame de lasagnes coincée en haut du réfrigérateur. Vous voulez vous y coller ? On va bien glaner un mousseux et des crèmes renversées à l'épicier du coin…

Diva, malgré tout, se voyait bien faire gicler la mousse avec son nouveau copain. Elle replaça, l'air de récupérer un crayon, ses bas jusqu'au haut de ses cuisses.

Fantasia n'avait pas trop l'envie de se retrouver dans une partie obligée, confondant au beau milieu de la nuit son soutif avec celui de son employée. Mais, l'abandonner là, tout crue, aux incisives de l'étudiant, revenait à contredire son désir d'hégémonie sexuelle. Elle acquiesça par conséquent en un sourire de *Joconde*.

Le stagiaire qui s'attendait précédemment à un « TP » de fin de cycle se retrouva sur les bras avec une étude de cas à deux entrées. Mais, alors qu'ils sortaient, son portable le héla d'une sonorité de cavalerie. « Allô... oui... ah, désolé, je ne t'avais pas reconnue. Euh... oui, c'est possible... pour un soir ou deux ? Ma foi, pourquoi pas, en souvenir de Londres » avait prononcé un peu maladroitement mais au su des deux femmes, Amore. Il s'expliqua :

_ C'est une londonienne qui a été fort sympa quand j'ai mis un bras de l'autre côté de la Manche. Je lui dois le refuge pour un bref séjour. Bon, vous ne m'en voulez pas trop ? À bientôt et merci pour la soirée : nous avons œuvré comme des bêtes.

Et il se retira avant même qu'elle n'eussent prononcé ni Oh ! ni Ah !

À l'exercice de son célibat Fantasia pensa : il n'avait pas fallu plus d'une quinzaine de jours à Amore pour prendre l'ascendant sur tous, mais, plus spécifiquement, sur toutes. Non seulement il s'était imposé comme une référence de fréquentation au travail d'équipe, mais de surcroît il faisait l'objet d'une convoitise féminine unilatérale.

Fantasia eut la boule au ventre. Et il n'y avait rien à voir avec ses menstruations douloureuses. L'étudiant venait de bousculer les règles, tout au moins la sienne : l'imposition d'une domination érotique en ce petit monde qu'elle caressa d'une main aux lignes si pures. Fantasia avait indolemment oublié la règle du jeu, celle de tout jeu : le meilleur des joueurs touche à la défaite à son heure. Cet article est inscrit en lettres d'or à la destinée universelle.

La boule se décomposait lentement tout en envahissant progressivement la moindre parcelle de son corps de ses effets putrides. Encore si harmonieuse au-dehors ; déjà si déglinguée au-dedans. Elle en vint dans l'instant à douter de sa beauté.

Ramassant les miettes d'un corps qui se fût, plus que pain, perdu, elle s'afficha au jugement martial de la psyché de sa chambre. Elle défit le nœud de sa robe de chambre ainsi qu'on présentât l'esclave à son maître. La ligne qui la détachait dans le cadre oblong avait été tracée d'un coup de main assuré qui avait trouvé, à n'en pas douter, le juste équilibre. D'ailleurs le crayon n'avait dû se relever qu'à la fin du croquis tant l'ensemble faisait cohérence. Ensuite l'artiste avait pris soin de contraster son ébauche de la plus habile des manières, usant de quelques aplats charbonneux de manière à créer le plus agréable des équilibres visuels : une tache à la touffe crânienne compensée par une courte fente sombre à la jointure des cuisses, puis quatre points matérialisant une ligne à peine courbe, d'une aisselle à l'autre, et prenant appui aux deux tétons thoraciques.

Elle ne répudia pas ses créateurs. Cependant, s'enfonçant dans son marasme à la réflexion misérable qui avait coulé son lit en elle, elle chercha l'erreur, n'y vit goutte, mais dut se résoudre à admettre qu'en l'occurrence son charme n'opéra plus et que son aura qui lui assura naguère un bouclier propre à retourner toutes les attaques, voire à percer ses rivales, se fût éteint. Il y manqua dès lors un combustible. Seul, son esprit en fut pourvoyeur. À trop puiser à la source, elle se fut asséchée.

Érotique Fantasia

Elle trembla et referma sa robe de chambre. Elle vit soudain clairement le cheval de Troie que Diva et Gauloise avaient habilement réussi à introduire en son pré réservé.

Bien sûr, elle pouvait faire le dos rond et attendre un long mois jusqu'à ce que le stage prit fin et qu'elle fût libérée de l'occupant. Mais quelque chose en elle lui suggérait de renverser la vapeur. Amore était ce chevalier qui plaçait le tournoi un cran au-dessus.

Elle décida de se débarrasser de sa cuirasse de beauté pour vaincre son opposant par l'art et la manière. Une fois l'épreuve consommée, resterait-il la moindre résistance à son ascension... ?

Érotique Fantasia

VII

    Étrangement, elle qui n'avait jamais rien eu à reprocher à son physique tiré au cordeau, si ce ne fut que quelques bobos mineurs, commença de se sentir pataude. Rien de méchant, rien de grave, mais quelque chose comme un boulet vital qui lui fatiguait les mollets. Elle se convainquit d'un manque d'exercice, tout au moins sportif.
    Les salles de musculation qui avaient revu leurs prétentions à la baisse mutaient çà et là en espaces de remise en forme. Voilà mon affaire, pensa-t-elle.
    Fantasia s'en fut au plus proche, avenue du Maine, pour y réserver un abonnement annuel. Pourtant, alors qu'elle détaillait les conditions d'un contrat au papier fraîchement imprimé en sa faveur, les allées et venues des pratiquants usuels générèrent un doute : serait-elle à la hauteur d'un tel labeur aux semaines à répétition ? Alors elle obtint quelques séances probatoires et s'en revint, fuseau et maillot moulants d'un noir qui fit bannière en ce lieu, serviette éponge et cadenas à code assurant le placard au vestiaire et douche.
    Elle découvrit tout un monde qui, à défaut d'une culture

lettrée, pratiquait le culte du corps bien charpenté. Sa beauté faisait ravage en extérieur. Ici, elle se noyait telle une goutte de sueur en un océan de transpiration. Afin de se soumettre en une traversée à jamais réalisée, ces forçats de l'effort disposaient d'outils aussi complexes que diversifiés.

Elle débuta à distance par l'observation de ses aînés, détenteurs d'un savoir-faire mûrement pratiqué. Puis, sitôt que l'outil était abandonné de l'ouvrier qui en avait pris son parti, elle regardait de gauche et de droite que nul ne contrecarrât sa subite volonté pour se confronter à l'instrument dont elle avait retenu l'usage.

À la quatrième journée d'approche, si les machines commençaient de lui témoigner une certaine familiarité, l'encadrement remarqua sa présence, peut-être loua-t-il ses efforts méritoires, mais, surtout, mira son enveloppe qui ne jura ni par excès de graisse ni par une quelconque difformité.

Un moniteur, qui ne devait pas se contenter de cet emploi tant ses atouts musculaires prêtaient à photographie, l'aborda alors qu'elle faisait ballotter ses deux poires bien fermes par un mouvement de bas en haut obtenu grâce au maniement d'un portique supérieur. Son regard lui coupa toute tonicité. Annihilée et plombée sur son siège rigide elle le fixa durement d'un air accusant son intrusion destructive.

Le prêtre connaissaient ses ouailles :

_ Que me vaut ces yeux noirs au regard torride ? Je voudrais vous proposer un exercice moins pénible afin que vous grappilliez plus rapidement chacun des maillons de cette longue chaîne à laquelle nous nous attachons tous ici et, tout comptes faits, pour notre plus grande satisfaction.

Elle comprit le sérieux de sa prise de contact mais n'en démordit pas moins du courroux qui l'avait envahie à la perte de ses moyens – si modestes encore – qu'il provoquât l'instant d'avant.

Érotique Fantasia

« Vous le voyez bien. Je me plie aux quatre volontés de tous ces outils qui me pincent le corps d'un bout à l'autre. Et je fais de mon mieux, argumenta-t-elle comme pour réprimer toute critique rampante. »

Il afficha le sourire du beau gosse à la meilleure posture en sa faveur puisqu'elle pût dénombrer l'étendue de ses replis musculaires.

« Faites votre découverte à votre guise et, surtout, n'hésitez pas à me rappeler – 31 41 59 26 53 – si vous désirez le moindre service de ma part » prononça-t-il, intelligiblement.

Elle signifia sans insister qu'elle reçut son message haut et clair, puis s'effaça à l'autre bout de la salle pour se défaire de ce mâle imposant, avant qu'il ne gagnât du terrain sur sa frêle personne.

Tout comptes faits Fantasia n'honora pas l'abonnement présupposé. Que ce fut ce moniteur-ci ou cet adepte-là, elle comprit que ce ne serait les machines qui la rendraient esclave mais bel et bien ces sportifs de tout poils qui, sous prétexte de cultiver leur musculature, pensaient beaucoup à développer leur membre adipeux.

Elle en arriva à se convaincre par la force des choses que tout était question de domination : supériorité financière, prévalence sexuelle, haut barreau à l'échelle sociale ; et tout de se tenir à la poigne ferme. Triste monde, conclue-t-elle.

Mais, toutefois, son corps avait ce besoin d'un exutoire. Sous l'enveloppe de charme battait un cœur fragile.

Le jeu qu'elle avait installé jusqu'ici chez *Zizi Jeanmaire* lui avait permis de se prévaloir des attaques par trop blessantes. Après mûre réflexion, elle se refusa à installer au domicile un banc de musculation ou quelque vélo d'entraînement à structure fixe, évitant par là une posture de cobaye, prisonnier de sa cage.

Érotique Fantasia

Enfin elle chemina du côté de la Butte-aux-cailles et y redécouvrit sa piscine légendaire ou tout au moins singulière car bâtie à l'aplomb de l'écoulement naturel de la Bièvre. Elle entrevit là, soudain, comme un salut en ce bain, source de vie, retour en la poche chaude et aqueuse qui nous avait tous vu naître. De surcroît à sa première visite, serviette, lunettes, bonnet et maillot y-compris , elle apprécia la souplesse d'usage des deux bassins (l'un, intérieur, l'autre au-dehors, rendez-vous compte !) validée d'une entrée au coup par coup comme d'un forfait à dix plongeons sur douze mois.

Avant même d'avoir trempé son orteil au pédiluve, la cause fut entendue : elle se ferait dauphine à la *Butte*. D'autant qu'elle vit un rapport troublant avec les anciens bains-douches de *Gaîté*. Ainsi donc tout se rejoignait.

Les changements d'apparat furtifs qui se faisaient, çà et là, aux cabines en libre accès augmentèrent son assurance. Les nageuses et les nageurs ne traînaient pas aux couloirs au probable courant d'air frissonnant. On évitait les salutations. Les tonsures caoutchoutées de noir écrasaient les différences, quelque peu. Et plouf ! la voilà qui s'élance au grand bain, retrouvant soudainement les premières sensations de cette fraîcheur envahissante alors même que sa mère hésitât à lui lâcher la main ou que son père ne la quittât pas une seule seconde de ses yeux figés.

Elle eut pour sûr du mal à atteindre l'autre rive distante de cinquante mètres sans évaluer le bon dosage de ce cocktail au chlore. Toujours fut-il qu'elle s'en retourna à la médiathèque revigorée et prête à contrecarrer le jeune chevalier qui croyait plier sa croisade en moins de deux mois.

Cher renoua avec Fernand tandis que Gauloise récupéra sa Diva.

Amore était toujours et plus encore le poisson d'argent qui

navigua d'un bord à l'autre. Étonnamment, il n'avait à ce jour jeté son dévolu sur aucune ni aucun d'entre eux. Il commença de se murmurer qu'il fût de l'autre bord, parfois à voile et le plus souvent à vapeur.

Aussi Fernand poussa-t-il moins fort aux rampes de ses roues à la vue du stagiaire. D'autant que, question virilité, il avait été à coup sûr ragaillardi aux dernières manutentions nocturnes.

Cher qui avait appris à le connaître sous diverses facettes remarqua son trouble et, toute à la cruauté féminine, voulut le châtier un peu :

_ Tu sais, Fernand, qu'il y aurait encore de la place à faire, à l'arrière, mais, comme il s'agit de mobilier, il n'y a que vous les hommes qui puissiez y coincer vos gros doigts.

_ Euh, dis-moi un peu, Cher de ma chair, tu plaisantes ou tu fais les dents !? Je veux bien que tu apprécie mes doigts mais avec mon berceau de naissance tu mesures mes limites.

_ Ah ça, c'est vrai que tu en as de belles mains... et douces encore... mais, enfin, tu peux compter sur la vigueur de Amore. Vous avez une grande affection l'un pour l'autre, me semble-t-il ?

_ Tu charries quand même beaucoup ! Il est vrai que je l'ai bien aidé dès son arrivée, cependant il a grossi le bestiau, affirma-t-il. Oh, tu sais quoi, maintenant que j'y pense, à sa prochaine venue, tirez à vous deux les meubles qui vous dérangent, je crois pouvoir dégoter une patinette à roulettes qui traîne chez moi. Je vous couvrirai à l'avant...

_ Mais voyez-vous ça : le maquereau encaisse la passe ou il se fait payer en nature !? suffoqua-t-elle.

_ J'aurais jamais dû te laisser grimper sur mon fauteuil... ton esprit s'imagine de ces choses ! persifla-t-il.

_ D'après ce que je me suis laissée dire, quand tu tires sur le mégot à l'arrière-salle, tu ne fais plus la différence entre une

« Gauloise », une « Américaine » ou même une « Marie-Jeanne »...

_ Alors ce que tu viens de dire, se cabra-t-il au fond de son siège, c'est pas bien gentil non plus. Au son de la cloche tu seras collée et, plutôt que de mettre un mot sur le carnet de la directrice, je délivrerai ton diable au corps d'une franche fessée !

_ Tu peux toujours essayer de me rattraper, se mit-elle à glouglouter, accélérant le pas d'un rayonnage à l'autre.

Fernand entama la poursuite au grand dam des usagers qui ne comprenaient pas à quoi rimait cette procédure d'urgence n'ayant perçu aucune alarme. On dut reconnaître que la comédie avait assez duré et l'on rassura l'assistance médusée que l'exercice fût terminé.

Mais, à la fermeture, Fernand exigea l'application de la sanction contre laquelle Cher ne souhaita pas se pourvoir en cassation. On crut entendre le couperet s'abattre, vengeur, à de multiples reprises.

Il fut toutefois impossible de déterminer si les plaintes qui se firent entendre étaient manifestation douloureuse ou cri de joie.

Le loup sortit du bois ; le petit chaperon rouge l'y obligea.

Fantasia se persuada, en effet, que plier Amore à sa cause fût la meilleure des solutions, à tous égards. Évidemment, elle n'entendait pas se faire manger la galette et le petit pot de beurre comme l'imaginaient les deux grand-mères qui avaient monté ce conte de toute pièce. Le loup, elle le souhaitait dressé et repentant à ses pieds sans qu'aucun autre sifflet ne lui fît tourner la pointe des oreilles.

Cependant, Amore n'était pas si fou-fou que cela au regard de sa jeunesse. Il avait bien reniflé le rapprochement de l'Eurasienne. Le musc de sa peau blanche, limite translucide,

Érotique Fantasia

le troublait au plus profond de son être. Il y retrouvait la sensation extrême d'une soirée où il avait mordu au cœur même de sa chair. Le spasme de l'héroïne le guettait. Mais il ne laissa rien paraître et serra la queue entre les jambes, le poil humide.

Fantasia procédait selon une tactique elliptique. Elle s'arrangeait pour l'aborder toujours au plus près, mais sans jamais le toucher : le contact, elle se le réservait pour l'instant ultime, celui où il se blottirait sans défense aux bras de sa maman.

Amore ne douta pas que l'enclos se refermât chaque jour un peu plus autour de son désir. Avant de céder totalement à l'appel de ses sens qui le torturaient sans relâche au 47, il décida de se rabattre sur un troupeau à sa portée afin d'engager une diversion. Il voulut se rattraper avec Gauloise de l'invitation qu'il avait volontairement faite foirer au dernier moment et, à part, invita la brune à venir profiter de son quartier si prisé des noctambules.

Mais l'appel du pied était par trop appuyé et Gauloise y vit comme une entourloupe. Cela ne respirait pas la franchise. En femme avisée elle supputa qu'il se servit d'elle à l'usage d'un autre dessein. Prétextant un dérangement inhérent au corps féminin, elle déclina l'offre – ce qui, ainsi fait, ne ferma pas pour autant la porte.

Encore une fois, Amore sentit le léger courant d'air de la défaite. Il n'était pourtant pas en manque de proie. Alors il glissa vers Diva et sa tignasse de feu, inconsidérément.

Du coin de l'œil il avait miré la trépidante bibliothécaire disparaître au vestiaire. Il s'était campé face à la sortie, plus incongru que probant. Elle réapparut soudain plus électrique que jamais avec des yeux de phares braqués sur la personne forcément en travers de sa route.

« Si tu joues au lapin, je vais te rouler dessus, essaya-t-elle d'un air comique, un tantinet forcé.

_ Je voulais simplement me rendre utile, feinta-t-il d'une voix adoucie.

Mais il remarqua aussi un drôle de parfum qui n'avait rien du patchouli. Il resta hébété.

_ Bon, reprit-elle, baissant considérablement son ton premier, je viens de me taper quelques taffes... cela me calme. Nul n'est censé être au courant dans la boutique.
« Maintenant tu es au parfum, mais, en gentil garçon, tu garderas ce secret entre nous !

_ Oui, oui. Tu peux compter sur moi : il ne s'éventera pas... et, dans l'insistance, je cherchais réellement du boulot car je suis présentement à sec.

Diva sourit. En l'occurrence son pétard et cet Amore la plaçaient en ses meilleurs états.

_ Voyez-vous ça ? S'il n'est pas mignon, le chérubin !
« Te bile pas, rejoins-moi à mon bureau, j'ai de quoi te chauffer l'esprit...

_ Tu souhaites que je t'épaule sitôt ou l'on attend la tombée du rideau pour être plus à notre aise ?

Elle devint carrément épileptique :

_ Je te confie à l'oreille une bricole, histoire de t'occuper jusqu'à la fin de l'acte, puis nous trouverons certainement meilleure occupation...

Voici le livret tout épinglé. À peine un contact professionnel tel qu'on le vît alentour. Cependant, le contact était noué et le projet scellé. Rendez-vous pris. Fantasia n'avait rien vu tandis que Gauloise restait dans la confidence en se murant en statue de sel.

Le train-train assura son service.

La directrice disparut, cachant sa frustration de n'avoir pas encore apprivoisé son dauphin.

Gauloise se consuma au secret partagé, confiante en sa

collègue dans sa capacité à dompter le bel étalon.

Ils sortirent, Diva et Amore, eux aussi comme à la fermeture habituelle. Mais, sitôt la rue de la Gaîté abandonnée à son charroi légendaire, ils bifurquèrent droit à la gare afin d'y récupérer le métro idoine. Chemin faisant, il lui vanta les mérites de son quartier, à la fois détenteur des grandes figures de la Nation, des écoles prestigieuses, d'une culture que l'on pût encore sentir sourdre aux murs les plus anciens, et d'une fréquentation publique qui ne céda guère que sur le coup des trois heures du mat', lorsqu' aucun psychotrope n'eut d'emprise à l'esprit de tout un chacun.

Aussitôt la porte claquée en son studio feutré, Amore n'eut aucun besoin de produire le mode d'emploi. Les lumières clignotèrent, les bois craquèrent, les murs se firent écho et le voisinage continua toutefois de ronfler haut et fort, n'ayant nul intérêt à soutenir cette amourette sans lendemain d'un étudiant en crise d'affection avec une *MILF* voulant se prouver qu'elle bénéficiât encore de quelques cartouches au stand de sa sexualité.

Quelques jours plus tard, Gauloise n'en finissait pas de se ronger les ongles. Effectivement, elles étaient toutes trois réunies, Amore n'étant pas de service pour raison scolaire. Cédant à l'injonction de rouler du Havane qui avait définitivement élu domicile en sa personne, elle se jeta sur le trottoir pour en griller une.

Fantasia l'avait vue se carapater, une tige entre les doigts ; Diva était à sa merci. Elle l'accosta au meilleur motif professionnel :

_ Dis-moi donc, avez-vous résolu tous les classements en cours, Amore et toi ?

_ On est sur le point de conclure, résuma-t-elle d'un sourire vainqueur qui illumina sa face aux contours oculaires plus soulignés que naguère.

Fantasia crut comprendre ce qu'elle voulût savoir mais voulut confirmation de l'information en journaliste qui mena scrupuleusement son enquête :

_ Est-ce à dire que vous vous êtes mis d'accord sur la plus grosse partie de l'affaire et que vous n'en êtes plus qu'à régler quelques points de détails ?

_ Je peux t'assurer que nous nous sommes entièrement accordés et que nous y revenons à petites touches, à nos heures perdues, confirma-t-elle encore.

D'ailleurs elle lui parut rajeunie et s'en ouvra :

_ Tu as une mine superbe. Si le travail te réussit aussi bien, je peux te gratifier de quelque supplément, attendu que Amore devra nous quitter d'ici à une semaine.

L'annonce venait d'être confirmée, judicieusement, telle une botte dissimulée jusqu'à l'ultime coup de la partie. En effet l'autre se cabra. Fichtre ! l'oiseau à la queue de pan allait s'envoler ; le temps ne se lassait jamais de battre des ailes. Et, qui sait, loin des yeux loin du cœur, si Amore se souviendrait encore de ses taches de rousseur, seulement au mois prochain, quand quelques étudiantes « repompées » par l'été revenu perceraient leur maillot de corps aux tétons libérés de tout soutien désormais obsolète.

Fantasia crut voir défiler toute une collection d'idées en un regard, quoiqu'elle n'en déchiffrât le moindre argument.

_ Ah, pardon, tu disais ? céda Diva en se reprenant d'un malaise passager, je crois que j'ai fort à faire du côté du fond ancien.

Alors elle la laissa s'enfoncer en son doute. Mais, elle-même, Fantasia, porta dans l'instant le même dilemme. Voici que Amore s'apprêtait à les quitter et qu'elle n'avait à aucun moment réussi à le plier à ses genoux, transi de désir, alors que par ailleurs – elle en enrageait tout-à-coup – Diva s'était

payé du bon temps, et qui d'autre encore, va-t-on savoir !?
Elle fit un effort surhumain pour garder tendu le fil qui maintenait sa fierté.

Avant l'heure convenue, elle souhaita une bonne soirée à ses collègues et réussit à sortir de scène sans se prendre les pieds au tapis.

Rendue à la rue, ce fut une toute autre déchirure qui l'empoigna de bas en haut, meurtrissant sa féminité, salissant son être. Elle alla chancelante. Les jours étaient comptés, il n'y avait plus à tergiverser ni à espérer quelque manigance : d'une banderille, et d'une seule, elle devait placer l'estocade finale.

On l'a vu donc, le vent avait tourné et Fantasia ramait en cette indifférence, infiniment plate. Le merle-moqueur caquetait imperturbable d'une branche à l'autre, tantôt brune ou rousse, tantôt châtaigne.

À quelques jours de l'ouverture de la cage, Fantasia le convoqua. « Bilan et perspectives » avait-elle prôné. À la vérité elle était acculée en ses derniers retranchements. Autour d'un *cappuccino* délayé, conjointement, d'une indolente rotation de leurs poignets, ils firent le point.

« As-tu atteint les objectifs que tu t'étais fixés en acceptant ce stage ? commença-t-elle d'une parfaite neutralité.

_ On peut le dire ainsi et plus encore, renchérit-il. J'ai voulu comprendre le fonctionnement d'une médiathèque et me voici comblé. J'aurais étonnamment plus encore à raconter.

_ Tu pourrais préciser le fond de ta pensée. Quelles autres formes d'enrichissement ? devint-elle curieuse, autant à le faire avouer...

_ Humaines, forcément ! La gestion d'un groupe, la vie des gens en communauté autre que familiale ou amicale ; à la fois obligée, craintive, changeante, dérangeante, inattendue. Et cette balance aux sentiments, lesquels en un instant peuvent basculer du beau fixe à l'orage le plus sombre.

Amore la regardait fixement. Ses yeux étaient presque déjà en un ailleurs que Fantasia ne pût appréhender. Comme il était, soudainement... Elle l'aurait volontiers pris pour un conquérant aux portes de la gloire ou bien encore pour un poète arrachant ses derniers vers à l'ardoise blanchie et avant que sa craie ne se fendît.

Inconsciemment, elle puisa sa prose à l'encre noire de ses yeux rivés sur lui. Il cessa de parler. Elle ne prit pas le relais. Un espace immense s'installa entre eux alors qu'ils fussent si proches.

Un dragster ou quelque engin d'approchant dévala la rue de la Gaîté. Il arracha Fantasia d'un rêve, le rêve de toute jeune fille, celui de conquérir le chevalier, l'unique, celui sur lequel elle pourrait se reposer, à chaque instant, dans la joie comme dans la douleur.

_ C'est très instructif en effet, reprit-elle, essayant de redonner un fil logique à ses pensées éparses.

« Je ne sais si tu avais envisagé de prolonger ou de postuler pour une seconde fois mais je ne peux évidemment rien t'assurer en ce sens. La règle qui nous étreint d'un service à l'autre étant que si l'on peut faire avec moins, c'est toujours mieux vu.

Il la regarda maintenant d'un drôle d'air. L'armure avait fendu. Il lui sembla comme à nu, prêt à se mouiller, après-tout ils étaient toujours quelque part dans l'antre des bains-douches.

_ Ce n'est pas l'envie qui me manque. Mais je dois en terminer avec ce foutu cycle d'études et valider mon diplôme. Peut-être qu'ensuite... Il essuya un soupir, puis il se redressa.

Ce fut alors qu'elle comprit qu'elle allait le perdre. Il était grand et elle se sentit tout enfoncée en son siège gluant de responsable. Mais elle se mit sur son séant pour le saluer. Comme elle tendait la main en esquissant : « Bon, eh bien, nous nous reverrons un jour ou l'autre – la plus mauvaise formule qu'elle plaçât au cours de sa carrière » il évita sa poigne et se pencha au côté de son oreille. Il l'embrassa sur chaque joue, réveillant un délicat pastel longtemps enfoui sous une couche protectrice de fard blanc.

_ Je te fais signe sitôt que j'en ai terminé de toutes ces obligations et nous prendrons assurément plus d'un verre pour fêter ma réussite. À très vite, Fantasia. D'ici là, porte-toi bien.

Alors il fendit la devanture et seul le souvenir d'un léger parfum boisé hanta encore le local silencieux, désespérément vide.

Qu'on ne se mente pas ; Amore avait apporté :

l'élan de sa jeunesse en dilatation,
la volonté d'innovation,
l'oreille aux aguets à la plus petite aventure,
l'attention aux autres,
le besoin de séduire,
celui d'aimer et d'être aimé,
la main tendue et la caresse prompte,
la bise facile,
la baise à faciliter,
le plaisir à fleur de peau,
la peau effleurant le plaisir à toute heure,
la fleur de l'âge sans âge,
la sagesse de l'instruit,
la curiosité du novice,
le regard de l'ange qui n'a jamais encore croisé le démon,
la gaieté quotidienne,

Érotique Fantasia

le savoir-vivre à la Gaîté,
un charme qui peut se consumer mais qui renaît aussitôt de ses cendres,
une bouche à bisou,
un grisou dans la tête,
une cravate dénouée,
un nœud aussi raide qu'une cravate,
et des regrets... des regrets malgré les beaux jours.

L'équipe ne se cacha pas une déprime passagère. Mais l'habitude avait valeur de courroie d'entraînement. L'activité se perpétua, bon gré mal gré.

De tous, Fantasia eut le plus de mal à dissimuler son amertume. Elle qui faisait encore hier figure de jouvence éternelle parut soudain vieillie. À dire vrai, ses traits s'étaient creusés. Les premiers linéaments avaient imprimé au parchemin maculé de sa peau une mémoire de ses errances.

On ne se questionna pas sur la santé d'untel ou d'unetelle : les choses allèrent de soi ; le plus crétin des imbéciles eût admis l'évidence et la cruauté de la fatale réalité. Oh oui, on pouvait toujours lui chercher un remplaçant. La directrice s'en était d'ailleurs aussitôt fait l'écho. Mais, à trouver pareil jouvenceau... la prise avait été par trop belle... à la pêche miraculeuse on ne gagna pas à tout coups.

Fantasia, tant pour sa pomme que pour le verger des voisins, sentit qu'il fallût rebondir. Elle tira du fond de son tiroir le projet d'annexe qui avait été envisagé en son temps du côté d'Odessa. On avait imaginé alors, plutôt que de multiplier les œuvres aux rayonnages déjà saturés au niveau du *47*, ouvrir aux supports culturels qui faisaient fatalement défaut en cet espace enclos à sa superficie. Mais, à ceux qui rêvaient encore d'un *Gutenberg* à la puissance de *Zeus*, on eut tôt fait d'opposer le diktat culturel de l'époque : l'écran et ses connexions. Dès lors, à quoi bon tenter de diversifier les lieux d'Art et de Savoir, si, immanquablement, on retomba au creuset du réseau, de sa dépendance, et – osons le terme – de sa dictature « gafanesque ».

Fantasia, cependant, au regard du constat dépité, ne s'avoua pas une nouvelle fois vaincue. Elle pensait à juste titre qu'il y avait place pour une culture intermédiaire, sorte de compromission entre « le chanvre et l'électron ».

Érotique Fantasia

Érotique Fantasia

VIII

    Armée de sa carte aux dix entrées répétitives, Fantasia glissa au lustre des dalles froides du bassin de la Butte-aux-cailles. Le rituel ne tarda pas à s'imposer à son corps de poupée. Du déchaussage à la cabine, de la cabine à la douche, de la douche au bac, du plongeon côté rue de Tolbiac à la respiration salvatrice, bord Butte, rien n'aurait fait déjouer sa discipline.
    À l'usage, d'une fois à l'autre, elle ressentit la présence des nageurs parallèles. Au début, ils n'avaient été qu'étrangers, distincts de son corps, au même titre qu'une bouée de sauvetage ou qu'un promontoire. Elle eut la sensation qu'on l'épaulait dans son effet sous-marin ou tout au moins qu'elle en captât la fraternité à la pointe des orteils battants. Ceci accentua son courage.
    Alors qu'à mi-parcours, d'une traversée s'étirant aux cinquante mètres par salve, elle levait précipitamment le cou pour attraper, à la limite de l'asphyxie, une goulée d'oxygène, remettant sa noyade aux calendes grecques, maintenant sa

résistance à la contrainte anaérobique, ne prenait-elle pas fière allure... Certainement qu'on l'appréciât au-delà de sa connaissance personnelle puisque tel ou telle pratiquante venait frapper la bordure carrelée peu ou prou dans sa propre brassée.

Ainsi elle entreprit de s'améliorer. Un sourire d'autosatisfaction ne manquait pas de transpercer son visage quand elle entendait le ploc ! qui prouvait le retard d'un nageur qui l'eût prise en chasse.

Elle aima, séance après séance, cette communion sportive qui se dédouana de rencontre ou discours. En un état naturel faisant régresser l'humain en un stade extrêmement primitif d'amphibien, la communication se passa de littérature. Qui sait si l'onde transmise par l'eau du bain n'en avait pas tout simplement la valeur ?

Elle replongea de plus belle, cherchant à ressentir plus encore là où l'audition même se perdit lorsque Eustache noyait ses trompes.

Mais alors, lorsqu'elle préférât ce type d'exercice sans parole, il advint que certaines figures devinssent familières ; plus aisément, d'ailleurs, celles féminines sous un bonnet qui les rendit moins gracieuses que sous le casque au salon de coiffure : des regards partagés se firent jour.

Fantasia sentit au retour au vestiaire communautaire que le besoin de rencontre se fît brûlant pour quelques personnes dont la caresse des ondes partagées ne suffisait plus. Cependant, elle résista encore. Sa rapidité à exécuter chaque tâche à l'ouvrage de ce sport la rendit intouchable. Pour un temps encore, dirons-nous. Car l'homme dispose d'arguments pour arriver à ses fins que le plus doué des dauphins ne saurait envisager...

Lorsqu'elle ouvrit sa boîte courriel, Fantasia remarqua

Érotique Fantasia

aussitôt un message inhabituel. Mais, en effet, il dénotait la prise en compte de son projet d'annexe à la rue d'Odessa. Elle n'eut pas à lire plus de deux lignes pour comprendre que l'idée ainsi formulée était d'ores et déjà avortée. On lui fit comprendre, en ménageant les termes, qu'effectivement une telle offre allait voir le jour autour de la place Gambetta. Vertubleu ! le vingtième arrondissement.

Il y eut en son esprit contrarié une précipitation d'images dont le déroulé se bloqua à l'effigie de Gaston. Le vice-collègue avait probablement pris sa revanche. Elle se retrouvait le bec dans l'eau, sans source de renouvellement possible. L'équipe fit triste mine.

Si *Zizi Jeanmaire* tournait au mieux de sa configuration, il n'y avait plus désormais qu'à faire rouler le fonds. Et tous exerçaient dorénavant leur tâche comme de seconde nature.

Tout ce que Fantasia pût proposer fut un retour aux permutations d'équipes. Avec un sain retour aux mathématiques, elle fit briller à sa table de calcul l'arrangement de n objets pris par p positions, soit A 2 4 = 4 ! / (4 − 2) ! , donc 12 possibilités. Sauf que Gauloise et Diva ou Diva et Gauloise font la même équipe.

Elle divisa encore par deux et n'eut plus que six duos réalisables. Grâce aux cinq jours d'ouverture la série se décalait d'un binôme à chaque semaine. L'emploi du temps de chacun serait ainsi changeant. Il n'y eut guère qu'elle qui se devait d'apparaître au quotidien.

Maintenant qu'elle eût mangé son pain blanc, son esprit malaxait une autre farine. C'était le bel Amore qu'elle ne réussissait pas à avaler. Elle avait la tête sous l'eau. Parfois elle se croyait refaire surface en s'imaginant reprendre des études.

Elle envisagea une formation continue pour devenir éditrice. Elle se voyait bien diriger une collection érotique prenant en compte l'ensemble des couches de la société : une littérature rose délayée pour les midinettes à la quête d'un premier amour, une autre franchement rosie pour nourrir les épouses confirmées en situations sexuelles originales à mettre en situation ; une collection rouge vif, hissant résolument la bannière de l'adultère sans concession aux écarts de langage les plus outranciers ; enfin une série violette qui pourrait assouvir les fantasmes les plus crus et que l'on finirait par s'échanger sous le manteau...

L'éthique féminine impose que l'on ne paraisse, deux fois consécutives en un même lieu, habillé à l'identique. Vous en doutez ? Eh bien, Fantasia noie immédiatement votre scepticisme en se dotant d'un second maillot de bain. Si le premier représente l'emballage classique, monochrome, moulant le corps de la nageuse de l'entrecuisse jusqu'aux épaules, le deuxième offre une astucieuse alternance de saumon et d'argent matinée de disques franchement tailladés, osant un délicieux aperçu d'une intimité inaccessible aux convenances.

Dès la sortie du vestiaire, et bien que le mercredi fût à la discrétion des scolaires envahissant le petit bassin comme tout autant de têtards engendrés à la dernière averse, elle capta en sa direction les regards. Plutôt que de se laisser aller à un faux pas au carrelage mouillé, elle se cambra et joua le ralenti publicitaire. Pour un peu tous de s'attendre à l'apparition de la marque du maillot en surimpression vaporeuse.

Fantasia vint au bac. Les lignes de séparation suivant le niveau des pratiquants étaient clairement définies. Une forme d'orgueil en cette entrée en salle qui l'avait toute mise en valeur la poussa à délaisser le couloir des débutants.

Elle se pencha vers la ligne numéro deux qui ne bénéficiait

Érotique Fantasia

pas d'une échelle d'entrée. Il lui fallait plonger ; un simple saut en bombe ferait l'affaire. Mais elle ne pouvait s'y résoudre car plusieurs nageurs venaient frapper la butée répétitivement, et, de leur tête de grenouille apparaissant soudain à la surface, ils la lorgnaient curieusement de leurs yeux globuleux.

Elle eut un doute, regarda la zone facile qui assurait les néophytes d'un accès visible et simplifié afin de prémunir toute panique, puis se persuada de sa maturité – bien relative pour une première carte d'abonnement – et, se pinçant le nez telle une spécialiste armée de bouteilles dorsales, elle se jeta enfin volontairement par-dessus bord.

Ses premières gesticulations la maintinrent en apnée sous l'eau.

Malgré le flou, que ses globes oculaires lui imposaient, elle prit la mesure de l'immensité du site aquatique ; ce ne fut ni une grosse baignoire ni la piscine d'un préfet.

Ici ou là, d'autres cuisses de grenouilles s'agitaient à corps perdu. Durant ce laps de temps, elle bénéficia d'une vision inversée de mouche. Les plus agiles cherchaient à palper le fond tandis que le commun des mortels implorât sa bouffée d'air à la surface.

Ainsi placée, elle se mouvait entre deux mondes et observa ses semblables. Mais, n'étant pas rangée au clan de l'élite, elle fut bousculée par un puissant nageur qui lui fit douter de son aisance sous-marine. Aussitôt elle ne demanda plus qu'à retrouver son univers de prédilection. Franchissant la ligne de flottaison, elle laissa l'air s'engouffrer en ses poumons raplaplas. Puis la survie lui commanda de brasser le liquide qui ne la porta que par intermittence. Elle coordonna ses mouvements alternant dégagement à l'avant et poussée à l'arrière pour réussir à engendrer une traversée qui lui ferait gagner l'autre rive. L'effort ainsi produit lui compressa le thorax et elle dut prendre sur elle-même pour ne pas lâcher le morceau jusqu'à son terme.

Quand sa main droite frappa la dalle, forcément plus froide que le liquide préchauffé, elle ne put réprimer un ha ! de soulagement. Ainsi harnachée à l'angle que forment le trottoir et l'enceinte, elle eut grand plaisir à faire osciller son corps tel un yo-yo amorti à la douceur de l'eau. Elle aurait bien fait trempette un long moment encore quand un autre nageur la bouscula une nouvelle fois afin de toucher le bord et repartir à l'inverse, mécaniquement articulé d'un besoin irrépressible d'inverser la vapeur.

Elle se nettoya le visage, ne se décidant toujours pas à envisager le retour. Alors ce fut la concurrence de deux nageuses chevronnées qui la pressèrent telle une bouée, chacune voulant prétendre à la victoire, toute symbolique d'ailleurs. Elle dut lâcher l'espace conquis naguère et se retrouva livrée à sa seule volonté puisqu'on la chassât de son havre de paix.

Elle reprit ses mouvements de nage, les coordonnant au mieux de manière à ne pas se placer en position délicate, au beau milieu du bassin, accusant la privation d'oxygène.

Elle se fit désormais à cette gymnastique.

Une efficacité indéniable apparut bientôt : elle y goûta du plaisir.

Pourtant quelque chose la dérangea insensiblement. Au moment où elle réussit enfin à se rattraper au parapet, un autre nageur se pointa à ses côtés. Il arracha ses lunettes, laissant ses yeux pers tomber comme un cadeau.

« Vous tenez bien l'allure » osa-t-il, le souffle encore incertain par manque de récupération.

Elle ne voulait pas ou ne savait que répondre. Mais elle se reprit en affichant un sourire bon marché. Puis, face au

Érotique Fantasia

regard qui ne la lâchait plus :

« Je m'applique en effet à traverser d'une seule traite. Je me suis peut-être aventurée en un couloir trop technique pour mon niveau. Excusez-moi. »

Elle détourna la tête, en ayant ainsi terminé la conversation à peine entamée.

Le gars en avait vu d'autres, probablement dans son style, dans l'eau et hors du bac. Il tenait visiblement à sa prise du jour :

_ Dimitri. Pour vous rassurer, je ne suis guère plus compétiteur que vous en ce bain-ci. Si vous le souhaitez, nous exécuterons encore une traversée. Je vous ouvre la voie. Surtout, ne lâchez pas. Entendu ?

Il n'attendit pas la réponse, replaça ses lunettes et plongea en direction opposée.

Elle, elle hésita à sortir de l'eau pour couper tout contact, spontanément. Mais, après tout, elle était venue ici pour progresser et ce gars-là tombait à point nommé.

Avec quelques longueurs de retard elle lui emboîta le train. L'écume du premier de cordée faussait sa vision. Elle s'accrocha, puis absorba un peu d'eau qui la fit tousser désagréablement. Mais elle ne voulut rien céder et parvint, au prix d'un effort conséquent, à l'angle du carrelage.

Comme il la sentit faible à son arrivée, Dimitri la soutint au bras, tout proche de l'aisselle. Elle le regarda étonnée, mais apprécia son geste. Elle était vraiment au bout de ses moyens. Mais, par Poséidon tout puissant, elle venait de réaliser sa meilleure traversée. Aussi afficha-t-elle un sourire sans compromis. Il en fut tout ragaillardi :

_ Vous vous entraînez souvent, ici ?

_ Je viens d'entamer une carte toute neuve. J'ai encore beaucoup à apprendre. Merci, vous venez de me tirer dans la bonne direction, répondit-elle.

Érotique Fantasia

  _ Et vous m'avez poussé à ne pas flancher. À qui ai-je l'honneur ? enchaîna-t-il.
  _ Fantasia. Je veux bien tenter une ultime péripétie.
  _ Avec moi, vous n'avez rien à craindre, se permit-il de décréter alors qu'elle baissait les yeux afin d'éviter toute ambiguïté. Prenez donc la pôle position, ordonna-t-il encore, à moi ce coup-ci de me caler à votre rythme. Et ils repartirent, dorénavant associés ainsi qu'une vieille équipe.

  Elle fit de son mieux pour mener ce serpentin humain à deux maillons. Alternativement, elle chassait l'eau à l'arrière afin de la tirer, l'instant d'après, à l'avant.
  Lui ne garda que la distance de sécurité, évitant le coup de pied.
  Comme à la première fois, elle eut cette étrange sensation de tirer l'homme à elle. Chacune de ses larges ouvertures aux cuisses tendues lui procura un indicible plaisir, celui de le sentir la rattraper en elle. Ainsi son émoi prit-il de l'envergure lorsqu'elle le modula du désir qu'elle crût générer en son partenaire et en pareille posture.
  Il était tout ébloui du flou combiné de l'eau et des lentilles de son masque. Pourtant, en effet, un appétit carnassier montait en lui d'une brasse à l'autre tel le gros poisson qui se sent dévorer le petit.
  Mais le rêve prit fin, brusquement, alors qu'elle frappa le mur d'enceinte et qu'elle se redressa appréciant tout autant de jouir de l'air à sa guise. Il émergea tout près d'elle. Toute sa personnalité se concentrait en son regard vu que le bonnet et les lunettes amphibies le rendaient d'office semblable à tout autre nageur.
  Elle fut pénétrée une seconde fois, mais de face ce coup-ci. Instinctivement, elle opposa le filtre sombre de ses yeux noirs. Mais, au-delà de l'indifférence feinte il crut avoir

Érotique Fantasia

enflammé son nerf optique. C'était à lui de jouer !

« Vous avez eu votre compte pour aujourd'hui ou vous désirez que l'on remette une longueur ? osa-t-il, se pensant à son avantage.

_ Ah, vraiment merci. Je crois que je n'avais jamais nagé jusqu'ici avec une telle intensité. Demain sera certainement jour de relâche, répondit-elle encore intimidée.

_ Mais alors, après-demain, vous serez à nouveau d'attaque. Je m'astreins chaque jour. J'aurai donc le temps de m'entraîner.

_ Oui, c'est ça, et pour me pousser encore plus vite ! s'esclaffa Fantasia.

Sans plus de commentaires ils quittèrent le liquide qui avait vu naître leur union.

Elle dégouttait d'eau alors qu'il aimât goûter à son dos...

Au passage des douches il fallut se séparer. Ne sachant trop comment rompre, elle lui tendit une petite main blanche à la peau flétrie par l'immersion prolongée :

_ Bon, à une prochaine alors...

Sans répondre, il saisit délicatement son offrande et fit mine de réaliser le baise-main. À sa grande surprise elle ne se retira point. Il se crut dépositaire de tous les possibles. Étrangement, elle n'acquiesça ni ne démentit.

Malgré le trouble qui la gagnait indolemment, Fantasia ne voulait pas finir « poupée de cire » au beau milieu du corridor. Elle fila droit à son casier qu'elle libéra de la clef qu'elle portait au bracelet. Si elle n'en percevait pas le rythme, elle dut admettre que la petite musique qui venait de s'immiscer en elle avait quelque chose de très agréable. C'était comme une musique qu'elle n'eût jamais entendue, mais dont la mélodie parut universelle.

D'une main elle maintint ses accessoires encore humides et,

de l'autre, elle porta son sac avec ses vêtements de rechange, ceux justement avec lesquels elle s'était introduite aux bains à peine trois-quarts d'heure auparavant.

De loin elle remarqua une cabine qui venait de se libérer par une dame âgée qu'elle identifiât telle une habituée du lieu et de l'horaire. Elle pressa son pas et courut in fine s'enfermer avec son intimité.

Alors, après avoir mis au clou ses différentes affaires, elle commença de faire glisser son maillot d'une seule pièce ajourée. Elle sourit rien qu'à l'idée qu'au premier jour seulement il avait tapé dans l'œil de son complice de nage. Puis, l'ajoutant aux effets humides, elle agrippa une serviette dont une oreille pointait à l'orée du cabas. Elle eut grand plaisir à sécher méticuleusement toutes les parties de son corps.

Mais, alors qu'elle cherchait à harponner ses sous-vêtements tassés au fond du sac, elle réalisa que, dans son empressement à rompre le charme qui la retint un instant béate à la vue et au su de tout un chacun, et plus encore de son instigateur, elle avait omis de prendre une douche de convenance, même un simple rinçage, afin d'éliminer de son épiderme les produits d'entretien de cette piscine publique.

D'un réflexe incrédule elle noua sa serviette sous les aisselles, se croyant subito transportée en sa propre salle de bains, et fit le geste absurde de débloquer la gâche pour passer sa frimousse à l'extérieur. De fait elle aperçut les douches, mais à l'idée de devoir remballer son paquet pour le replacer en une consigne et réitérer un quatrième mouvement de récupération après sa propreté elle se persuada d'abdiquer la toilette conventionnelle.

Elle repoussa la porte isolante pour la crocheter en l'absence de serrure avec bouton. Celle-ci buta. Quelque chose avait désormais décidé de la contrarier maintenant qu'elle se fût enfin convaincue d'emporter sur son corps le souvenir odoriférant d'une matinée pas comme les autres. Poussant puissamment de ses deux bras réunis, elle ne comprenait toujours pas pourquoi la porte se coinçait ainsi, alors qu'un instant auparavant elle était encore toute mielleuse à son attention.

Sa serviette, recevant le fruit de ses gesticulations, décida de s'envoler et rejoignit le sol. Elle la suivit du regard, maintenant toujours une pression inefficace et découvrit soudainement un pied nu qui entravait volontairement la fermeture de sa cabine. Ce n'était pas du trente-six fillette...

Une sueur la glaça. La pression se renversa et l'homme entra d'un bond, refermant rapidement la paroi complice en son dos.

Dimitri se présenta en tenue d'*Adam*, une simple serviette enroulée autour de sa nuque et une dosette de savon liquide à la main. Que s'était-il passé alors que le parfum sportif qui exhalait de sa peau nue indiqua sa sortie toute proche d'une douche réparatrice ?

Fantasia avait-elle malencontreusement entrebâillé l'ouverture de l'huis de sa cabine pile-poil au moment du passage du beau garçon, à sa hauteur ?

Il la fusilla du regard, cependant que l'emballage plastique lui échappa des mains. Elle restait effarée face à la volonté transpirante de celui avec qui elle s'était crue un instant auparavant en amitié naissante.

Malgré la pulsion qui venait de s'emparer de sa personne, il domina l'animal en lui. Il appliqua, lentement, un index purement scolaire sur ses lèvres turgescentes, lui intimant ainsi le conseil appuyé de ne pas crier (ni au viol ni au voleur).

Fantasia était proprement hypnotisée par les faits et les

Érotique Fantasia

gestes de Dimitri ainsi qu'à la séance d'un mentaliste chevronné. Si elle n'avait pas commandé cette séance, elle admit sur-le-champ qu'elle allât s'imposer à elle.

Dimitri prit le temps d'enrouler sa serviette à la patère qui les surplombait. Il y eut comme la prise de possession du lieu en ce signe aussi symbolique que désuet. On n'entre pas dans le cabinet d'une femme pour y ranger ses affaires et partager causette. Enfin les mots échappèrent à cette bouche féminine qui s'ouvrit comme un cœur :

« Ce n'est ni le lieu ni le moment, crois-moi ! »

Un sourire sarcastique le préserva de toute réponse. La cour avait déjà décidé de la sentence et le couperet allait s'abattre. Avant que le ton de la voix de Fantasia ne se fît plus incisif, il glissa gentiment sa paume gauche à l'arrière de sa nuque et la droite il l'appliqua sur sa bouche qui, encore entrouverte, se trouva piégée à lui baiser l'intérieur de la main. Elle n'était plus elle-même. Son cerveau rationnel affirmait le retrait tandis que son corps pulsionnel accaparait le mâle ci-devant.

Dès l'accident de son intrusion leurs êtres s'étaient mis en vibration tout à la domination d'une peur refrénant l'acte insensé. Mais, sitôt que le contact physique venait de s'établir, l'un comme l'autre d'ailleurs, ils avaient senti l'effet rassurant de la jonction de leurs peaux. Maintenant, ils le désiraient au point de rompre toutes les conventions.

Ce fut elle qui relâcha la pression qu'elle imposait encore à sa serviette. Sa nudité irréprochable s'offrit à lui. L'homme tout-à-coup portait un slip de bain ridicule au regard du membre en progression qu'il tentât de dérober à la vue de sa partenaire. Fantasia abaissa le regard sur cette masculinité exubérante de Dimitri. Ce bout d'étoffe était le dernier maillon à faire sauter pour libérer leur sexualité en fusion.

Sans aucune consigne de sa part elle glissa ses pouces sous la cordelette et déchira le maillot qu'elle força à s'effondrer au

Érotique Fantasia

sol moite de la cabine.

Au dehors, les échos permanents des allées et venues des usagers créaient juste le confort nécessaire à cette union improbable. Dès lors rien ne pouvait plus entraver la fuite du désir dans son expansion.

Dimitri sombra à genoux. Encore une qu'il allait faire fondre de plaisir. Faut dire qu'il sait s'y prendre, le bougre ! Et pour preuve : il commença de faire rouler sa langue qui, à l'image de ses autres appendices était copieusement fournie. Il parcourut, telle une limace obstinée, les alentours du nombril de Fantasia, avant de s'y engouffrer, quitte à se perdre.
Elle exulta d'un premier râle qu'aux cabines limitrophes on pût interpréter d'un inconvénient d'habillage. Mais le vice la perforait maintenant, et encore ce ne fut qu'un premier avertissement. Les vagues à venir promettaient d'être plus chaudes et plus profondes.
L'explorateur qui s'était emparé du corps de Dimitri était prêt à tous les sacrifices afin de ne délaisser aucun des trésors qui s'offraient à lui. Ses mains s'étaient calées d'emblée au-dessus des anches porteuses. Elles glissèrent insensiblement, tentant de circonscrire le territoire fessier. De mémoire d'aventurier on ne se souvenait plus d'avoir extrait une telle idole.
De son point de vue Fantasia observait une touffe noire aux cheveux irisés qui s'enfonçait désormais en son intimité la plus sacrée. Elle était tout à la bête, et sa passivité ne marquait qu'une feinte apparente à la meilleure des jouissances.
La langue venait de percer un ruisseau humide où les écoulements se confondirent. Sa moiteur à elle englua sa bave à lui. Ces premiers liquides se mêlèrent à dose infinitésimale, annonçant un cocktail organique des plus

détonants. Pourtant Fantasia ne desserrait toujours pas le frein. Une dernière réticence opérait en elle.

Dimitri ne voulait rien forcer ; celle-ci, il voulait en faire la conquête par *l'art et la manière* alors qu'avec d'autres il eût forcé le trait.

C'est pourquoi il se remit sur son séant. Il se saisit de ses deux mains abandonnées et, comme à la mise en place d'une valse, il la dirigea vers une tablette qui saillait au côté. A priori elle n'avait été sertie qu'à la sauvegarde d'objets légers vis à vis d'un sol immanquablement mouillé à longueur de journée. Quand les fesses de Fantasia furent à l'aplomb, il tira sur ses bras ainsi qu'il manœuvrât la plus délicieuse des marionnettes, et Fantasia se rallia aux commandes du maître.

La tablette craqua à peine mais soutint fièrement le cadeau dont elle avait incidemment été pourvue.

Debout, au plus proche de son jouet, Dimitri enchaîna le mouvement. Avec une frivolité de circonstance il délassa son slip de sport pour annoncer le départ d'une nouvelle régate. La régalade de fait prit de la consistance.

Fantasia ne lâchait plus des yeux le merveilleux joujou que la providence avait placé à portée de ses mains. Certes le larcin était aisé, mais laquelle d'entre vous se serait dérobée au plaisir à pareille occurrence ?

Dimitri attendait le déclic. Ainsi placé, il ne pouvait qu'échoir. Il n'eut plus à forcer son talent. Fantasia oublia d'un bloc les préliminaires. L'attirance était trop forte. L'objet si fascinant ! D'ailleurs il ne cessait de prendre de l'ampleur à l'image d'une montgolfière prête à crever le ciel.

L'eurasienne se fit ouvrière. Elle s'empara des cordages, amorçant la montée du désir tel que le noble étranger en formulât la demande.

Jusqu'ici, il avait été muet ; son théâtre de gestes avait suffi à mener l'intrigue. Cependant, là, tout-à-coup, il ne put réprouver un simple commentaire se réduisant en un mot, bref, qui plaçait la dramatique à sa juste avancée : « Voilà ! » marqua-t-il, sourdement.

Une porte avoisinante se claqua dans la foulée, soit qu'un auditeur ne souhaitât pas connaître le deuxième acte, soit qu'un critique plus aguerri se fût glissé afin d'abonder à la presse locale.

Fantasia fit de son mieux pour faire monter l'homme au maximum de ses capacités. La mèche était à ce point de l'incandescence qu'à tout moment il y aurait pu y avoir l'explosion. Elle se ne contrôlait plus, tout à la fascination de l'incendie qu'elle avait allumé en lui. Il faillit défaillir.

L'instant d'après, il se rattrapa avant de vaciller. Alors il lui saisit gentiment les joues et lui commanda le retrait. L'inflammation avait transformé son sceptre en une bougie – pardon, que dis-je ? - en un candélabre !

Il jeta un coup d'œil circulaire à cette cabine. En effet elle n'avait pas été prévue pour une telle activité. Il se résolut à choper sa serviette qu'il jeta au sol. Il l'étala correctement tandis que Fantasia suivait ses préparatifs. Puis il s'assit et l'invita à le rejoindre.

À la grande surprise de la femme nue, il avait opté pour la position en tailleur. Elle se plaça face à lui, à genoux, ce qui ne sembla pas le satisfaire car le travail qu'elle avait si bien mené tout à l'heure perdit brutalement de sa vigueur. Dimitri reluqua la panne qui s'accentuait et en sourit. Il la fit se redresser, l'amenant à faire l'aqueduc entre ses cuisses déployées au sol. Ainsi elle lui offrit enfin la meilleure des perspectives sur son ouvrage féminin qui eût été taillé de la main d'un dieu.

Il eut soudain très soif et lécha avidement cette fente qui souhaitait le nourrir, goutte à goutte.

Érotique Fantasia

Fantasia ne savait plus si elle était encore fille ou mère. Mais elle empoigna la touffe qui buvait au fond de son être en un plaisir indescriptible. Elle pratiqua le shampoing qui convint en la circonstance. Aussi l'homme répondit-il à ses caresses d'autant plus intensément par un accroissement de ses libations et de ses mouvements vibratiles linguaux.

Elle sentit une puissante chaleur monter en elle, envahir jusqu'à ses pommettes qui virèrent du rose tendre au rouge incarnat. Il n'y avait plus à en douter, l'ouvrier connaissait son métier ! Elle vit le moment où elle allait chavirer alors que de petits cris de bête blessée échappaient à sa maîtrise du temps et de l'espace.

Quelqu'un frappa soudainement à la porte, somme toute pas plus épaisse qu'un contre-plaqué. D'une voix inconnue il demanda :

« Tout va bien. Vous avez besoin d'aide ? Un malaise passager ? Pouvez-vous répondre ?

Ils comprirent d'un même élan qu'ils avaient à faire au parfait secouriste, lequel, aux sons plaintifs que Fantasia n'avait pu réprimer, voulait faire étal de toutes ses compétences. De concert ils sourirent et mirent une pause à leur exercice, recommandé en l'intimité d'un couchage, mais à haut risque au vestiaire d'une piscine publique. Il fut vrai d'affirmer que la raison commandât d'en rester là. Mais leurs sens étaient à ce point échaudés que Fantasia retrouva brièvement sa voix de directrice pour rassurer le secouriste impromptu, tout en chassant le mateur importun.

_ Je me suis pincée avec la boucle de mes sandales, argua-t-elle, cela fait très mal sur le coup. Mais je ne saigne pas et je vous promets de survivre jusqu'à mon retour au domicile qui est tout proche.

_ Ah, bien. Dans ce cas je ne vous dérange pas plus, conclue-t-il avant de disparaître aussi fantomatique qu'il fût

Érotique Fantasia

apparu.

La page de publicité était tournée ; on revint au cœur de l'intrigue. En sa position dominante Fantasia en profita pour orienter les débats :
« Trouvons un endroit plus cosy. L'enjeu en vaut la chandelle, souffla-t-elle à l'amant transi d'amour.
_ Avec le feu que tu viens d'allumer, c'est d'un sapeur dont j'ai besoin, et tout de suite encore ! expira-t-il, le cœur battant le tocsin.
Comme elle hésita à l'intellect ranimé, il prit ses anches pour des poignées et rabattit son corps à la pointe de sa lame à incendie. Elle s'enfourcha directement, d'une précision à deux doigts près.
Ah ! cria le brûlé-vif ; oh ! commenta l'incendiaire...
Il campa ses deux bras bien tendus à l'arrière afin qu'elle travaillât au plus efficace. Elle lova ses avant-bras autour de ses aisselles et vint, définitivement, se cramponner à la clavicule des épaules : la bombe était ainsi goupillée ; le compte-à-rebours, déclenché. Rien ne pouvait plus désormais empêcher cette explosion sexuelle.
Aucun ultimatum n'avait d'ailleurs été lancé à l'adresse des occupants stériles de la piscine. Malgré eux ils allaient en ressentir les effets vibratoires aux cabines adjacentes.
Étonnamment, un silence investit l'espace entier de ce corridor d'ordinaire soumis à fort passage. Un peu comme la faune qui sent venir le danger et qui marque sa béatitude d'une complice paralysie, on évita, en cet instant de grâce, de traîner la savate ou de faire tomber la savonnette au carrelage résonnant.
Fantasia venait de prendre les choses en main – comme on le voit. Transpercée qu'elle fût à l'endroit le plus sensible de sa personne, il lui fallait maintenant rompre le sortilège et

Érotique Fantasia

vider la burette jusqu'à la dernière goutte.

Son bourreau lui laissa l'entière maîtrise de la dague. Il faut dire que, jusqu'à présent, elle n'avait jamais senti pareille vague monter en elle – que dis-je une vague – pareil tsunami. Si les parois, de par leur finesse, s'étaient alors abattues, livrant la cérémonie à la vue de tous, rien n'y aurait rien changé.

Plus elle travaillait le sujet et plus il se mordait les lèvres, probablement pour éviter tout signal sonore. Ses yeux se braquèrent sur cette sirène qui le vidait tout-à-coup de tout son être ou de tout son amour. Bien qu'il eût provoqué cette union, il perdit tout contrôle. Hagard tel un dément il acceptait la punition aussi bien que la récompense.

Fantasia continuait de souquer, n'ayant jamais entraperçu pareil horizon. Elle s'apprêtait à passer le cap Horn – *Horny Cap* au sous titrage – bien qu'aucune peur ne la saisît. Tout au contraire, elle entrevoyait un océan immense qui allait se livrer à eux car son partenaire faisait bel et bien partie de son expédition au-delà du plaisir.

Leurs soubresauts devaient faire des vagues, vu que les cloisons de contreplaqué marine se mirent à trembler. On était attentif à l'exploit retransmis en direct, pour public averti. À cette heure-ci, les enfants étaient encore à l'école et il n'y avait rien à craindre de ce côté-là. Chacun retint son souffle.

Un ange se tint en suspension au-dessus de la cabine. Il avait été délégué de la part du Très-haut afin d'attester de cette nouvelle preuve d'amour. D'une blanche plume que nul ne vit il baignait en un éther sacré, attendant bouche bée le dernier tremblement, le plus fort, le plus irrépressible, avant de ratifier l'acte d'amour. Eux seuls, Dimitri et Fantasia, soutinrent sa présence bienfaitrice.

N'en pouvant plus à la corne de ses paumes s'échinant à

Érotique Fantasia

l'ouvrage, Fantasia lança l'ultime offensive. Les trompettes de la renommée accompagnèrent son initiative. Tout bascula l'instant d'après lorsqu'ils dépassèrent cette côte, inaccessible pour la plupart, et que l'immensité les emporta de son infinie générosité.

Lorsqu'ils recouvrèrent leurs esprits, sous la coupole du haut plafond de cette piscine, ils comprirent qu'ils avaient fait des émules. On parlait plus fort que de nature et les voix s'entremêlaient aux résonances extérieures.

Fantasia se dégagea. Elle effectua une toilette sommaire de sa serviette de bain. Puis, sans s'occuper de Dimitri qui cachait l'objet du délice pratiquement sous un mouchoir de poche, elle recomposa au plus vite la jeune femme anonyme qui s'était présentée, deux heures auparavant, au tourniquet.

Dimitri voulut la saisir une nouvelle fois par l'arrière, mais elle s'escapa sans condition :

« Bon sang, faut que je file ! Je prends les devants. Débrouille-toi avec la meute de tes supporters.

_ Attends-toi à signer des autographes, railla-t-il, tu viens de battre tous les records de plongée, ma caille !

Elle n'avait plus une minute à perdre si elle voulait éviter le scandale.

Le loquet se dégagea sans surprise alors que nombre de badauds s'étaient massés, obstruant le passage. Mais elle ne s'encombra d'aucun principe. Telle une star reconnue en un lieu public elle visa la sortie, droit devant, repoussant d'une plate indifférence les visages sordides qui l'auraient tout autant abordée pour lui tirer un bécot.

Plus que quelques mètres... le tourniquet refusa de faire volte-face. Il afficha un bip sévère et une croix rouge lui barra la sortie. Déjà une paire d'yeux aussi longs qu'une jumelle optique la reluquait au-delà du guichet. Enfin l'automate se lava de toute responsabilité.

Elle courut, plutôt qu'autre chose, emportée par la pente de la rue Bobillot. Ce ne fut qu'au passage de Saint-Anne-de-la-maison-blanche qu'elle se sentit enfin absoute. Se perdant à la foule des passagères qui ignoraient tout de son merveilleux supplice, elle fut envahie d'un immense bonheur, un contenu trop important pour que son corps contenant ne pût le contenir.

Elle se mit à rire à qui voulut bien l'entendre.

Les piétons, de fait inquiétés par cette joie qui ne courait pas les rues, l'évitaient d'un espace qu'ils crussent de sécurité. Elle parut folle à tous, mais elle se savait investie d'une douce folie. Cependant aucun agent de l'ordre ne l'aborda pour contrôler son carnet de santé, attendu qu'il y eût mieux à gagner en vérifiant le ticket horaire des véhicules au stationnement délimité.

Quand son fou-rire s'estompa sous l'effet de la morosité ambiante, elle réalisa que son amant virtuose ne lui avait glissé aucune carte à l'élastique de sa culotte. Même jour, même heure, pensa-t-elle soudain. Le rendez-vous hebdomadaire venait de se fixer de lui-même.

Nul ne sut comment Dimitri avait réussi à éviter le pugilat si légèrement vêtu au sortir d'une cabine d'ores et déjà classée...*X*.

On comprend combien alors Fantasia fut bouleversée : elle avait pénétré l'amour, et vice versa...

Le *47* n'était plus à sa pointure. La rue de la Gaîté faisait triste mine comparée à son bonheur. Elle voulut soudainement partager avec tous. Renversant la crème tiède de sa nature, elle goûta à la communication comme au caramel. C'était au banc public, pour peu qu'un ancien partageât ses planches et ses souvenirs ; à la queue, pour acheter sa baguette, à condition qu'une petite fille la mangeât du regard telle une poupée géante ; avec untel caissier rivé à son scanner, lequel caissier aurait préféré pousser à longueur de journée tous ses codes barres devant les yeux miroitants de cette Fantasia-ci. Et mille et une occasions encore...

Elle avait été limite bêcheuse par son indifférence : elle devint publique. Les démarcheurs au code gilet couleur la prirent en affection. On lui aurait volontiers confié toute cause à défendre. Mais elle n'avait nul programme politique en son cabas, pas plus fermé que cela. Elle était devenue la semeuse qui tira à sa bandoulière les graines de l'amour pour les lancer à qui voulut bien s'éprendre.

En une semaine, à peine, sa vie venait de basculer. Dimitri avait placé la graine en son for intérieur. La prise avait été directe ; la pousse stupéfiante.

Au jour et à heure dite, elle opéra son retour à la Butte-aux-cailles. Par précaution elle avait regroupé ses cheveux en un bandana rose et s'était en partie dissimulée derrière de larges lunettes de soleil. Une star sait d'ordinaire comment jouer avec sa célébrité. Elle était convaincue que le premier rôle qu'elle jouât à la piscine l'eût placée au-dessus des autres protagonistes, même les plus belles. Mais elle ne voulait pas non plus s'en glorifier outre mesure.

Ainsi affublée elle entra incognito.

Tout s'enchaîna alors comme de coutume. Son maillot plus classique et à deux pièces n'enlevait rien de son charme, tout en proposant une sportive sobriété.

Quand elle pénétra au bassin, elle eut cependant un haut-le-cœur qu'elle prit pour un déjeuner trop récent. Mais, avant de se mouiller entièrement, elle appliqua un rapide tour d'horizon : nulle vision de Dimitri. Elle se donna l'avantage d'être arrivée à l'avance et se gratifia d'un aller-retour aux cinquante mètres, nage libre.

Érotique Fantasia

La centaine avalée et digérée d'autant mieux qu'elle avait réussi à allonger sa brasse, elle se cramponna à l'arête du carrelage. Alors, seulement, elle commença de réaliser : si Dimitri n'était pas dans les parages, ce fut qu'il ne viendrait pas ! Une peur panique s'empara de tout son être. Bien sûr, il avait pu avoir un empêchement ainsi qu'il en va de l'existence des adultes. Mais si tel n'était pas le cas... L'avait-il prise à la dérobée ? Opérait-il çà et là afin de multiplier ses chances ? Était-il addictif au sexe ?

Elle frissonna au-delà de la température tout à fait acceptable du bain. Et elle pleura, lentement, longuement, mêlant ses larmes au milieu aquatique qui lui avait pourtant révélé la plus belle leçon de vie.

Ce bain privé de Dimitri l'avait refroidie. Toutefois elle ne dérogea pas à sa règle sportive en matinée, simplement elle vérifia autant que faire se peut ses jours d'apparition. Il y eut évidemment d'autres poissons mâles qui mordirent à l'appât de ses charmes. Mais aucun de lui ressembler, ni au fond... ni à la surface.

Elle se décida en désespoir de cause de trancher la question rationnellement : soit il avait quitté le quartier pour quelque raison personnelle, soit il évitait la piscine afin de ne pas donner suite à leur union d'un jour.

Premier cas : rien à faire !

Second cas : plutôt que de recourir aux services d'un détective, il fallut qu'elle le devînt. Ah ! la belle affaire...

Grâce à son poste de direction elle se mit à changer perpétuellement de créneaux et, bientôt, ses collègues s'attendirent à la voir surgir d'un instant à l'autre. Tout comptes faits on n'y prêtait plus garde. Elle fut communément affublée du sobriquet de « la fantomatique » remplaçant définitivement « la fantasia ». Elle n'en eut cure.

Aussi plongea-t-elle à la Butte-aux-cailles à l'improviste, et pas qu'au bain, bien entendu.

  Il y a en ce quartier réputé pour sa convivialité tout un noctambulisme, de boisson comme de restauration, de la tombée du jour à pas d'heure, de conversations à tue-tête se mêlant au tintamarre des ambiances musicales, festives. On y rigole haut et fort d'un bistrot à l'autre, et d'une crêperie à la pizzeria.

  Elle comprit qu'en acceptant de se fondre en cette populace dévergondée, elle pouvait y confondre à tout hasard son *Dimitri*, mais surtout qu'elle pût habilement glaner quelque information à son propos. Après tout, au vu de son calibre de séducteur – elle dut admettre qu'elle ferrât un gros poisson – d'autres belles pièces avaient pu faire les frais de sa dentition de requin. Elle partit alors d'un principe : ni *Fantasia* ni flic. Ainsi elle devrait bousculer son style et se créer un personnage entre *cool* et *class* , qui ne livrerait pas ses origines, mais qui l'autoriserait d'investir tous les milieux.

  Fantasia la fantomatique se fit fantasmagorique.

Érotique Fantasia

Érotique Fantasia

IX

Et voici comment elle fit sa première apparition rue des *cinq diamants*.

De loin, se qui frappait le plus l'attention, c'était son béret ; elle y avait ramassé ses cheveux. Placé la pointe à l'envers, il donnait à repérer un large front grenat. Puis il y avait la veste militaire, forcément kaki, qui complétait à point nommé son couvre-cheffe. Une sorte de blue-jean, sous forme de pièces rapportées, ne témoignait pas du meilleur effet. Après tout, elle voulait se faire commune, non !? In fine ses pieds semblaient affublés d'une paire d'échasses. Rassurez-vous, rien de tel à dire vrai... Seulement, elle avait fait l'acquisition d'une paire de pompes typées sport dont la semelle aussi large que haute et d'une teinte résolument noire la faisait rouler tel un poids-lourd.

Assurément, elle était ainsi moins jolie. Encore que, passée une première présentation distante au coin du comptoir, il aurait été évident de noter qu'une réelle finesse se cachât sous l'apparat grossier d'une banlieusarde ou plutôt d'une

Érotique Fantasia

fille simplement mal assurée.

Elle y alla donc par touches. Elle ne cherchait pas à forcer les rencontres. Une voix intérieure lui prodiguait d'oser des contacts hasardeux pour mieux retrouver la piste de son *Dimitri*. Et puis, à l'évidence, il était hors de question qu'elle dévoilât son jeu.

Dans le prolongement des *cinq diamants*, on redescend la butte par la rue dite de l'*Espérance*. Pour conjurer le sort, elle se refusa à l'emprunter et vira résolument à gauche sur la voie dite de *la butte-aux-cailles* car, indiscutablement, l'activité s'y concentra. Les bistroquets s'y emboîtaient les uns après les autres et aux trottoirs de droite autant que de gauche. Une rue qui, en pleine journée, ne paraissait pas plus intéressante qu'une autre, se transformait dès la nuit tombée. Il sembla alors qu'il y eût un cri du loup, loup-garou perçu uniquement des initiés, et qu'une horde de vampires assoiffés de mousses grasses et de vins coulés de la dernière saignée gagna prestement cette artère qui trancha catégoriquement avec celle de la Bièvre.

Si du côté des bassins on glorifiait l'eau et ses bains de jouvence, au faîte de *la butte* il fallut que la joie coule à flots, dût-on recourir aux degrés les plus élevés.

Malgré le masque habilement composé Fantasia connut une période d'adaptation. Les infusions qu'elle pratiquait naguère ne l'avaient pas préparée à pareil régime. À ses premières sorties, elle voulut se préserver de cette transfusion alcoolique qui mettait tout le monde en accord jusqu'à ce que les nouveaux rayons du soleil fissent fuir ces buveurs impénitents.

Mais elle comprit aussi qu'à se refréner de la sorte, elle ne tirerait que des informations superficielles, lesquelles ne lui seraient d'aucune utilité si le *Conte de Dimitri* avait laissé quelque morsure au cou d'une belle...

Érotique Fantasia

Place de la C*ommune de Paris* avait-elle élu ses quartiers.

On la désignait dorénavant sous le pseudonyme de « Fanta », la prenant pour une authentique chroniqueuse du *World Wide Web* . Elle apparaissait d'ailleurs en des sites ouverts à tous pour quelque critique condensée et expéditive à l'égard d'ouvrages qui lui tombaient sous la main. Ainsi faisait-elle feu de tout bois entre les sollicitations qu'elle recevait à la médiathèque et l'enveloppe de sa seconde vie. Le plus étonnant dans tout ça fut qu'elle se prit au jeu.

Cet avatar, limite rebelle et dévergondé, qu'elle épousa la nuit alors que de jour elle se cantonna à son rôle de fonctionnaire lui alla comme un gant. Elle aurait presque pu en oublier l'objet de son travestissement, si ce ne fut que son corps se rappela régulièrement à son désir et qu'alors la moiteur de la piscine lui manqua autant que la mer au barracuda.

Progressivement, elle augmenta son taux d'alcoolémie. Étrange à dire tant son être se pliait à la contrainte. Chez les noctambules les degrés se gagnent aussi vite que le thermomètre en été. Et, inconsciemment, elle se crut maîtresse du mercure qui coulait en ses fines veinules bleutées.

Toutefois, les conversations bien arrosées avaient beau refaire le monde, on en revenait toujours à quelque heure tardive à la question qui tailladait le bas-ventre. Fanta restait évasive. On la crut « LGBT+ ». Les filles commencèrent de la trouver plus que « sympa » ; les garçons flairèrent le bon coup via l'iconoclaste. Aussi dut-elle déplacer quelques mains chaudes qui, amicalement, voulurent se glisser à l'entre-cuisse. Les femmes ne se mirent pas de gants. Il leur sembla sans doute qu'au plus profond de la nuit, tout fut permis. Mais l'insistance n'était pas de mise et la voisine bien souvent plus compatissante. Chez les mâles la tactique suivait le plus naturellement la piste du chasseur.

Il advint de la sorte qu'on la traquait lorsqu'elle se rendît aux toilettes, ou tout au moins qu'elle s'écartât de la meute des fêtards. À plusieurs reprises elle dut s'enfermer dans les commodités et attendre que le loup cessât de faire les cent pas alentour. Elle aurait volontiers échangé deux douzaines de ces petits voyeurs au trou de serrure contre un seul *Dimitri* . Mais voilà, il ne se montra pas et, plus maléfique encore, il n'eût laissé aucune trace.

Cependant le corps a de ces besoins contre lesquels la raison reste impuissante.

Ce fut à cette époque que Fanta se retrouva au *Temps des cerises* . Elle y sirotait une *Kriek* tout en ayant échoué au comptoir. Mais elle se faisait pas mal bousculer par le charivari du moment. Incommodante aux serveurs endiablés elle se laissa happer par une chaise soudain libre, autour d'une table qui pratiquait l'expression croisée. Ainsi pouvait-on définir ce type de conversation où tout le monde semblait parler en même temps, avec des croisements de sujets des plus incongrus.

À l'atterrissage de son fessier elle eut la plus saisissante des impressions : celle d'arriver sur une autre planète. Puis, dorénavant convertie à cette approche des relations vocales toute spécifique à la *Butte*, elle cala la longueur d'onde de son écoute aux meilleures formulations.

Cette Amélie-là qui débitait à tue-tête son histoire personnelle retint d'emblée son attention. (Nous allons comprendre pourquoi.) Dans le carambolage des mots qui se déversaient à la tambouille de cette tablée, celui de « piscine » vint à éclabousser aux pavillons de Fanta. Elle avait sans doute tant espérée qu'on plongeât en son propre bac que pour un peu elle eût pu ne pas l'entendre.

Elle se prit à dévisager la narratrice d'un intérêt extraordinaire ; une fille assez fluette, plutôt mignonnette, des cheveux bouclés châtain foncé tombant sur ses épaules dénudées, une robe rouge avec de fines bretelles qui tentaient inconsidérément de retenir une poitrine démoniaque. Il faut aussi rajouter une paire de lunettes énorme qui mettait rondement en valeur ses petits yeux noisette. Et puis, surtout, comme un cheveux sur la langue qui lui conférait, en association avec son timbre de voix aigu, l'élocution d'un personnage de dessin animé.

En un instant Fanta pensa qu'elle possédât, cette Amélie que voici, tous les atours d'une minette à draguer entre deux brasses, voire trois embrassades et, finalement, une baise sous la douche. Rien de plus facile dès lors que de vanter les mérites de cette piscine : « Depuis que je l'ai découverte, je ne peux plus m'en passer. J'y viens un peu n'importe quand, je nage furieusement et je repars pas plus tard que quarante minutes après, à la fois relaxée et bien fatiguée, infiltra-t-elle sous le regard pas plus surpris que cela de son intrusion sans invitation à la conversation.

_ C'est tout comme. Je ne traîne pas. Pourtant j'avoue parfois me laisser aguicher par un plongeur plus regardant que les autres, repartit Amélie.

_ Ah, mais dis plutôt que tu uses de ton bikini à mailles ouvertes pour exciter les faux-nageurs... mais vrais dragueurs ! compléta sa copine qui ne bénéficiait pas à coup sûr d'un physique de surfeuse ou alors elle avait dégoté une licence de plongeuse en bombe.

Fanta remarqua que Amélie commençait à s'échauffer. D'ailleurs elle happa une serveuse entièrement tatouée des pieds à la tête – pour le peu qu'on pût en juger – et héla le renouvellement des boissons où Fanta suivit la mise.

Érotique Fantasia

Ses yeux pétillaient maintenant tels des joyaux placés en vitrine. On allait passer à du cru et du bon si l'on en jugeait par le sourire béat qui faisait rougir sa partenaire à laquelle on n'empruntait jamais le shampoing près des douches.

Notre héroïne arracha son béret et exposa ses cheveux d'encre coiffés en bulbe. Amélie la remarqua, de fait. Elle la trouva aussitôt charmante. Elle y vit comme un miroir à sa propre personne et n'eut dès lors plus aucune résistance à déverser son aventure au magazine féminin dont la rédaction spontanée venait de se décider à l'unanimité.

Amélie osa dérouler le papyrus rose de son roman.

« Pour me délasser des comptes dont les chiffres me brouillent un peu plus la vue jour après jour, je m'échappe du ministère par le pont de Bercy et, de la place d'Italie, je me laisse convaincre par *Bobillot* pour échouer, presque abrutie, au ras des bassins. Dans le cabas qui accompagne mon cartable je possède l'apanage de la sportive aquatique. Bref... je vous passe les détails matériels et j'en viens au « cœur » du sujet...

_ Ah, pardon ! tu l'écris avec un « C » ou un « Q » ? fustigea sa copine qui attendait plus que les pages maillots du catalogue des *trois suisses*.

_ Tu sais que le *Q* , c'est bien souvent le Cœur fendu en deux, relança Amélie.

_ Joli coup, ma foi ! assura Fanta, histoire de se rapprocher des deux autres.

_ Bon, si vous me laissez continuer, je peux affirmer que j'apparais à la *Butte* plusieurs fois à la semaine. Je nage pas trop mal (vous pouvez me croire sur parole) et je rivalise même avec des marlous qui se la pètent au couloir central, celui des cracks.

_ Une fois je m'y suis vautrée, j'y ai bu le mug et perdu mon

Érotique Fantasia

slip... Oh la cruche ! J'ai été récupérée in extremis par un super maître-nageur, surenchérit la copine, toujours en verve.

_ Et il t'a pratiqué les premiers secours au bouche à bouche ? dit, pince sans rire, Fanta.

_ Pas du tout. Il a repêché mon bikini tout au fond et l'a hissé comme étendard : la honte ! vous pouvez pas savoir. On ne m'y reprendra plus, conclut, dépitée, la copine.

_ Vous ne me facilitez pas la tâche, les filles. Laissez-moi aller jusqu'au bout : je vous assure que cela en vaut la peine, reprit Amélie.
« Voilà-t-y pas qu'un soir, alors que j'étais venue à la limite de l'horaire de fermeture, et que le bassin a fortiori se fut vidé de ses plus gros poissons, je me retrouve à deux, face à un nageur aguerri que je n'avais jamais remarqué jusqu'ici.

La copine agrandit la poche de son œil droit comme à apprécier le blanc de sa sclérotique.
« C'était fatal, enchaîna Amélie sans tenir compte des pitreries de l'autre, on allait sortir du bain à la même heure relativement au coup de semonce du haut-parleur au message automatisé.
« Aussi trempés que gênés, mais je parle pour moi, nous fuyons par les douches qui ramènent aux casiers et cabines de change. J'évite instinctivement le jet d'eau, pourtant neutralisant, car je ne veux pas me retrouver à échanger le gel de douche...

_ La serviette et les poils : continue, je me sens toute mouillée, ricana en solo la copine.

_ Je m'empresse d'arracher mes affaires au coffre et je fais mine de me croire seule dernière à la piscine, m'infiltrant à la première cabine, narra encore Amélie avant d'avaler une large goulée de bière qui en d'autres temps l'aurait empêchée de remonter à la surface.

« C'est au moment où j'ai repoussé la porte pour tirer le loquet que j'ai compris mon erreur : il était rompu ! Je n'ai pas eu le temps de ressortir que le gars s'est rappliqué avec son tourne-vis...

_ Ha, ha ! pitié! tu l'écris comment... vice !?

Le récit fut forcément interrompu. Amélie l'avait bien cherché. Il fallut concéder une plage de relâchement avant de recouvrer le sérieux nécessaire à l'épilogue d'une romance si bien engagée à pareille heure de l'apéro.

« J'étais paniquée, totalement tétanisée, attesta Amélie en un instant terriblement sérieuse. Seul à seul dans les vestiaires, avec un gus que je ne connaissais ni d'Adam ni d'Eve, de surcroît à l'heure de la fermeture du bassin. Tenez-vous bien, j'ai la vision qui s'est troublée, un bleu d'encre a noyé mes yeux, et je me suis effondrée. »

Les filles qui jusque là buvaient autant leur bière que la narration d'Amélie devinrent stoïques. La comédie virait à la tragédie, un mélange de genres au goût amer. On dut attendre que la malheureuse expulsât le choc qui venait de la frapper une seconde fois. Mais, contre toute logique, Amélie changea de face et fit apparaître un nouveau masque souriant.

« Ne vous mettez pas dans des états pareils, bécassines ! reprit-elle. Lorsque je suis revenue à moi, j'étais allongée aux banquettes rigides près de l'entrée, au point même où toute personne est censée se déchausser. J'étais emballée d'une couverture de survie et, à l'ouverture de mes paupières, je reconnus le nageur en question, discutant avec le guichetier, probablement responsable de la liquidation des lieux. Ils devaient avoir évoqué l'appel des secours d'urgence, mais celui qui m'avait rattrapée dans ma chute ténébreuse soutenait mordicus que ce déclin à la tension était déjà compensé. Il n'y avait pas lieu de me créer un problème hospitalier insensé et que, d'abord, la voici qui reprend à vue d'œil des couleurs !

« Le guichetier devait être pressé de regagner sa petite famille ou bien sa petite copine, et il se rangea à son jugement. Enfin le gars se présenta sous le prénom de Dominique. Il affirma travailler dans la sécurité et bien connaître cet établissement. Les choses me paraissaient un rien confuses, mais lorsque je me repositionnais sur mon séant, je me sentais soulagée.

« Il me pria d'aller récupérer mes affaires et de me changer à ma guise à la cabine où rien n'avait été déplacé. Il ne bougerait pas de l'accueil avant ma sortie définitive. Ce qu'il fit d'ailleurs.

« Quand je me représentais à lui en tenue de tous les jours, ils s'était lui-même redonné l'allure de tout un chacun et emprunta la sortie en m'accompagnant. Puis, étrangement, il badgea les issues et se proposa spontanément de m'offrir une boisson chaude pour me remettre de mes émotions. Je ne pouvais décemment décliner son invitation. Et voici comment nous nous sommes retrouvés tête à tête au premier rade de la Butte-aux-cailles. »

Les têtes étaient chaudes, d'autant que l'on entamait une énième tournée.

Fanta, l'inspectrice, malgré son état d'ébriété caractérisé, notait mentalement chaque précieux détail. Coup sur coup elle avait découvert que Dimitri et Dominique ne faisaient qu'un seul et même dragueur – qualité qui venait de se vérifier au passage – mais aussi qu'il fût en mesure de verrouiller/déverrouiller l'huis de la piscine.

La copine assez déchirée – faut-il le préciser – avait choisi la fin de ce chapitre pour se délester d'un surplus de liquide à l'arrière-salle.

Amélie ménageait ses efforts. Dans l'intermède, elle fixait au-delà de l'ambre de sa bibine comme si elle perçût l'avenir au travers de sa chope.

Fantasia tentait de maintenir Fanta à flots. Le noctambulisme avait de ces contingences lourdes de conséquences au physique fluet de sa personne. Mais la motivation était trop forte. Fantasia sentait effectivement que son double était en passe de décrocher le pompon, ou plutôt la paire d'un sacré minet !

« Alors tu le craches le morceau ! Maintenant que tu nous as bien faites saliver, on voudrait savoir comment il t'a pécho... Et, teu teu teu... n'oublie pas les détails croustillants, Amélie-mélo !

La sus-désignée eut un coup de fouet. Elle quitta son songe, probablement d'une douceur toute romanesque, pour revenir à la réalité que lui imposait son récit en direct. Elle respira à fond, cherchant à rattraper le cordon libre de sa verve érotique :

_ Voilà, c'est bien simple, vous pouvez l'imaginer un jour comme aujourd'hui, planté au poste de l'une d'entre vous...

_ Vas-y, fais-moi les yeux doux, je ne reculerai devant aucune de tes propositions, ma chatoune, emboîta la copine telle une proposition habilement glissée, l'air de rien.

_ Eh bien, détrompez-vous. Au cours d'une discussion du tout et du rien, je l'ai senti sacrément affecté et pas du tout triomphant sur sa prise. Des problèmes familiaux évidents – séparation, alternance d'enfant – lui conférèrent aussitôt le charme d'une bête superbe qui s'est faite prendre au piège. Il devenait attendrissant... et je ne savais trop comment j'allais résister s'il faisait le premier pas.

Fanta qui n'intervenait jamais depuis le début voulut en placer une, facile, histoire de se faire remarquer :

Érotique Fantasia

_ Alors il t'a pris la main gentiment et il t'a faite rouler à la première chambre d'hôtel à droite en descendant la rue de l'*Espérance* .

Amélie la regarda consternée par son assertion :

_ Mais c'est pas Dieu croyable : tu y étais ou quoi ?

La copine y alla de son rire gras :

_ Ben, c'est que t'es pas la seule à connaître ce type de grand amour. On est toutes passées par là au moins une fois... Allez, fais-moi entrouvrir un petit peu plus : c'est quoi sa position favorite à ton sauveteur : P.L.S... Pelle, Lèche, Saillie !

_ Mais tu n'y es pas du tout, ma pauvre idiote ! éclata Amélie. Figure-toi que c'est le grand tremblement entre nous et qu'on continue de se revoir à chaque fois qu'il est dispo... »

Puis elle prit une mine assez contrariée, avala une large goulée de bière qui lui coula via les commissures dans le cou, et elle s'arrêta cul-sec de poursuivre un discours si bien engagé.

La copine ne sut plus si elle devait rire ou pleurer. L'alcool l'avait déformée et lui avait fait perdre la raison. Pour un peu elle aurait bavé sans s'en rendre compte. Seule, Fanta restait digne en son personnage bien huilé. Elle venait incidemment de deviner qu'elle allait pouvoir le rattraper à l'orée d'un hôtel, peut-être bien toujours le même, sachant qu'a priori ce gigolo-là composât avec un sacré emploi du temps pour satisfaire toutes ses aptitudes, périodiquement.

Fanta versa aux fêtards anonymes de la *Butte* tandis que Fantasia se réveilla en son plumard. Si ce n'était la gueule de bois, cela y ressemblait, méchamment.

Elle se saisit d'un gant de toilette, bien plié au meuble haut, et, le rapportant à la cuisine, elle le fourra de glaçons au cubisme indéniable, puis s'en tamponna le front à l'orée de sa végétation capillaire.

Érotique Fantasia

Qu'allait-elle devenir ? Ou plutôt, que voulait-elle faire ? La raison commanda de renouer de proche en proche le contact avec le bel Amore jusqu'à sa reddition inévitable, quand bien même elle aurait dû user outrageusement de ses atouts charnels.

Cependant il ne s'agissait plus de s'adonner au petit jeu sadomasochiste qu'elle distillât naguère. Son corps avait reçu une déflagration comme elle n'en eut jamais osé envisager l'existence auparavant.

Ainsi donc, il était possible d'aimer de la sorte. Que ce fût Dimitri ou Dominique, qu'on le surnommât Dandy ou Dany, ce gars-là avait percé son être à jour.

De l'eau lui coula au long de son avant-bras qui maintenait la position supérieure. Ç'aurait pu être des larmes ou du sang tant la situation actuelle la déchirait de toutes parts. Elle découvrait incidemment que la raison n'avait aucune emprise en cette matière. Voilà qui expliqua toute cette littérature qu'elle dédaignât de par le passé.

Le gant se fracassa au lavabo. Le mal était partagé. Elle s'était couchée négligemment en maillot et culotte, lesquels finirent piétinés au tapis. À la douche elle inversa le mitigeur, reçut une bonne giclée d'eau froide, insulta le constructeur allemand qui avait pourtant élaboré ce précieux objet, renversa la vapeur, ne sentant rien venir intensifia exagérément la pression et s'aspergea d'une rasade brûlante qui acheva de lui décoller les méninges.

Alors elle tomba nue et, en partie mouillée, au ras du bac, serrant le pommeau de douche tel un dictaphone auquel elle confia en dernier ressort : « Chienne de vie... je le voulais ce putain d'amour... pas comme ça, non, non !... cela fait trop mal... et encore, le reverrais-je une fois, une fois seulement ?... je n'ai pas même pu profiter de ses lèvres alors que lui a abusé des miennes. »

Érotique Fantasia

En cette position de grenouille au fond du bocal elle se relâcha, laissant une tache jaune d'urine colorer l'émail encore blanc l'instant passé. Ses larmes délayèrent cette incontinence dont elle oubliait la source. Le drame de son cœur venait de s'épancher. En d'autres circonstances on aurait pu lui trouver une teinte de jus de fruit.

Qui sait combien de temps elle resta écrasée de la sorte sous son fardeau corporel ?

De guerre lasse, Fantasia redevint la beauté inaccessible qu'elle avait toujours été. Aussi froide qu'une actrice *hitchcockienne*, on l'admira sans oser même la pincer.

Alors elle se conforta en son emploi du temps type. Son activité sportive replongea à la matinée. D'ailleurs ce n'était plus seulement des lunettes de plongée dont elle se parait, mais de véritables œillères la maintenant à distance de quelque nageur que ce fût. Son tracé était à ce point banalisé qu'on aurait pu marquer le carreau où elle posait son pied droit et à la virgule-horaire près.

Elle tentait toujours de gagner le couloir central qui hébergeait les forts en bras mais son corps, malgré ses efforts répétés, se refusait à faire le pas. Indéniablement, elle souffrait le manque de technique. Demander l'appui d'un maître-nageur ? Ah ça, non alors ! Si d'aventure elle surprenait à la dérobée le regard de l'une de ces bestioles se poser sur son bonnet de bain, elle piquait aussitôt une section sous-marine dont elle possédait désormais l'agilité.

Ce matin-là, elle vaqua à son activité robotisée. À peine si la température, un rien fraîche au grand bassin, réveilla sa curiosité. Sinon elle installa ses allers-retours rituels en prenant soin de ne jamais perdre de vue la ligne de fond tandis que des nageurs, compétiteurs, la dépassaient régulièrement sur son flanc droit lorsqu'elle remontait le courant, si l'on peut dire.

À l'opposé, bordant les nageurs encore moins aguerris qu'elle-même, elle avait la fâcheuse tendance à lever le pied, mais son plaisir était ainsi décuplé par la sensation d'un ralenti tout en douceur à son corps suspendu. Pourtant un homme la croisa puissamment à contre-sens, s'étant visiblement sous estimé en ses capacités.

L'espace d'un instant elle frôla la panique. Mais son système de sécurité lui commanda de disparaître au plus pressé et elle plongea au plus bas, évitant de fait le missile qui eût pu être gravé à la marque de « DIMITRI ».

Elle retint son souffle comme jamais, se permettant ainsi de toucher le parapet, la tête encore sous l'eau. Telle une bête apeurée elle montra tout juste son museau, respirant sauvagement. Dès lors elle n'offrit que la moitié de son visage à découvert. Elle observait.

Dimitri, après plusieurs hésitations, ayant inspecté du regard les autres voies d'eau, se hissa en puissance hors du bain. Il revenait maintenant en sa direction. Fatalement, il allait se porter à sa hauteur. Quand il eut parcouru la moitié de la distance et que sa vive acuité visuelle lui aurait permis de la remarquer, tremblante, telle une arapède à son rocher, elle se laissa couler, les poumons chargés à en faire péter sa cage thoracique.

Dès qu'elle fut à bout, elle réapparut à la surface et constata la disparition de son bien-aimé. Aussitôt elle se dirigea vers l'échelle pour y prendre la sortie. À pas maîtrisés ce coup-ci, elle longea le couloir. Aux douches, elle le retrouva de dos. Il s'aspergeait avec fort plaisir. Elle resta aux aguets, puis, d'un bond, fila droit à sa consigne où elle récupéra ses affaires qu'elle enfila derechef sans aucune hygiène.

Mais elle sortit au plus vite. Ensuite, au jardin surplombant, elle se plaça sans offrir le moindre détail caractéristique de sa personne. L'histoire se déroula ainsi qu'en un songe. Car Dimitri finit par ressortir à son tour. Il monta *Bobillot* de son pas alerte. Seuls, ses cheveux peignés en arrière dénotaient d'une douche récente.

 Il n'y eut plus à hésiter. Elle le prit en filature.

 Combien de fois avait-elle été marquée à la culotte de la sorte par un inconnu ? Les choses avaient l'art de se contredire. Voici donc qu'elle entonnât le thème de « l'arroseur arrosé »... Non pas quelque *Fanta*, bringueuse narcotique, qui chassait le moucheron au cul de la choppe ; Fantasia, oui, elle-même, à la recherche du désir perdu.

 Dimitri tenait le trottoir de gauche en visant la place d'Italie. Pour sûr il ne put avoir la sensation d'être poursuivi de l'une de ses conquêtes : quelle absurdité ! Il allait donc, assuré, portant à l'esprit une intention irrévocable dans l'instant. Il y avait suffisamment de charroi au boulevard ainsi qu'à dissimuler la poursuite de Fantasia. D'ailleurs elle-même avait opté pour un pas désinvolte, mais qui maintenait cependant une distance fixe avec son gibier.

 À un moment, sans raison apparente, Dimitri stoppa sa progression et se gara au côté. Comme il oscillait du tronc, elle crut qu'il pressentait sa traque. Son regard tel que placé pouvait incidemment la deviner. Elle se renversa aussitôt et fit mine de reluquer une location à la devanture d'un marchand de sommeil. Dans le reflet elle saisit qu'il observait la circulation et, de fait, il traversa d'un bond de chat qui échappe au mauvais plan du garnement.

 Fallait-il qu'elle fût si trouillarde pour se faire lâcher de la sorte !

 Elle dut se presser car il avait tendance, désormais à sa dextre, de lui glisser entre les pattes. Enfin elle aussi put changer de bord. Cependant il avait creusé l'écart. Elle ne voulait pas se mettre à courir et attiser une attention à son égard tout à fait malvenue. Ses petites jambes ne jouaient pas en sa faveur. Elle pédala, transpirante, et déboucha sur la place, côté esplanade de la galerie marchande.

Or Dimitri avait réussi à se fondre à la foule, plus encore dense en ce lieu d'échange permanent. Pour autant il n'avait que quelques longueurs d'avance et ne se doutait pas de surcroît de sa présence arrière. Forcément, il venait quelques instants auparavant de se faufiler à l'intérieur. Elle en était certaine !

Elle entra prestement. Jouant des coudes pour gagner en efficacité, elle ne différait guère de ses semblables parisiens, inlassablement pris de la même frénésie.

Le *mall* se présenta immense à son entrée. Elle se donna le trajet le plus évident, droit devant elle. Alors qu'elle tourna au premier couloir qui l'avait logiquement aspirée, elle observa net et clair son bonhomme à la devanture d'une boutique. Son freinage intervenait à point nommé. Un temps plus tard, elle aurait pu percuter Dimitri et se mettre dans de beaux draps, façon de parler.

Une joaillerie l'accapara plus que de coutume. Enfin il entra. Elle se décida donc à en avoir le cœur net. Aussi marcha-t-elle rapidement droit devant elle, s'accolant au premier étranger venu pour bénéficier de sa couverture. Mais, à l'aplomb de la boutique, elle flasha d'un coup d'œil, remarquable de précision, l'enseigne, y intégrant l'image de Dimitri fondue au dépliant qu'elle venait d'enregistrer.

À gauche et un peu plus loin, la sortie versant sur l'avenue d'Italie lui fut proposée. Elle n'en demandait pas plus. Redevenue soudain le quidam au pavé de Paname, elle déplia mentalement son prospectus : « LES CLÉS DU COLISÉE. » Ainsi donc il avait contact avec cette serrurerie. Il pouvait bien y travailler puisqu'il avait évacué Amélie via un badge de sa confection. Évidemment, il savait comment trafiquer la moindre serrure et plus encore le simple loquet d'une cabine de change...

Elle se prit tout-à-coup à sourire : manquerait plus alors qu'elle appelât en détresse ladite boutique pour un blocage à son domicile.

« Mais tu ne vas pas mieux, non !? » pensa-t-elle en son esprit visiblement tout excité.

Cela la chatouillait. L'histoire n'arrêtait pas de turlupiner ses réflexions. D'autant que Amélie n'eût pas tout dit, ou bien peut-être déjà trop... à savoir combien d'*Amélie* Dimitri visitait dans le mois ? Ce passe-partout avait le vice de la serrure et faisait sauter tous les verrous !

Bientôt deux sentiments se contrarièrent en elle : d'une main, elle souhaitait à tout prix reconquérir le merveilleux séducteur, et plus encore..., de l'autre, elle lui aurait volontiers botté les fesses – après les avoir un temps caressées à satiété – pour le punir de ce *Don Giovannisme* maladif qui tua d'office toute relation sincère et durable.

Mais, dès lors, Amélie devenait un atout en son jeu. Sans doute Dimitri n'avait jamais eu un consortium féminin à ses trousses lui qui de sa boîte à outils en troussait tant !

Au plus profond d'elle-même, Fantasia ne pouvait refréner cet appel de la vengeance à l'égard d'un genre qui appela depuis la nuit des temps la domination sexuelle. La question de la reproduction pour le maintient de l'espèce n'était plus à l'ordre du jour ou pouvait dorénavant ne se concentrer que sur l'acte. Elle, Fantasia, comme bien d'autres de ses semblables, entendait prendre son pied, aussi haut qu'il se fût possible, mais toujours à la mesure et à la maîtrise de la situation. La relation de dépendance de proche en proche à laquelle Dimitri soumettait Amélie et ses pairs n'avait rien d'acceptable, même à jouir du meilleur coup au monde !

Elle en vint à se dire qu'elle devait convaincre cette Amélie-là de faire équipe à la fois pour le plaisir et pour la vengeance de leur propre parti. Après tout celui-ci servirait d'exemple pour tous les autres. Et, quitte à la pendre, autant le crucifier dans un lit…

Le scénario se composait petit à petit en son esprit machiavélique. Mais, sans l'adhésion totale de sa consœur, il était tout bonnement irréalisable. Alors elle prit le taureau par les cornes, fourailla les vêtements qu'elle avait balancés négligemment au bas d'un placard, et se recomposa, au cinéma de sa psyché, le personnage irrésistible de Fanta, la discrète qui hantait les beuveries, mais qui avait toujours le nez pour se placer là où il y eût quelque chose à gratter.

Retrouver et recruter Amélie : Fanta reprenait du service…

Elle sauta de branche en branche jusqu'à atterrir au *Merle-moqueur*. Mais l'oiseau rare n'y fit point son apparition. En désespoir de cause Fanta se résigna à lever le coude, histoire de se graisser le gosier. Comme elle n'avait pas capitalisé sur cette faculté à distiller l'alcool ainsi que bouilleur de cru, après plusieurs rades et quelques brocs moussus, elle était déjà pompette. Rien de tel pour attirer les ennuis !

En l'occurrence ils se concentrèrent en un petit moustachu rondouillard, frappé de quelques chromosomes asiatiques. À ses yeux en forme d'accent circonflexe il avait repéré la pierre de jade qui se cachait sous un accoutrement un tantinet dépravé. Il y vit un genre et cela excita sa curiosité, enfin… dans un premier temps.

Fatiguée d'avoir fui bredouille à sa chasse à l'*Amélie*, les chevilles alourdies d'un surcroît de combustible, Fanta visa mentalement une ligne de fuite s'étirant du comptoir à l'huis jetant sur le pavé. Elle enclencha le téléguidage et pria afin que le peu de coordination qui lui restait suffît à réaliser son transport. Les dérivations étaient telles sur son parcours qu'elle cala son pied gauche à celui d'une chaise, laquelle ne voulut pas se séparer de sa compagnie, et elle allait sans semonce se retrouver étalée comme une crêpe quand le moustachu y vit l'occasion rêvée de la saisir dans ses bras. Son ventre à coussin amortit galamment sa chute et il s'en fallut d'un cheveux qu'elle se figeât bouche à bouche avec son souteneur.

Avec un peu d'imagination elle aurait pu le trouver beau avec sa face joviale, mais pour l'haleine, non ! L'effet répulsif la remit droite d'un coup de reins. Il la soutenait encore par les avant-bras quand elle réalisa que la présentation s'imposât.

« Vous avez bien failli glisser, traita-il sur le mode de la dérision.

_ Ben oui, vous avez vu ça, c'est fou ce qu'il y a comme encombrement en ces bars malfamés, osa-t-elle en retour.

_ Rassurez-vous, vous n'êtes pas tombée en de mauvaises mains. Venez, je vous offre un Vichy-menthe, cela ne peut vous faire que le plus grand bien

_ Voyez-vous ça ! Monsieur est également toubib à ses heures perdues, ironisa-t-elle encore une fois.

_ Vous m'amusez beaucoup, conclue-t-il.

Et il la traîna en l'état jusqu'à un guéridon qui venait de se libérer, où il grilla d'ailleurs la priorité à un autre couple qui le lorgnait depuis l'extérieur.

« Celui-ci, au moins, on ne pourra pas nous le prendre. » Puis il la dévisagea avec insistance, avant qu'elle ne mît un terme à son auscultation maladive :

_ C'est bien aimable mais je ne me sens plus capable d'avaler la moindre goutte. Peut-être poursuivrons-nous cette agréable discussion un prochain soir.

Érotique Fantasia

Fanta se remit droite, mais la volonté ne suffisait plus à la faire se mouvoir...

_ Allons bon. Ne soyez pas apeurée. Je ne suis qu'un gros nounours qui va vous tenir compagnie le temps que vous recouvriez une stabilité présentable. Dites, mademoiselle, exprima-t-il tout en hélant une serveuse, deux Vichy bien frappés !

_ Je ne sais ce soir qui de nous deux est le plus frappé, marmonna-t-elle en ayant un mal de chienne à articuler promptement. Bavons... non ! bavardons un peu, cher monsieur...

_ Thaï, s'il vous plaît, ajusta-t-il. Je n'aurais pas espéré qu'une si jolie fille me tombe dans les bras.

Fanta était soudain très fatiguée. Aussi bien on aurait pu avoir glissé en son breuvage un tranquillisant. Elle voulait absolument dormir, tout oreiller faisant son affaire.

Ce fut l'erreur à ne pas commettre.

Il l'entraîna telle une grosse poupée en ses bras généreux. Son « airbag man » lui convenait à merveille, au point où elle était rendue. Fort de la pente il les fit traverser la place *Verlaine*, puis emprunter le passage *Vandrezanne* et récupérer sur la gauche la rue du Moulinet.

L'immeuble ne payait pas de mine tout autant que la nuit tous les minets sont gris...

Il fallut la soutenir dans l'escalier qui aurait été aussi bien perché à la *Tour de Pise*. Les tomettes octogonales se seraient volontiers payé un voyage en Italie tant elles ne tenaient plus en place.

Tout cela importait peu à Fanta, à demi plongée au sommeil réparateur de ses excès de boissons alcoolisées.

À peine eut-il fait sauter le triple verrou de la porte laquée de rouge qu'un haut-le-cœur apporta une première décoration au tablier de l'homme qui se fut jusqu'ici comporté vaillamment. Il avisa de la suite en un tsunami local au cocktail peu ragoûtant. Heureusement encore que la lunette des toilettes bâilla aux corneilles.

 Fanta se renversa en éjectant vers le réceptacle à peu près tout ce qu'elle pût contenir en son estomac. Lui la maintenait en cette position par l'entremise de ses deux paluches enfoncées de chaque côté des deux aines. S'il n'en voyait plus la face, par contre le dos, grâce aux formes en partie moulantes de son blue-jean rapiécé, offrait une ouverture prometteuse.

 Pour mieux la stabiliser, car les vagues tardaient à se tarir, il dut bien innocemment accoler son bassin à l'échancrure de ses fesses. L'accord se fit aussi soudainement que la connexion de deux prises, mâle et femelle. Le courant passa aussitôt. Il sentit que la tension était bonne. Pour l'impédance il assurait de mettre tout en œuvre afin d'en définir le juste réglage...

 Elle hoqueta une dernière fois. Lui avait entretemps engendré un outillage énorme qui ne demandât qu'à prendre du service. Mais, toujours dans l'optique de lui porter secours, il l'aida à s'asseoir, ici-même, au carrelage tout ridé par son ancienneté. Elle arracha du papier toilette et voulut se redonner une image acceptable. Il actionna la chasse d'eau, machinalement, car il l'avait déjà acceptée quelle que fût sa gueule à cet instant-là.

 Cependant, elle s'était copieusement souillée. Il était assez aventureux pour les expériences extrêmes, mais il réalisa dès lors que l'occasion était trop belle.

 « Là, tout doux. Je crois que ça va aller mieux maintenant. Oh là là ! Mais regarde-moi ça ! tu t'es tout empestée... Non, ça ne va pas. Tu ne peux pas rester de la sorte. Allez, viens, fais-moi confiance, on va faire un brin de toilette, argua-t-il

Érotique Fantasia

de l'air le plus sérieux du monde.

_ Je crois que ça va aller, ne t'inquiète pas. Je peux me débrouiller, en effet, crut-elle bon de préciser.

_ Tiens, regarde, ça va être plus simple comme cela.

Et n'écoutant que sa volonté de la glisser proprement en ses draps en papillote, il entama de la débarrasser de ses loques putrides.

_ Non, non... je t'en prie, je pourrais très bien... essaya-t-elle encore, mais les forces l'avaient abandonnée et elle ne se supportait plus en cette poisse dégueulasse.

Sans trop s'opposer ni aider à l'ouvrage, elle laissa le galant homme la déshabiller, méthodiquement. Il faudrait dire que, malgré l'odeur qui n'appelait pas d'emblée une romance au verger, lui prenait un malin plaisir à découvrir toutes les merveilles que cette bécasse, échouée au caniveau, recelait sous son plumage.

Le jeu d'eau mitigée la ramena à plus de réalisme. Elle se frotta méthodiquement alors qu'il l'aspergeait point par point, n'omettant aucun détail. Ses habits étaient crasse. Il lui fournit une serviette rouge prune et une tunique blanche, indifférente au sexe. Elle s'en para au plus pressé comme si elle avait voulu opérer un trou en sa mémoire. Enfin, pieds nus, il l'installa au canapé, d'un âge conséquent, où elle crut soudain s'enfoncer en la pire des situations.

« Je te prépare un thé au citron. Cela va te faire du bien, dit-il. »

Effectivement, elle l'appela de ses vœux. « Mais dans quel guêpier s'était-elle fourrée, bon sang ! » pensa-t-elle alors qu'elle se découvrit entièrement nue sous ce suaire à l'échancrure diabolique. Un temps il lui vint l'idée de courir à la rue en pareille tenue. Et l'autre, finalement, elle fut très lasse d'autant que l'enchaînement des événements la contraignît à suivre le courant.

Il tint illico sa promesse et un bol fumant se posa à l'assise d'une chaise qu'il apprêta au dessein de tablette.

_ Fais comme chez toi, argumenta-t-il encore.

Il disparut, l'abandonnant avec cette vapeur qui ne pouvait que colmater son intérieur dévasté. Elle se crut, pour un temps compté, rentrée au bercail et se décontracta même sous l'effet bénéfique de cette chaleur envahissante. Mais elle l'entendit chantonner derrière une porte. *Airbag man* faisait à son tour sa toilette. Tout indiquait une disposition festive. La soirée n'était donc pas terminée. Peut-être envisageait-il qu'elle se poursuivît en sa faveur...

L'idée même d'une telle éventualité piqua d'effroi Fanta. Elle grelotta et se sentit dépourvu d'argument. Il n'y avait plus à tergiverser. D'un bond elle renversa le thé qui pissa jaune sur la moquette. Elle salua la poignée mais la porte de sortie ne lui témoigna aucune sympathie en retour. Elle insista, stupidement car il était évident que le gars les avait enfermés tous deux et que de clé apparente point n'en fût.

Tout prêta alors à croire qu'elle dût passer à la casserole. Elle se renversa au canapé et s'enfouit la tête aux coussins malodorants telle une autruche voulant occulter la terrible vérité.

Une porte claqua. L'homme bedonnant revint à peine accoutré d'un caleçon aux étoiles bleues et grises.

Fanta s'était regroupée sur elle-même. Telle qu'elle, elle aurait pu engendrer la pitié. Mais lui, il ne vit que son postérieur qui s'offrait généreusement à sa bonne volonté. Il avait déjà commencé à travailler la question sous la douche. Aussi disposait-il présentement d'un argument irréfutable. Il le mit en exergue, en un éclair.

Fanta ne voulut pas lutter. Elle devait payer son erreur. Le percepteur prélevait la dîme.

Érotique Fantasia

Il souleva la tunique qui lui dévoila le plus chatoyant des paysages étrangers. Il l'invita gentiment à s'ouvrir à de nouveaux horizons. À tout prendre, elle exploita un appel de femme qui la tiraillait depuis quelques temps sans qu'un membre bien tendu à son invitation ne l'eut soulagée.

Il souligna les rondeurs de ses formes à larges pelletées de mains.

_ Voilà, comme ça. Laisse-moi me placer en face de la serrure ; j'ai la clé qu'il te faut, râla-t-il, suavement.

Et oui ! il avait la clé qu'elle n'avait pu dégotter un instant auparavant. Restait à espérer que le serrurier fît sérieusement son boulot.

Dimitri apparut net et clair au revers de ses paupières closes. Elle s'imagina soudain qu'il était ce brillant ouvrier qui venait la délivrer de cette chaleur qui s'emparait de tout son bas-ventre.

L'opportuniste travailla à faire gonfler la serrure. Elle le sentait se démener pour s'introduire toujours plus profond, cherchant par là même à pénétrer le mystère de sa beauté. Mais, comme il n'avait jamais connu pareille performance dans sa vie antérieure, le garçon en était encore à se forger une technique. Quelque part il lui fallait adapter l'outil à la circonstance.

Fanta étouffait aux coussins. À dire vrai, elle jubilait proprement. Cette rencontre qui n'avait aucun sens suite à la maladie dont elle était bien responsable – faut-il le préciser ? – lui permettait de retrouver son *Dimitri*. Celui fantasmé. Il l'envahissait de tout son être. Elle n'avait désiré qu'une seule chose ces derniers temps, c'était qu'il la possédât à nouveau, encor et encore.

Un balancement optimal associait désormais le bidon de l'un aux fesses de l'autre. Ces rondeurs fusionnaient en un

238

monde qui se faisait univers. Ensemble, ils crurent toucher à l'éternité.

Mais l'appareillage s'emballa. Le branle qui parut parfait un moment porta l'excitation à son comble. Le pilote en sa position supérieure perdit le contrôle de la situation. Il ne répondit plus de rien. Elle sentit au-dessous cette frénésie qui alla inéluctablement conduire à la perte du meilleur des balancements.

Et l'horloge brisa son balancier. C'est alors qu'elle se relâcha totalement, perdant à son tour toute maîtrise des événements. Elle plongea en un plaisir infini où sa personne même n'avait plus aucun sens. Lorsqu'elle recouvra ses esprits, non seulement elle se sentit soulagée, mais libérée tout autant d'un poids à son arrière-train.

Lui qui venait d'être vaincu par l'extase s'était renversé au canapé. Il s'essuya le visage transpirant et, malgré la rondeur de sa bedaine, constata que son sexe s'était également renversé au côté tel un essuie-glace rangé à l'arrêt, l'orage passé.

Fanta passa sa main entre ses cuisses afin d'éviter un écoulement désagréable. Puis, attrapant sa tunique, elle en usa ainsi que d'une serviette. Alors elle aussi s'assit à l'image de l'homme avec lequel elle faisait équipe. Présentement, ils devenaient couple.

Mais elle n'osait toujours pas le regarder car alors son rêve pouvait se briser. En l'état Dimitri lui avait fait don d'un avatar. Même si, couramment, elle n'aurait jamais accepté de lui donner une simple bise, il venait de lui prouver toute son efficacité à la satisfaire, et encore de jolie manière, ma foi !

Après le sexe l'homme chercha l'amour. Il tendit timidement une main pour attraper celle de sa bien-aimée. Elle ne se refusa pas ni ne lui accorda pourtant ce regard pour lequel il aurait cédé toutes les économies de son livret *A*. Leurs doigts s'entrecroisèrent. Évidemment, ils se sentaient mutuellement bien. Un début de bonheur prenait racine. L'infime caresse de leurs phalanges suffisait à entretenir l'extase qu'ils venaient de conquérir à eux deux.

Le temps coula sans laisser de trace. Puis, hardiment, il se rapprocha d'elle et osa lover son bras droit autour de son cou. Elle plia sa tête et se réfugia contre la peau de l'homme qui venait par deux fois de la libérer de ses errances. Il était enfin accepté. Le bonheur l'inonda.

Alors il se décida à conduire leur idylle plus avant. Aussi s'empara-t-il de la main gauche de Fanta qu'il vint placer à son membre, temporairement démotivé. Il y avait encore de l'ouvrage en perspective.

Fanta adhéra au programme. Petit à petit, elle usa des caresses appropriées et l'outil reprit de sa superbe déchue.

Elle voulut s'emparer du bâton de Maréchal, dominer sa monture et, conjointement, maîtriser son bon plaisir. L'homme qui savait qu'il avait ramené la plus belle des pièces en son logis n'entendait pas céder du terrain à sa conquête. Il articula :

« Pas si vite, ma jolie. Ne nous emballons pas car la nuit va être longue. »

Il promettait ainsi une aventure qu'elle n'imaginât pas quelques heures auparavant. Elle qui accumulait dorénavant les trophées avoisinant le pan accepta sans controverse inutile d'améliorer sa grammaire érotique. Elle proposa, malicieusement :

_ Maintenant que tu as fait chanter la face *B* , tu veux entendre l'air de la face *A* !?

Et pour donner du corps à son assertion, elle écarta les cuisses à cent quatre-vingt degrés.

_ Mais tu te fends inconsidérément, rétorqua-t-il ; viens

Érotique Fantasia

plutôt recoiffer mon plumeau qui est tout ébouriffé après sa première passe.

Elle remarqua en effet que le pompon qu'il écrasait de ses larges cuissots n'avait pas été peigné depuis le certificat d'études. Elle convint qu'il fallût lui redonner du blason. Elle se mit à pied d'œuvre.

Au ras de la moquette, elle fureta entre ses deux jambes comme racines. Puis elle remonta à la source. De ses doigts ouverts en une griffe d'orfèvre, elle défrisa la pelote de ses bourses. Tout de suite la cotation de l'homme prit de la valeur et un « raaah ! » prolongé confirma l'authenticité des deux pépites que cette bourse recelât.

Mais Fanta entendait prendre sa part au butin. Lentement, son partenaire dirigea ses faits et gestes afin que l'opération fût un succès. Il lui fallut, à cette prêtresse, décalotter le sommet de ce sceptre qui apparut tout-à-coup aussi brillant et lisse que le crâne d'un moine abbatial. Elle l'humecta du tampon de ses lèvres de pêche, puis, afin d'en faire reluire tout l'éclat, elle frotta longuement le corps mobile de sa cavité buccale, çà et là, tant et si bien qu'il apparut bientôt une cerise propre à garnir le calice d'un sanctuaire.

L'instigateur de cette chasse au trésor reconnut qu'elle avait été sacrément bien menée :

_ Tu me dévoiles un joyau que je ne pensais pas posséder naguère. Pour te récompenser de ta pertinence tout insolente il faut désormais que tu boives le calice jusqu'à la lie.

La phrase qui résonna d'un ton martial frappa la conscience de Fanta qui réveilla la *Fantasia* qui se cachait en elle. Elle se sentit par la puissance de la formule complètement intronisée en cette pratique de l'érotisme, au plus proche d'une religion.

Fantasia reprit l'usage de son corps. Elle était disciple de ce rite sexuel. Aussi acheva-t-elle de parfaire la deuxième partie de cette séance dont on ne pouvait prévoir le nombre de strophes tant que le chant du coq n'en proclamât l'issue.

Elle engouffra tout à la fois la cerise et son promontoire qui vinrent heurter le fond de sa gorge. Elle se décida à chatouiller l'appareil ainsi coincé en la plus large de ses cavités.

L'homme au-dessus se mit à ronronner tel un moteur qui aurait atteint sa vitesse de croisière. Elle s'astreignit à contenir la fréquence, tout en caressant le levier de vitesse du contact délicat de ses cinq doigts distincts.

Puis il y eut comme un emballement malgré la volonté de la conductrice de ne rien provoquer. L'homme hoqueta du réservoir de son bide comme si la vitesse conséquente avait consommé tout son gas-oil. Il trépida.

Fantasia se souvint alors qu'une récompense lui eût été promise. Elle ramena le pistolet à fleur de bouche. Montant les développements aussi rapidement que sur une voiture de course, elle atteignit le rendement maximal comme elle entrait dans la dernière ligne droite.

L'homme se cambra, bloqua toute respiration et, concentrant l'énergie au point désormais le plus sensible de son être, il fit jaillir la semence de vie.

Fantasia but au calice ainsi que le rite le prévoyait. Cette laitance vint tapisser par plusieurs saccades sa cavité buccale.

Quand l'homme se relâcha, enfin dépourvu de toute énergie, elle prit le temps de savourer sa nourriture. Alors que la cerise s'amoindrissait déjà, elle le récompensa à son tour d'un baiser au contact prolongé, collé qu'il fut au jus de leur union.

« Ah ! ce que je suis bien ! Je ne me suis jamais senti aussi riche de ma personne. » Puis, laissant un blanc apte à digérer sa réflexion :

_ Dis, tu veux boire quelque chose, j'ai très soif, et ce disant, il moulina debout vers la cuisine, donnant le spectacle distrayant de ses fesses qu'il boulottait l'une après l'autre.

_ Après le lait concentré que je viens de me taper, non merci, lui répondit-elle. Par contre mon petit minou reste sur sa faim, si tu vois ce que je veux dire.

Bien campée au centre du canapé, elle ouvrait et refermait alternativement le ciseau de ses cuisses à l'état de nature tout en se tortillant une mèche de cheveux à l'image d'une fille qui expérimente les avantages de son adolescence.

Il revint effectivement chargé d'une bouteille. Entièrement blanche, elle avait toutefois perdu la moitié de sa contenance. Une traînée de laitance s'échappait par chacune de ses commissures. Il la regarda en souriant alors qu'il avalait une ultime gorgée. « Ah ! » fit-il en prolongeant volontairement l'onde sonore.

Mais, de l'autre main, il tenait autre chose, objet d'ailleurs qui n'avait pas retenu au premier abord l'attention de Fantasia. Comme il déposa sa bouteille plastique en cours de trajet, il mit en exergue un légume vert longiforme. Il en remua sa trentaine de centimètres, approchant, ravi au possible, sa partenaire qui attendait le mâle comme on entend le prochain bus.

Pourtant, une fois le petit concombre clairement identifié, elle perdit son air ingénu :

_ Tu n'y penses pas... pas ça, quand même... je ne fais pas plus usage du blender que du vibromasseur !

_ Ne t'inquiète donc pas pour son maniement, je m'occupe de tout, argua-t-il, échouant à ses genoux, et puis, reprit-il, le mode d'emploi, c'est moi qui l'ai rédigé... Tiens, voilà, on va s'en payer une rondelle tous les deux.

Entretemps, en présence de l'offre saisonnière, Fantasia avait fermé boutique. L'homme dissuada de ses bras musclés l'aimantation négative de ses rotules. Puis, usant de son corps comme d'une cale d'envergure, il présenta l'ouvrage au métier.

Une odeur toute printanière réveilla ses sens qui s'étaient quelque peu affadis au cours de sa passagère action désaltérante. Pour qu'elle prît goût à cette troisième passe, il tendit la pointe du légume, bien fraîche au sortir du bac d'en bas, à ses lèvres au gloss nature.

Fantasia mordit d'un coup ferme et arracha l'opercule. Mais il ne devait pas avoir la saveur espérée car elle le recracha sitôt en direction de la moquette bouclée.

« Tu vas voir qu'il aura bien meilleur goût par ce côté-ci... » Et appuyant la parole de ses actes, il entama le plus délicatement du monde l'intrusion de ce pénis végétal qui validait un label bio à ce marché du sexe nocturne.

La perforation prenait du temps. Par mille caresses environnantes il la pria d'offrir plus de générosité à l'admission de ce corps étranger. Le fruit défendu fut bientôt si bien fendu qu'une portion suffisante à engendrer l'engouement fut introduite, cependant que l'homme gardait l'avantage du maniement d'une bonne longueur encore extérieure.

Sa main gauche à l'outil naturel il appliqua sa dextre à l'orée du nombril de Fantasia dont il fit maintes fois le parcours périphérique en accélérant comme en remontant le temps. D'ailleurs cet homme qui n'eût point payé de mine au jour précédent était devenu le maître du temps.

Fantasia n'avait bien entendu jamais connu pareille caresse en son point le plus sensible. Il était **G** hyper-majuscule. Même à deux doigts près, elle ne se croyait plus apte à une telle dilatation. L'énormité du légume l'excitait au plus haut point. Elle y trouvait comme la réalisation d'un enfantement inversé ; le gynécologue qui l'auscultait faisait remonter le plaisir en elle.

Pour passer de l'autre côté du miroir, il ne manquait plus dès lors qu'une chiquenaude. Alors, un peu à l'aveuglette, elle se saisit de cette main fureteuse qu'elle porta jusqu'à sa bouche. Ce fut le pouce qui se présenta à son bon vouloir. Aussi le suça-t-elle avidement : elle était devenue à la fois mère et enfant.

L'homme trouva en cette tétine digitale une surexcitation par la nouvelle zone érogène que sa partenaire venait de révéler. Son membre au repos qui s'était tenu jusqu'ici en dehors des ébats reprit de la vigueur. Sans aller jusqu'à concurrencer le concombre qui, à cette heure avancée de la nuit, faisait référence au podium des pénis, il affirma entre les cuisses du plénipotentiaire qu'il souhaitât reprendre du service. Mais lui ne pouvait pas tout gérer, surmené qu'il fût alors d'une percée à l'autre de l'être qu'il tentait d'embrocher en une estocade érotique digne du plus grand des matadors.

Pourtant, n'y tenant plus, et à la grande surprise de Fantasia qui lâcha un « Oh ! » de désagrément, l'artiste ôta son pouce au-dessus tout en supprimant la pression du concombre plus bas. De fait, il revint à plus de pragmatisme. Son fruit qu'il portait à la taille, au plus mûr de la saison, vint s'accoupler au meilleur moment en un orifice démesurément ouvert à sa personne.

Tout à trac Fantasia fut envahie d'un corps qui l'étouffait sur toute sa surface épidermique. Telle quelle, elle était dévorée. D'ailleurs, elle accepta de se fondre en ce bain corporel. L'homme avait réussi à faire disparaître tout son membre turgescent.

Si la raison ou la physique l'eussent permis, il aurait tout autant placé ses bourses en ce coffre du plaisir dont il maîtrisait dorénavant la combinaison.

Ils exprimèrent pareillement la joie de leur union charnelle et sexuelle par un vocabulaire somme toute assez limité d'onomatopées triviales. À peine un « oui ! » parut se distinguer d'un langage qui devait accompagner, trois millions d'années auparavant, quelque exercice, certes balbutiant, du même acabit.

Ils cédèrent aux délices de cette troisième prise de contact et s'effondrèrent en un agrégat humain où la somme ne ressemblait plus au produit des parties.

Quelques oiseaux à l'extérieur tentèrent timidement de célébrer ce couronnement. Les récipiendaires n'en eurent pas conscience, tout au bonheur de leur anéantissement qui loin de leur supprimer la vie la leur rendait bien au contraire, portée à l'apex de sa jouissance.

Érotique Fantasia

X

Par le plus absurde des truchements, au hasard d'une beuverie qui tourna au pis en première instance, Fantasia venait de dégoter son homme. De son acabit elle en avait croisé des milliers – pardon, que dis-je !? – des millions sans qu'aucun ne lui fît soulever le moindre cil, exempt de mascara. Comment celui-ci avait-il réussi du premier coup à générer un tel enthousiasme à son corps défendant : mystère !?

Elle passait enfin le cap où l'on relativise toute chose en cette vie si déroutante. Peu importe la coupe pourvu qu'il y ait l'ivresse... Oui, ce fut bel et bien ce qu'il provoqua en elle.

Elle le quitta ainsi enchantée, bardée de courts baisers en points de suspension, promettant la revoyure à brève échéance.

Mais, quand elle se ramassa en l'intimité de son studio, deux anges l'honorèrent de leur présence impalpable : Dimitri et Amélie. Non, ces deux-là, elle ne les avait pas oubliés ! Et même le partenaire à la perle qu'elle vînt de suspendre au fil ténu de l'amour ne pourrait la faire bouger d'avis : Amélie et elle avaient grandement mérité de se payer la peau de l'ours, ce *Dimitri* dont l'outil venait à bout de toutes les serrures, à condition qu'elles eussent une fente verticale et que leur combinaison fût de dentelle.

Mais, pour un temps en tout cas, exit les soirées à la Butte-aux-cailles attendu que son valeureux prétendant y tenait ses quartiers. Pourtant il n'y avait que là qu'elle pouvait mettre la main sur sa sœur de lutte.

Elle négligea *Fanta* . De fait, elle se présenta telle qu'en elle-même, aux douze coups de midi.

Sitôt remontée la rue de l'Espérance, laquelle lui parut plus pentue que d'ordinaire, elle échoua au premier rade lui promettant de reprendre son souffle. On s'y activait, napperons buvards de papier, couverts inox, verres à pied, afin de satisfaire la clientèle pressée d'optimiser une journée de bureau gravée au calendrier de *Sisyphe*.

Elle sembla l'un des premiers cailloux qui roula au dallage de grès, quoique le serveur la dirigeât sans se formaliser à la petite table la plus en vue, cliente idéale à l'appât du quidam. Elle n'était pas vraiment venue pour s'enticher du menu du jour. Toutefois il fallut en passer par cette intronisation de principe avant de tirer les vers du nez à ce serveur-ci qui lui avait paru d'emblée tenir un bec de cigogne.

« Vous désirez déjeuner seule ? lança-t-il sournoisement, histoire de poser la question dont il sut par avance la réponse.

_ Pour l'instant, oui, mais j'attends l'arrivée d'une amie, répartie dont elle assura le complément par une description méticuleuse de la fameuse Amélie qu'il lui devait absolument de réapparaître dans sa vie.

Elle marqua un point et le sentit tout de suite au regard que le jeune homme releva sur elle.

_ Ah mais vous êtes une connaissance de notre Amélie. Tiens donc, elle est plutôt du soir... je vous laisse un second couvert. Une carafe d'eau peut-être ? conclue-t-il, toujours pour garder la main sur la conversation.

_ S'il vous plaît. Je veux bien commander votre formule, renchérit Fantasia.

_ Tout de suite vous voulez dire... je croyais qu'on laissait une chance à Amélie d'attraper l'apéro, s'offusqua-t-il.

_ C'est-à-dire que je l'attends et je ne l'attends pas. Elle n'était pas tout à fait sûre de me rejoindre...

_ Ah, oui, je vois ça, tenta-t-il de faire avaler tandis qu'il suivait l'écheveau tortueux d'un rendez-vous qui n'en fut pas un.

Lorsque l'entrée frappa de sa tiédeur le plateau qui lui faisait face, Fantasia posa son doux regard aux yeux étirés du gars qui, malgré sa jeunesse, affichait déjà un sérieux compteur d'heures aux nuits d'insomnie.

_ C'est idiot, vous n'allez pas me croire, mais j'ai laissé mon portable à la tablette de la salle-de-bains et je n'ai aucune possibilité de contacter notre Amélie ?

De fait, elle le regardait d'une façon tristement implorante, à tel point qu'il dut détourner sa vision et lâcher son calepin pour faire miroiter son propre bigophone.

_ Un instant je vous prie... Voilà, je vous laisse avec discrétion lui adresser un petit SMS. (Puis, à part :) N'en montrez rien à ma patronne qui n'aime pas trop que je fasse alliance avec la clientèle... Monet isn't Manet but money is money...

Au comble du bonheur Fantasia se retrouva avec un éditeur qui lui ouvrit rien de moins que la porte du cœur d'Amélie.

« Avant que le merle ne se moque de toutes les grives qu'il

engraine rue de l'Espérance, rejoignons-nous place Verlaine aux vingt-et-une heures sonnées. »

Effectivement, rien d'un *texto* trans-portable ; assurément, tout d'une missive de choc.

Elle rendit un peu à regrets l'appareil de poche dont elle ne pouvait bénéficier du retour approbateur. M'enfin Amélie n'était pas si sotte. Que ce fût l'avertissement de sa copine attentionnée ou les agissements de Dimitri, elle se doutait bien qu'il la trompât d'une manière ou d'une autre. Et le plus naturellement du monde, cela va sans dire.

L'après-midi qui suivit son passage à la Butte demeura en son esprit l'un des plus longs de toute son existence. Il semblait que toute pendule jouât la montre ; jusqu'à la trotteuse qui faisait les cent pas, là où l'on ne lui en impose que soixante. Un comble !

Mais, dès lors que les quartz daignèrent s'aligner au « 20.00 », elle ne se contint plus. En une fraction de seconde elle muta en Fanta telle une *superwoman* aux pouvoirs sans limite.

Elle traita le dîner ainsi qu'au saut d'obstacles. La pente de l'espérance ne sut comment lui résister. Mais, à la place, foin d'Amélie. Un coup d'œil au poignet lui confirma sa hâte inconsidérée. Les chiffres n'étaient pas encore alignés ; la prophétie ne pouvait se réaliser.

Tout à trac les planètes s'alignèrent. Amélie la reconnut sans douter et fonça droit sur elle, à imaginer aussi qu'elle préméditât son interlocuteur du midi... évidemment dans la peau d'une interlocutrice.

« Bonjour Fanta, entama-t-elle. Tu tires à mots couverts, désormais ?

_ Bonjour Amélie, je n'avais d'autre contact que celui de ce gentil garçon.

_ T'a-t-il fait visiter son studio rue des petites écuries... ?

_ Ce n'est pas le sujet et tu sais bien que, comme toi, je ne chasse que les gros étalons !

Alors elles se prirent à rire. Leur sort était scellé. Amélie souhaita que l'on se posa parce qu'elle mourut de soif. Mais elle poussa leur connivence à l'abri des quolibets en empruntant la rue des cinq diamants.

Tout au bas, presque à côtoyer *Auguste Blanqui*, elles infiltrèrent le restaurant taillé en pointe. On allait jouer cartes sur table entre deux parts de pizza margarita : les reines, c'étaient elles ! Fanta poussa l'honnêteté jusqu'à confier à Amélie sa dernière expérience en matière d'homme. L'autre eut maintes occasions de s'étrangler avec un noyau d'olive, d'autant que l'eurasienne n'économisa aucun détail, les plus crus aussi tranchant que jambon de parme.

Amélie en eut pour sa faim. Fanta avait eu soif de s'exprimer, ouvertement. Mais après toute cette partie de jambes en l'air, ô combien distractive, elles durent en revenir au cœur du sujet : leur *Dimitri*.

Lorsqu'elles abandonnèrent le restaurant où elles avaient assuré l'ambiance à longueur de soirée par leur discussion « on ne peut plus » animée, et à bâtons rompus, elles convinrent à la confidence du premier réverbère orange pâle qu'elles allaient faire la peau du beau gosse, avec l'art et la manière, avec toute la jouissance qu'elles pussent en tirer, et de dissuader ce coco-là dorénavant de les prendre pour des patates en robe de chambre.

Elles n'eurent pas à réfléchir trois plombes pour engendrer l'entourloupe : le plan à trois !
Le plan à trois, c'est « le » fantasme de la majorité des hommes et, en la circonstance, il s'impose.

Mais il fallut être patiente. Amélie dut attendre que Dimitri daignât lui faire un clin d'œil pour qu'un cinq-à-sept fut fixé, encore et toujours à la Butte ; lui qui en possédait les clefs… Amélie pour l'occasion, et à dessein donc, se l'était jouée sobre : pas de maquillage, pas de parfum musqué, pas de tenue affriolante. Elle avait même poussé son vice dragueur jusqu'à arborer soutien-gorges et culotte dépareillés dont la multiplicité des passages au tambour tonitruant de la machine à laver en avait effacé leur étiquette.

Lui, comme à son habitude, déballa les biscoteaux. Il les entretenait scrupuleusement, à coup sûr : quelque chose comme un fond de commerce…

Ils installèrent leur commodité comme d'usage. Amélie joua la *Cosette*. Elle grimaça, se tint mal sur ses jambes incidemment bancales et insista longuement aux dessous qui achevaient de la faire paraître pour une pauvre fille. Dimitri entama de mordre :

_ Dis donc « Lili », tu te laisserais pas un peu aller ces derniers temps. On dirait que tu t'enveloppes et tes frusques, pardon… ce sera bientôt « Mémé », ma pauvre fille !

_ Tu me trouves moins attirante, c'est ça, vas-y, dis-le tout de suite… C'est pour ça que tu m'as négligée durant deux semaines interminables, revint-elle à la charge.

En la saisissant tendrement dans ses bras de géant, il susurra à son oreille :

_ Mais non, grosse bête. Je ne désirais que toi. Mais j'avais plusieurs contrats avec d'autres clientes et mon patron ne reluque que les devis dont la dentelle est bouclée avec de nombreux zéros.

On y était donc. Amélie n'avait plus qu'à presser le bouton qui fit mal :

_ Tu détrousses plus de femmes qu'il n'y a de clés à ton trousseau. Et surtout, ne dis pas non !… Écoute, si tu veux qu'on pimente nos rencontres, j'ai une proposition à te faire…

Elle jouait « cash ». Il ne l'avait jamais vue sous cet angle. Il

fut soudain tout excité et s'emmêla les doigts avec l'agrafe ordinaire de son *cœur croisé.*
_ Vas-y, déballe, annonça-t-il le souffle court.
_ J'ai une super copine qui est super canon. Je t'assure qu'elle a tout ce qu'il faut là où il faut, mais peut-être que je me trompe car je n'ai que mon avis de femme. Je crois qu'elle manque de travaux pratiques ces derniers temps, si tu vois ce que je veux dire.
Alors, pour agrémenter son amendement, elle libéra l'élastique ballante de son slip en tentant de légiférer par un « 69 à 3 » dont les députés ne connaissaient jusqu'à ce jour pas encore l'us.
_ C'est du blindé que tu me proposes, mon Amélie : deux serrures à mettre en branle entre cinq et sept. Marché conclu !

Vint le grand jour. Dimitri avait profité de l'espacement d'une quinzaine depuis son dernier exercice avec Amélie pour faire une coupure. Une sorte d'abstinence régénératrice. Il n'avait jamais relevé pareil défi. Il voulut se montrer à la hauteur puisque sa renommée le portât à une telle promotion. Deux filles en matinée : le spectacle valait le détour !
Comme tout artiste qui se respecte, il ne souhaita pas arriver aux actualités. La salle devait être chauffée avant qu'il ne fît son apparition triomphale ou, à défaut, tant attendue.
Les filles furent plus que ponctuelles, prévenantes, dirons-nous. Amélie récupéra le badge à l'accueil dix-huit minutes avant le rendez-vous fixé à tous, suivie, deux minutes à peine plus tard, de Fantasia qui n'eut que le numéro de chambre à réclamer sous les yeux grands ouverts d'un groom projetant l'arrangement lesbien.
Ce professionnel qui en avait vu d'autres était pourtant bien

éloigné de la réalité. Les filles n'allaient pas jouer aux deux chattes sur un toit brûlant. Enfin, pas encore... Elles s'étaient quittées en se promettant mordicus de régler une séance « spéciale », par définition.

Tout en se mettant à leur aise et usant in extremis des commodités de la salle-de-bains attenante, elles convinrent oralement de l'ordre du jour : un, échauffement (aux gants) ; deux, mignardises, coquetteries et frivolités (à l'ardoise) ; trois, alliance et renversement de situation (au tablier) ; quatre, purgatoire (à petit feu.)

On apprêta la chambre de telle sorte que le chef opérateur n'eût plus qu'à déclencher le déroulement de la bobine. En l'occurrence, Amélie plaça astucieusement son appareil photo-numérique au coin de l'écran de télévision utilement suspendu, le convertissant au mode « prise de vue » et sans pause.

Le grand rectangle blanc que formait centralement le lit dominant annonçait la couleur. Il ne s'agissait pas là, incessamment sous peu, de conter fleurette. Il allait s'en passer... et de drôles.

Dans l'optique du grand rôle, Fantasia avait opté pour un duo bas/haut saumon satiné ; une simple lingette supérieure, retenue par deux frêles cordelettes aux épaules, résolument dénudées, accompagnait un boxer flanqué de deux échancrures latérales dénonçant la rondeur provocante de ses anches à l'os.

Amélie compléta sa partenaire d'une touche délibérément classique : bas résille rattrapés aux pinces de quatre élastiques crochetées à une culotte triangulaire dont la dentelle à l'avant ne parvenait pas à dissimuler un favori légèrement touffu et sombre, alors qu'un balconnet à l'accord parfait jouait malicieusement à suggérer l'aréole pulpeuse de la pointe de ses seins assez gonflés, en l'occurrence.

Leurs montres qui battaient le même tempo glissèrent des poignets et disparurent aux affaires tout autant dissimulées dans les loges. Le *shooting* retenait son flash, suspendu qu'il fût à l'entrée de l'acteur principal et bien qu'il en eût déjà plein les yeux.

On avait planifié l'échauffement ; les filles se mirent à l'ouvrage. Fantasia accepta de s'allonger à dos tandis que Amélie la dominait aux quatre pattes aussi largement plantées qu'un scarabée. Cependant, elles ne mirent en train aucun « bizutage » mal-à-propos. Le loup devait montrer le bout de sa queue.

Et, fièrement, convaincu d'un succès qui alla couronner sa carrière, le trousseau en bandoulière, Dimitri franchit le cap, le sourire aux lèvres, et un appétit de hyène qui faisait dans l'instant refluer tout son sang au prépuce de son attribut sexuel.

Un échauffement des sens.

À la vue du simulacre qui leurrait le dernier arrivant, celui-ci se mit promptement dans le bain. Il se débarrassa de sa tenue routinière. Mais alors qu'à son entrée il avait été saisi du plus vif intérêt au spectacle qui lui était proposé, il porta plus particulièrement son attention sur la seconde femme que chevauchait Amélie de sa guêpière, plus sensuelle que jamais. Il faisait déjà valoir son ver solitaire quand un frémissement le parcourut jusqu'à la racine de ses poils pubiens : l'eurasienne de la piscine, la caille de la Butte !

Par quel doux truchement de la destinée se trouvait-il en cet instant appelé des deux plus merveilleuses sirènes au récif du treizième ?

Il n'était pour sûr pas en mesure de démarrer la moindre dissertation. Alors, tel un enfant tout ébahi face au sublime inconnu qui lui est donné de découvrir, il tomba aux pieds et

Érotique Fantasia

à genoux, plaçant seulement le regard au ras de l'onde blanche qui portait avec délectation ces deux nymphettes tout au roulis préliminaire.

Il en prit plein les yeux, mieux qu'au trou que l'on fora jadis à la palissade cochonne de la fête foraine, mieux qu'à l'une des cabines de la rue de la Gaîté où, pour une pièce de dix francs, il avait pu surprendre, au régime de l'adolescence, le déballage incandescent des formes féminines que sa mère comme sa plus grande sœur lui refusaient sur présentation de leur carnet de famille.

Amélie et Fantasia se savaient conjointement épiées, dorénavant, d'un *Don Juan* subjectif et d'une caméra objective. Elles déroulèrent la phase *Une* de leur programme. À ce stade, tout n'était que figuration. On eût dit d'ailleurs qu'elles eussent de longue date conduit un tel équipage. Tout n'était ici que convention. Aucun attouchement réel. Que du simulacre.

L'homme, qui en avait épinglé plus d'une à son caleçon, devait sans condition se retrouver scotché, le nez à la vitre.

Elles déployèrent de la sorte tout un carrousel de positions, les unes plus suggestives que les autres, se surprenant elles-mêmes de l'étendue des variations qu'elles étaient en mesure d'étaler au drap blanc de leur inexpérience. Mais elles étaient assurément portées par une motivation des plus souterraines qui échappa encore au garçon berné qu'il fût par l'afflux de testostérone en première goutte.

Quand l'apéritif fut consommé, on admit qu'il fallût mettre au plateau plus de consistance. D'un regard de connivence Fantasia se détacha d'Amélie qui refréna in fine cette gymnastique à tirer un vingt tout de go aux J.O.

Harponnant Dimitri par la lubricité d'un regard dévoyé, elle n'eut plus besoin de forcer le trait et de l'inviter à rejoindre l'unique princesse qui s'était sagement endormie au creux du lit chauffé à blanc.

Aussitôt voulut-il goûter à la friandise en papillote de bas noirs. Il la renversa comme un tourne-dos. Amélie était naturellement chaude des deux faces après les préparatifs que nous avons relatés.
Il joua d'abord avec les élastiques, bretelles affriolantes. Tel l'enfant cueilli au réveil, en cette matinée de Noël, il tripota le beau joujou que voilà !
Mais la vision butait à l'opacité de l'étoffe. Par expérience il savait, prématurément, que la chair de la femme possède une saveur encore supérieure à celle du veau sous la mère. Eh bien, il se fit veau cherchant à sucer le pis. La corde bien tendue à l'échancrure vagino-anale attisa sa motivation toute linguale. Trichant à peine, il en contredit la tension, usant de ses index telles deux épingles à linge. Puis il put sauvagement introduire sa protubérance buccale, fouraillant les plis et surplus, jusqu'à débusquer cette dragée tant convoitée.
Bien sûr qu'il sut à quoi s'attendre, mais, toutefois, curieusement, en ce jour béni, il lui trouva une saveur toute particulière.
Bientôt il souhaita changer de position afin de mieux apprécier la perle en son écrin incarnat. Un frein le retenait en ces draps où il avait échoué volontairement quelques instants auparavant. Le frein était une ancre. Elle prenait inconsidérément de la valeur. Il faudrait dire qu'un mousse s'employait à la manœuvrer.
Fantasia avait pris du galon. Elle faisait preuve d'une maturité remarquable dans l'art de tenir la barre. Le naufragé n'avait pas lieu de s'en plaindre.
Quand il eut, cependant, enfin réussi à dissuader son capitaine de lui laisser libre cours, il constata que sa sirène venait de donner un coup de queue. Le courant l'avait

emportée. Alors, se retournant, il convint qu'il n'eût rien perdu au change puisqu'une seconde apparition, tout autant angélique que la première, lui faisait face dorénavant.

Il sentit qu'il n'avait plus l'avantage en cette partie et perdit pied. Fantasia le rattrapa alors qu'il se laissait honteusement couler en ce lit sans fond. Elle empoigna le gouvernail à deux mains, aussi fermes que délicates, et tenta de conduire ce brigand qui s'était aventuré en eaux troubles.

De fait elle le guida de bas-bord à tribord ; lui soufflant beaucoup, elle ne ménageant pas son exercice.

Comme Fantasia assurait sa stabilité les deux jambes bien écartées, cet *Ulysse* à la petite semaine crut entrevoir le bout de son périple. Une terre promise l'appelait d'une tendre clochette qui résonnait de la plus douce des harmonies en son esprit bourdonnant de lubricité.

Mais alors que son regard se troublait par l'effet combiné de l'émotion et de la sueur, son enchanteresse brisa le sortilège, lâchant la barre, Dimitri reluquant béatement ce mat de cocagne, penchant misérablement de travers, et ne promettant plus tout-à-coup aucune cochonnaille.

Un moment de grande solitude s'abattit sur l'homme qui se sentit, subito, virilement dégarni.

Les filles s'étaient redressées aux côtés du lit, arborant la pause sensuelle de deux *escort girls* rompues à satisfaire le Monsieur. Les Nanas Unies promettaient de se faire sa peau rouge. Elles revinrent sournoisement à la charge, lui ne sachant trop à laquelle s'attacher pour retendre le câble mou de sa motivation.

Elles ne lui laissèrent pas le choix des armes. Alors qu'il s'était à demi redressé sur ses bras tendus à l'arrière, et pour faire front, elles remontèrent chacune à part le cours de ses cuisses pour faire main basse sur son totem. De rouge il devint écarlate. L'envie lui prit de hurler tel un Cheyenne, mais un borborygme inexprimable se noya dans sa gorge. Il venait de renverser la tête à revers, comme au supplice.

En effet, si Amélie souhaitait faire main basse sur ses bourses, histoire de se refaire la cerise, Fantasia, elle, exprima le vif désir de souffler dans sa flûte de pan. Ainsi on paya les artistes : quoi de plus noble !?

Le budget était cependant limité car la première avait bien senti qu'elle ne pût compter sur plus de deux pépites ; la seconde ménageait ses arpèges autant que ses trilles, réservant le placement de sa note sensible avant que la banquière, son assistante donc, ne pressentît la chute des cours.

Enfin, sur un regard complice, on décida de ne pas faire sauter la banque, c'est-à-dire pas encore... Et le marché s'effondra.

Rideau.
Plus de caresse.
Pas même une petite palpation d'infirmière en stage.
Non.
Rien.
Calme plat.

Il touchait du doigt à la récession. Celle-ci lui fit plus de mal encore que celle dont le plus pervers des politiques avait tenté de faire avaler, hier au soir, à la télévision.

Il y eut diversion. Les filles défilèrent aux abords du couchage. C'était soudain la représentation d'un styliste inconnu qui plaçait, dans le feu de l'action, sa vision des sous-vêtements à l'avantage de ces mannequins, superbes.

Il se sentit manipulé et trouva qu'elles en faisaient un peu trop. Alors, maudissant le spectacle moderne qui méprisait le calendrier aux *pin up* pour une mise en scène intellectuelle du sexe, Dimitri choisit de déclencher son *coming out*... façon de dire.

Il sauta à bas du lit, cherchant déjà à récupérer ses affaires éparses que le défilé de ces bluffeuses avait piétiné ainsi que loques. Le malheureux n'était pas au bout de ses peines. Le contrat qu'il avait passé avec cette paire de diablesses ne prévoyait pas de rachat ni de clause de sortie avant qu'elles n'eussent sonné le glas.

Avant qu'il ne se jetât sur la serrure, acceptant d'apparaître en plein jour tel un amant déchu, l'une bondit à ses chevilles pour lui cercler les pieds tandis que l'autre lui passait les menottes, sans toutefois spécifier le motif de sa garde-à-vue.

A fortiori Dimitri rua dans les brancards. Fantasia n'avait pas fait dans la fantaisie, l'autre boucle du bracelet de fer étant d'ores et déjà liée à sa propre poigne. Au ras de la moquette, Amélie raidissait le collet jusqu'au sang.

Il advint alors ce que tout conte rapporte quand ces lilliputiens réussissent à saucissonner le plus vil des géants : Dimitri, privé de tout dégagement au sol et déséquilibré en sa partie supérieure, s'effondra. Plus exactement, il se cassa en deux à mi-hauteur, les jambes traînant comme carpette, le buste handicapé de son bras lourd en attraction du matelas.

Elles hâtèrent leur procédure. L'une avait fait le tour du lit et, tirant son colis, abusait de l'argument doloriste pour le persuader qu'il fût déjà bonne heure à se coucher ; l'autre, au pied du mobilier, manœuvrait à hue et à dia les deux colonnes ficelées comme rosette et qui ne soutenaient plus le mâle en son altière position.

À tout le moins il comprit que seule une prudente collaboration pourrait lui permettre de rentrer au *Colisée*. Il aida donc au déplacement de tout son corps tandis que les filles souffraient beaucoup tout en poussant de petits cris qui à la radio auraient pu générer la plus érotique des

Érotique Fantasia

dramatiques du samedi soir. Dimitri n'entendit rien de la sorte. Il se vit soudainement aux prises de deux ravisseuses prêtes à lui faire passer un savon qu'il se savait avoir bien mérité.

Alors, oui !, qu'on le lavât de tous ses péchés et qu'on n'en parlât plus.

« Pas si vite, mon lapin » pensa la plus chaude ; « Pas si facile, mon cochon » murmura la plus vicieuse...

Lorsque Fantasia eut ramené les deux bras au sommet du couchage, elle détacha rapidement son anneau qu'elle maria avec l'autre poignet du prétendant pour lequel la noce venait de virer à l'enterrement de sa vie de... cuistre.

Ainsi affalé de tout son long, il avait perdu de son potentiel sexuel. Le couteau suisse dont il se prévalut aux alentours des galeries marchandes ne vantait plus en exergue qu'un ridicule tire-bouchon, dégonflé en base et pauvret en écouvillon. On fit résolument une croix sur la qualité suisse.

Entretemps, les filles, qui avaient mis un terme à leur concert des lamentations, se refirent une beauté. La phase *Trois* pouvait s'enclencher ; on était dans les temps.

Amélie avait retrouvé un chaloupé de ses anches attendrissant. Elle glissa au plus près de la tête de l'homme. Il se crut autorisé à s'exprimer et voulut tout-à-coup user d'un style qui lui avait si bien réussi jusqu'à ce jour : « C'est entendu, les filles, vous m'avez bien piégé et j'ai bien mérité cette fessée, mais on ne va pas... » La suite s'étouffa dans sa gorge.

Fantasia avait imité sa partenaire au front opposé et, pour toute réponse au mea culpa de Dimitri, elle acheva de lui clouer le bec en laissant tomber son boxer qu'elle dégagea d'un pied sur l'autre.

Dans la cabine de la piscine, tout à l'excitation du moment, il n'avait pu réaliser à quel point cette jeune femme portait toutes les merveilles de l'orient, concentrées en un si menu triangle. Sa verve comme sa verge d'ailleurs l'avait abandonnée. Achevant de lui rabattre son caquet, l'eurasienne lui enfonça délibérément son suaire en une bouche condamnée à l'anti-baise. Dimitri avait des yeux exorbités. Il battait du regard de droite et de gauche.

C'est alors que Amélie se proposa de le régaler mieux encore, lui qui était si insatiable à l'appétit sexuel. Par les pouces en décapsuleur elle libéra les élastiques de son string qu'elle ramena en chiffon au-dessus de la hure du prisonnier. Celui-ci s'agitait beaucoup et humait toutes narines grand'ouvertes les phéromones qui dans le passé lui avaient tant indiqué la trace d'une chatte en chaleur. Aujourd'hui la drogue ne faisait plus effet.

Les filles constatèrent avec malice qu'il fût sur la voie de la désintoxication. Elles jugèrent qu'il avait retenu la leçon, et Amélie banda ses yeux de cette dentelle opaque.

Elles passèrent aux travaux pratiques.

Une image fugace du Colisée lui traversa l'esprit. Dimitri se souvint dans l'égarement qu'il traversât d'un poster coloré, irrémédiablement empâté au mur de la boutique : il venait d'être jeté en pâture au cœur de l'arène. La trouille le prit par son point le plus sensible.

Étonnamment, bien qu'il ne put s'épancher oralement, il parut qu'on voulût traiter sa douleur. Il classa définitivement les spécimens le ravissant dans la catégorie sado-coquine. Tout ça rien que pour jouer à l'infirmière !

Mais l'envie de rire se mua précipitamment en une surprenante appréhension. Hors champ (ses yeux ne distinguaient plus que ombre et lumière) on organisait les réjouissances à venir.

Si Fantasia avait cru bon de différer une fringale passagère, nul ne le sut. Toujours est-il qu'en son sac à provisions elle dégota un petit pot de miel. Le conte tournait à la fable, et vice versatile. Une douce attention emplâtra le zizi qui avait tant enchanté ces dames de ses roucoulades et variations. De règles il ne put en être question : les filles les avaient surpassées.

Lorsque son « petit chose » fut tout emmiellé, la gaieté parcourut l'équipe médicale par des gloussements névrotiques. S'il avait les bonbons bien collés, il ne céda pourtant pas à la noce. Les positions durent s'échanger parce que le rafiot sur lequel il s'attendait à tout moment de sombrer tangua de-ci de-là. Enfin il connut la délivrance de saisir le sort qui lui était destiné.

Une subtile douceur parcourut « l'emberlificoteur » dont il était dorénavant possesseur. Une masse humaine plomba ses jambes. L'autre pouvait agir à sa guise et ne s'en privait pas, d'ailleurs.

Le doux chatouillement qui avait pu l'amuser après acceptation du devis augmenta bien au contraire la facture de son désir. Après un repos forcé, imputable – quel vilain mot ! – aux tractations qui l'avaient repoussé en pareille position, voilà-t-y pas que son doudou reprenait du service !

La collation le mettait en émoi ; il voulait participer à la pièce-montée. La gâterie se faisait pâtisserie. Ainsi les filles mettaient-elles maintenant au point une technique de liposuccion qui ne tarda pas à porter ses fruits. Le sucre d'orge, que Dimitri se voyait commandé d'office par ces chipies sans gêne, prenait de l'ampleur. Quelque part il aurait pu rassurer l'homme ainsi mis à mal en sa virilité un temps contestée. Cependant, les plumes collaient au goudron – passez-moi l'expression.

Et, plus l'objet du fantasme prenait de l'ampleur, plus les poils pubiens arrachaient la moindre portion de chair tendre si chère à l'homme, par nature. Sa virilité lui en coûta beaucoup – et cher ! ajouterez-vous.

Apparemment satisfaites par leur cuisine nouvelle, Amélie et Fantasia abandonnèrent la confection pour un service à la nappe blanche bien mérité.

Lui souffrait beaucoup. La peur devint douleur. Il tentait d'implorer lamentablement une débandade qui lui était pour l'heure incontrôlable.

Alors il se prit à pleurer, puni qu'il fût de ses enfantillages à répétition, et, ce faisant, il mouilla la culotte de son *Amélie* qui n'en demandait pas tant (quoique si !)

« Dis, la canne à sucre, cela ne te tente pas un peu... ? » Fantasia désignait du bout de son nez encore tout candi la jeune pousse qui faisait saillie au ventre de l'homme-tronc. Une fois l'émotion passée, en effet, la verge s'était cristallisée.

_ Bah, je pensais tirer à la courte paille, lui rétorqua l'autre. Mais si tu insistes...

Les deux polissonnes se faisaient maintenant des politesses : c'était attendrissant !

La caméra continuait de fixer en mémoire des souvenirs impérissables.

Le sucre du temps s'écoulait en une poudre aussi orgiaque qu'un caramel.

Amélie admit qu'elle méritât une douce récompense après tant d'effort. Elle s'empara fermement de la canne. Puis, tournant le dos conséquemment à une timidité toute passagère, elle enfourna la sucrerie toute entière en son four intérieur.

Fantasia admira la performance de sa voisine qui n'avait pas même eu besoin d'enduire le moule pour épouser la pâte.

Dimitri perçut un réchauffement de la température. Il en était à un tel point de désœuvrement qu'il ne sût plus à quelle sauce il allait être trempé. C'est alors que Amélie, en ménagère consciencieuse, travailla le rouleau. Elle pétrit la pâte. Lui comprit qu'elle désirait la crème. À cette pâtisserie pour un temps ils s'entendirent.

Fantasia pour le coup mirait les deux belles brioches que sa voisine étalait sur la table (des opérations.) Pour un peu elle s'en serait bien payé une tranche. Ce faisant, Dimitri ronronnait très fort. Il était attachant dans l'effort. Pieds et mains liés il s'offrait à toutes leurs turpitudes. La crème était renversée.

Amélie trimait pas mal cependant que Fantasia s'enthousiasmait à tout ce spectacle. Elle eut bientôt le divin plaisir de sentir l'ondulation d'une corde sensible enfichée à son clitoris et venant s'entourer à son hypophyse. Il n'y avait rien à faire : il fallut qu'elle en jouât tout autant qu'elle en jouît.

Venant au plus près de la gueule du supplicié, elle le libéra de son bâillon. Son râle soudain énorme changea radicalement l'atmosphère de la pièce. Amélie entendit prendre part à ce chant primal et plaça distinctement ses harmoniques au-dessus des basses de Dimitri.

« Et dire qu'on te croyait prêt à décrocher, naguère. Ah mon cochon ! qu'est-ce que tu aimes que l'on te charcute. Mais j'en viens à regretter de t'avoir libéré sur parole... une si belle gueule d'amour, pourtant... » Fantasia surchauffait son filament sexuel. Tous ces sons étaient sur le grill. Si Amélie allait se consumer telle une torche, elle ne souhaitait pas manquer l'embrasement. Elle n'avait pas récupéré son boxer innocemment – on s'en doute un peu.

_ Tu chouines beaucoup, Didi, ce ne serait pas la faim qui te tenaille... Attends, je vais te nourrir un peu !

Fantasia allia le geste à la parole. S'opposant à sa copine qui n'avait jamais connu pareille séance de cardio, elle enfourcha

Érotique Fantasia

à l'autre bout cette monture increvable. Tout de même la testostérone devait couler comme sang aux veines de l'homme. L'ébullition prenait de l'ampleur. Elle rabattit le couvercle. Et de ses cuisses ouvertes à la meilleure des latitudes elle colla un tampon magistral à la bouche du gars qui subito la mit en sourdine.

Amélie reprenait son solo haut placé tandis qu'un grondement caverneux lui laissait le champ libre.

Fantasia usait maintenant de son caoutchouc qui avait pris bonne adhérence. Dimitri se soumit à l'injonction : il s'ingénia à prêter autant d'attention à ses deux ex-copines. De sa langue il fit un palé. Bientôt ses deux sexo-podes se corrélèrent à emplir les tire-lire des actionnaires. La cotation la plus haute fit exploser le marché.

Amélie se renversa au côté, désormais enrichie.

Toutefois son associée n'avait pas eu son compte. Fantasia s'avachit totalement sur la tête de Dimitri dont le nez était privé de ventilation. En apnée, maintenant, il savait que son salut ne tenait plus qu'en la satisfaction de sa dominatrice. Sa langue se rigidifia. Il était inerte dans son étouffement. Fantasia sentit qu'elle le tenait à la limite de la rupture. D'un instant à l'autre, il pouvait perdre connaissance.

Et la jouissance explosa, plus vive que jamais, mettant réellement son *Dimitri* en présence d'une petite mort.

Les filles étaient quittes. Lui avait subi un moment d'étourdissement. Il revint à lui toujours aveuglé par la dentelle de l'autre et toujours lié d'en bas comme d'en haut.

Bien qu'il souffrit de la mâchoire après ce que Fantasia lui avait fait brouter, il articula en arrondissant les consonnes :

« J'en ai assez, vous m'entendez ! Je vous demande pardon, mille fois pardon. J'ai conscience d'avoir énormément abusé de vous, de chacune de vous je veux dire. Que je finisse en

Érotique Fantasia

enfer… je l'ai amplement mérité… Ah, si seulement… »

Elles n'en attendaient pas moins, à vrai dire. Ce fut Amélie qui commença la première. Elle en avait les larmes aux yeux. Aussi s'allongea-t-elle au côté du cœur de l'homme. Elle se fixa à lui et l'étreignit comme ils avaient coutume de le faire après l'amour.

Fantasia se mit en devoir d'adopter la même posture. À jardin elle prit racine, essayant d'arracher à ce beau saligot ce qu'il ne lui eût jamais donné : un peu d'affection.

On laissa ainsi le temps filer sur les dix-neuf heures ou vingt, peut-être ; cette histoire les avait mis tous trois hors du temps.

Mais Dimitri ne put s'empêcher d'en remettre une couche. La fêlure était congénitale. Où l'on comprit que Don Juan habitait au Colisée. Il démarra tendrement :

_ Je vous aime tant toutes les deux. Vous me prenez pour un monstre sexuel, mais c'est votre féminité que j'adore au-delà de toute chose. Vous me mettez dans un état incontrôlable. Je ne puis vous résister.

De ses bras passablement ankylosés il effectua un grand pont pour se rabattre sur leurs bras de poupées qui s'étaient dernièrement emparés de sa poitrine.

Amélie eut soudain comme un doute. Elle enchaîna :

_ Alors, dis-nous un peu, laquelle des deux tu préférerais… si d'aventure…

Il pouvait répondre ou bien se taire. Cette naïve question appelait-elle vraiment une solution ? Pourtant, ce fut plus fort que lui. Il s'exposa :

_ Je vous adore et je vous respecte tant l'une que l'autre. Je ne saurais que choisir. Tiens, et si l'on restait ensemble, là, comme ça : on n'est pas bien !?

Fantasia l'avait vu venir. Elle arma son arbalète :

_ Te souviens-tu au moins de nos prénoms ? Aujourd'hui,

Amé et *Fanta*, demain, Samantha et Élodie, et puis après ? Toutes les chattes miaulent de la même manière à tes oreilles et tu les caresses toutes dans le sens du poil !

Il y eut un sursaut général. Il comprit que la trêve avait fait long feu. Les filles s'extirpèrent. Non, rien ne serait jamais envisageable avec ce dragueur de fond, fossoyeur de minettes. Si encore il s'était prosterné, là tout de suite, devant l'une plutôt que l'autre, la déchue se serait retirée, le rimmel baveux et la coiffure en vrac. Mais vraiment il n'y était pas à vouloir encore toutes les posséder.

Tandis que Fantasia escaladait la chaise tubulaire du bureau passant le bras au-dessus du grand rectangle noir, Amélie vint récupérer sa culotte qui entama le début de son rhabillage.

Dimitri les récupéra visuellement. Sa satisfaction fut cependant de courte durée. Fantasia avait mis la main sur le précieux boîtier qu'elle ne divulguait pas encore. Elle aussi reprit l'allure d'une femme de tous les jours. Il les regardait se transformer ; leur neutralité en se reconstituant les éloignait un peu plus à chaque instant.

Elles le toisèrent du haut de leurs escarpins. Il se sentit dénudé jusqu'au tréfonds de son âme. Alors il se couvrit les parties génitales de ses deux mains toujours cadenassées. L'affaire aurait pu en rester là ; il n'y avait plus rien à dire.

Toutefois Fantasia leva le bras et disposa clairement à la vue de Dimitri le petit cube technologique que celui-ci identifia immédiatement. Et elle de commenter :

_ Alors voilà. Un montage de séquences bien choisies parviendra sous bon pli à ton employeur ainsi qu'au responsable de la piscine. Dans un premier temps, nous n'irons pas plus loin. Mais, si par delà notre Butte-aux-cailles tes exploits reprennent de la vigueur, nous n'hésiterons pas à aller plus haut... si tu vois ce que je veux dire.

Érotique Fantasia

Il ne trouva plus de mot. Pour son intégrité il comprit d'ailleurs qu'il valût mieux qu'il resta coi.

Amélie appuya son homologue :

_ Et surtout ne va pas te réjouir par défaut. Fanta et moi seront floutées. Littéralement, tu te seras fait baiser par deux taches... et avec quel plaisir !

La porte claqua. Dimitri sut qu'il allait devoir réclamer de l'aide et que l'époque des vaches maigres avait d'ores et déjà commencé.

Sous un soleil qui se voulut mandarine, deux filles frappaient la voie descendante d'un même élan. Elles se laissaient gaiement attirer par les berges. La seine y coule des jours tranquilles ; elle n'a pas pris une ride.

Vu de dos on les sent très appariées. Bien que leurs physiques diffèrent, leurs rondeurs rivalisent de beauté. Leurs toilettes aussi. Elles ont pareillement mis leurs épaules à nu sous une robe légère.

Au niveau du quai *Panhard & Levassor* elles piquent d'office sur le premier snack-bar éphémère qui fait l'attraction. Des comme ça elles vont en rencontrer plusieurs d'affilée. Un cabanon à l'esthétique aux planches-palettes abrite cuisine et comptoir passe-plats. Le reste s'étire en une terrasse forcément bruyante où les bancs et tables rustiques créent une ambiance bon enfant.

On n'a pas pu éviter les écrans. C'est désuet au regard du panorama qui n'en finit pas d'étonner d'un bord à l'autre de cette reine fluviale. L'animation aux images revêt un processus maniaque, dorénavant.

Pourtant, ce sont elles qui font le « bourdonnement ». À peine ont-elles pointé leurs frimousses craquantes qu'on les désire par défaut.

Plutôt que de chercher le menu suspendu héroïquement à la

Érotique Fantasia

pergola, elles lorgnent les commandes de celles et ceux qui n'ont pas eu le courage de faire la revue des popotes. Mais le cœur n'y est pas. On trouvera mieux ailleurs. Elles poursuivent leur chasse, très proches de l'eau maintenant, et longeant les péniches qui leur font de l'œil.

La piscine suspendue s'avance. Tout-à-coup et sans prévenir, Fantasia rabat sa compagne sur le praticable qui fait pont. Elles se plantent à l'accueil en riant comme deux gamines qui ont semé leurs parents. Même à cette heure du dîner il y a encore des nageurs, en nombre réduit, certes.

La réceptionniste attend la fin du numéro. C'est Fantasia qui suit son idée :

« Dites, Joséphine (Amélie glousse d'autant mieux que la piscine se nomme *Baker*) vous auriez un maître-nageur 180/60/ et un bon 19 qui nous fasse plonger en eaux troubles... ?

Elles pointent leurs regards insistants sur la pauvre fille qui ne sait trop quoi penser. Mais elle se défait de son trouble et répond professionnellement :

_ Il faudrait revenir mercredi, vous n'aurez que l'embarras du choix... enfin, tout dépend de la spécialité.

Elle vient en effet de saisir et s'empourpre.

_ Moi, je me contenterai d'un 17 qui déballe une profonde pédagogie, renchérit Amélie.

_ Tu dis assurément vrai, ma chatoune, s'interpose Fantasia, il n'y a pas de mauvais outil...

Et, se regardant au fond des yeux, elles reprennent soudain en un chœur bien réglé :

_ Il n'y a que de mauvais ouvriers !!

La jeune fille se cache derrière le masque d'une main. Un homme détrempé et mal remis de sa baignade traverse le hall. Il regagne la sortie ahuri, ce qui augmente la frénésie de leur hilarité.

À nouveau sur le quai elles finissent par échouer face à une péniche plus haute que les autres. Le croque-monsieur ne paraît pas plus prometteur que la *dame blanche* mais il faut bien se résoudre à contenter son gosier. Elles choisissent de larges fauteuils en coque et s'y jettent telles deux « Emmanuelle » en goguette. Les salades et le vin leur donnent l'occasion de se remettre en verve.

Obligeant tout naturellement le serveur à plonger à son décolleté, Amélie articule lentement mais avec une précision toute sensuelle :

_ Auriez-vous la gentillesse de nous dépanner... ?

Ayant d'ores et déjà dérapé entre deux monts capiteux, il essaie de se rattraper aux branches :

_ ...euh, mais quoi donc... c'est pour quoi exactement ?

Fantasia s'est rapprochée elle aussi, offrant sa touche personnelle des monts et vallée. Elle resserre la confidence d'une moue jurant par sa gravité.

_ Contrairement aux apparences, reprend Amélie, nous sommes toutes anglaises et privées de capotes !

Il y a un vide que la musique ambiante a du mal à combler. Visiblement, la plaisanterie accroche moins le serveur que les montagnes du plaisir qui se tendent à portée de main. Il reste mutin. Fantasia prend alors une pause propre à décoder la marque de ses sous-vêtements :

_ Condom ! souffle-t-elle, suavement.

Pour sûr, il vient de saisir :

_ Aaah, mais si ce n'est que ça, je peux vous dépanner.

Il les laisse en plan tout en emportant son plateau plaqué à l'aine.

Les filles se ruent sur leurs salades qui leurs engraissent les babines. Le rosé les grise un peu plus. Elles ajoutent à la soirée une plus-value de chaleur féminine.

Quand le même serveur, au hasard de ses pérégrinations de

service, se heurte à leur table. Il lance négligemment deux pochettes de préservatifs comme il aurait fait choir l'addition.
_ Deux cafés, les filles !?

Il se tient cambré, assuré de tenir sa fin de soirée. Amélie essuie ses lèvres avant de redresser sa vue et, sur un ton que la table d'à-côté pourrait capter :
_ Mets-nous plutôt une boîte !

Fantasia n'a pas bronché. Le serveur craque l'armure :
_ Bon, écoutez, sur l'avenue de France vous trouverez un distributeur.

Et il s'efface déjà conquis par d'autres matelots et sirènes.

Fantasia en aparté :
_ Dis, celui-là, tu n'le ramèneras pas dans ton filet, ce soir.
_ Mais ce n'est pas lui qui m'intéresse ; c'était juste pour t'émousser un peu.

Alors elle lui prend la main et la place sur ses cuisses, quasiment dénudées, à ras de son ultime rempart.

Fantasia joue délicatement le rôle qui lui est dévolu puis s'arrête :
_ Tu sais, Amélie, je ne vais pas te suivre, là. Je me suis engagée avec Thaï de l'aller rejoindre tout à l'heure.

Mais, à l'évidence, contrariété s'il y a ne sera que de courte durée.

Bientôt Fantasia se lève. Elle remet sa robe proprement, évacuant les miettes et faux plis. Puis elle dépose un biffeton sur la table. Amélie la regarde en souriant. Se pliant en deux jusqu'à l'ovale de sa bouche, elle lui délivre un baiser avec avis recommandé. Fantasia emporte la preuve de dépôt et disparaît.

Lorsque le serveur revient à leur table, il ne ramasse plus qu'un règlement en espèces ainsi qu'une pochette masculine, une seule. Il remballe le tout puis, à l'écart, il décode au dos de celle-ci un numéro à dix chiffres. Peut-être pour sa journée de repos...

Un peu plus haut dans le quartier, une eurasienne gratte discrètement à une porte laquée de rouge. Mais elle est déjà entrouverte et un homme ventru et jovial l'emporte alors qu'elle n'a pas même pu dire : ouf !

Emil Igor / 7 février – 21 juillet 2023